시 탐정 사무소

이락 장편소설

그 마음을 알고 싶다면 →

시 탐정 사무소

이락 장편소설

안녕로빈

차례

일러두기

1. 수록된 시는 해당 작품이 수록된 시집이나 전집을 원본으로 삼아 원문을 살려 싣는 것을 원칙으로 하였습니다.

2. 표기는 원문에 따르는 것을 원칙으로 하되 맞춤법과 띄어쓰기의 경우, 최대한 현행 표기법에 따랐습니다.

프롤로그

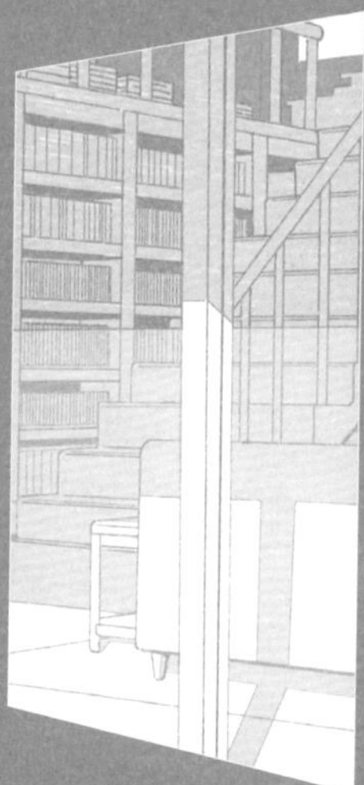

「우리가 물이 되어」, 강은교

프롤로그

오후 2시 30분. 언제나처럼 선생님은 응접실 한가운데 놓인 사인용 면피가죽 소파의 왼쪽 끝에서 팔을 기댄 채 앉아 있다. 왼손에 들린 책은 분명 시집일 것이다. 누구의 시집인지는 내가 선 곳에서는 자세히 보이지 않는다. 그러다 눈을 감는다. 이제 10초 뒤에 눈을 뜨고 말을 걸겠지. 셋, 둘, 하나, 그런데 말이야.

"그런데 말이야, 완승 군."

빙고!

"네, 선생님. 무슨 일이신지?"

"밖에 빗소리가 들리는군. 오늘 비가 온다고 했던가?"

나는 주방에서 물을 뜨려다 말고 선생님 왼편에 있는 창으로 시선을 옮겼다. 하늘은 맑은데 사무실 옆 이팝나무 가지 틈으로 바람에 흩날리는 가는 빗방울이 보인다.

"비가 올 거라는 예보는 못 들은 것 같은데, 하긴 요즘 일기예보를 믿을 수가 있나요."

"예고 없이 찾아오는 게 봄비라면 언제든 환영이지. 음, 그러고 보니……."

소파에 앉아 눈을 감았다가 뜨면 십중팔구 과제가 나온다. 게다가 '그러고 보니'라면 필히 책을 준비해야 할 일이 생긴다. 물이 든 컵을 주방 테이블 위에 올려놓고 책장 쪽으로 몸을 틀었다.

"비도 오고 하니 「우리가 물이 되어」라는 시가 떠오르는군. 좀 읽어 주겠나?"

미리 책을 뽑을 준비를 마친 후 내가 물었다.

"선생님, 말씀하신 그 시, 누구 작품이죠?"

"강은교 시인이라네. 계단 아래 네 번째 책장, 다섯 번째 칸에 꽂혀 있을 테니 계단을 오를 수고를 하지 않아도 되겠군. 아, 시 제목과 같은 시집을 찾으면 되네."

선생님과 내가 머무는 사무소는 자작나무로 짠 책장으로 둘러싸여 있다. 1층은 응접실과 주방이 있고, 2층에는 선생님과 내 방이 있다. 선생님과 내 방 사이에는 차를 마실 수 있는 공간이 마련되어 있다. 하지만 아직 자리를 찾지 못한 새 책들로 가득해서 차는 주로 응접실에서 마신다. 창을 제외한 공간 대부분이 책장이었고, 책장마다 책이 그득그득 꽂혀 있다. 사무소 전체가 거대한 서재인 셈이다.

대문을 열고 들어오면 보이는 벽면부터 2층으로 올라가는 계단 옆면까지, 책장은 오직 시집으로만 채워져 있다. 기존에 소장하고 있는 책은 물론이고, 새로 들여오는 시집도 선생님이 손수 정리한다. 주제별이나 가나다순으로 정리된 것이 아니었기 때문에 책 찾기는 가장 어려운 업무 중 하나였다. 내가 찾기 쉽게 책을 다시 정리하면 되지 않냐고 타박할 수 있겠지만, 나는 선생님만의 정리 방식이 있을 거라고 믿었기 때문에 굳이 손을 대지 않았다. 하지만 이것이 완벽한 내 착각이었다는 것은 간단한 일로 알게 되었다.

"선생님은 어떻게 이 많은 책의 위치를 다 아시는 건가요?"

정말이지 나는 머릿속에 방을 만들어 그걸 기억한다든지 하는, 선생님만의 묘수(이렇게 기억하는 암기법이 있다는 것을 어디선가 본 적이 있다)가 있을 줄 알았다. 그런데

"응? 그냥 알게 되던데? 자네는 아닌가?"

네네, 그러시겠지요. 선생님은 그저 천재였던 거다. 정리 체계 따위는 나 같은 범인(凡人)들에게나 필요한 거지. 맥이

빠졌다.

"보통 사람은 그렇지 않답니다, 선생님."

"그렇군. 책을 찾을 때마다 뭘 자꾸 들춰 보길래 난 자네가 특별히 기억력이 부족한 사람인 줄로만 알았네."

남을 저렇게 품위 있게 무시하는 것도 재주라면 재주다(그렇다고 선생님이 나를 무시하려는 의도를 가질 만한 분이라는 말은 아니다). 어쨌든 그 이후로 선생님이 나에게 책을 찾아오라고 시킬 때마다 뒤적거렸던 책 정리 목록을 보지 않게 되었다. 지극히 평범한 인간(내 얘기다)의 입장을 고려하여 책의 위치를 알려 주기 때문이다. 무시는 당했지만 대신 편의를 얻었으니 질문한 성과는 있었던 셈이다.

"찾았으면 읽어 주겠나?"

선생님이 관자놀이에 왼손 검지를 대고 나긋한 목소리로 말했다. 내 낭독을 기다리고 있다. 자랑은 아니지만, 선생님이 나를 제자로 받아들인 건 시를 읽는 내 목소리 때문이라고 했다. 감정이 들어 있지도 그렇다고 없지도 않은 순수함. 그것이 내 목소리의 매력이라나. 그러고는 이 말을 덧붙였다.

"자넨 시를 가슴으로 읽지 않아. 그래서 순수하지."

그 말이 어떤 의미인지 묻지 않았기에 칭찬인지 비난인지 판단하기 어렵다. 선생님의 칭찬은 이런 식이다. 비난과 칭송의 경계에 아슬아슬하게 서 있다고 할까. 의뢰인에게도 가끔 이런 화법을 쓰는데, 그럴 때마다 어쩌면 선생님은 멍해 있는 상대의 표정을 즐기는 게 아닌가 하는 합리적 의심이 든다.

우리가 물이 되어

강은교

우리가 물이 되어 만난다면
가문 어느 집에선들 좋아하지 않으랴.
우리가 키 큰 나무와 함께 서서
우르르 우르르 비 오는 소리로 흐른다면.

흐르고 흘러서 저물녘엔
저 혼자 깊어지는 강물에 누워
죽은 나무뿌리를 적시기도 한다면.
아아, 아직 처녀인
부끄러운 바다에 닿는다면.

그러나 지금 우리는
불로 만나려 한다.
벌써 숯이 된 뼈 하나가
세상에 불타는 것들을 쓰다듬고 있나니

만 리 밖에서 기다리는 그대여
저 불 지난 뒤에
흐르는 물로 만나자.
푸시시 푸시시 불 꺼지는 소리로 말하면서
올 때는 인적 그친
넓고 깨끗한 하늘로 오라.

"좋은 시군요. 자세히는 모르겠지만."

"그런 식의 비이성적 반응은 곤란하네, 완승 군. 시는 어떻게 봐야 한다고 그랬지?"

"'톺아본다'겠지요?"

"그렇지. 꼼꼼하게 살피게. 시인은 반드시 작품 속에 근거를 남긴다고. 완전하게 비밀스러운 시는 없는 법이라네. 어때, 해독해 보겠나?"

시 해독에 관해 선생님은 항상 이렇게 말한다.

'시는 톺아보는 것이다.'

선생님이 시를 해독하는 과정은 미궁에 빠진 사건을 수사하는 것과 비슷하다. 사무소를 웬만한 도서관 못지않게 책으로 채우면서도 끼니 걱정을 하지 않는 것도 이런 선생님의 능력 덕분이다. 사람들은 선생님에게 시 해독을 의뢰하고, 우리(대부분 선생님이 하시지만)는 그 시를 해독하고 그들에게 일정한 보수를 받는다. 일반적으로 이런 일은 '시(詩) 추리'라고 하고 사람들은 선생님을 '시 탐정'이라 부른다. 보수는 오직 선생님의 판단에 달렸다. 특별한 기준이 있는 것 같지는 않은데, 같은 시라도 의뢰인에 따라 보수가 달라지는 걸 보면 적어도 해독의 난이도로 나누는 게 아닌 건 분명하다.

"일단, '우리가 물이 되어 만난다면/ 가문 어느 집에선들 좋아하지 않으랴' 요건 문제없이 해독됩니다. 날이 가물었는데 비가 오면 당연히 좋은 거니까요. 다만……."

"다만?"

"여기에서 '우리'가 누군지를 살펴야 할 것 같습니다. 힌트는 물이 되어 만난다는 건데, 이것만으로 '우리'의 정체를 밝히기는 힘듭니다."

"계속해 보게."

"'우리가 키 큰 나무와 함께 서서/ 우르르 우르르 비 오는 소리로 흐른다면' 이렇게 1연이 마무리되는 걸로 봐서 이 부분은 1행의 '우리가 물이 되어 만난다면'과 비슷한 의미로 해석해도 될 것 같습니다. 우리가 물이 되어 만난다면이 좋은 의미였으니 키 큰 나무와 함께 서서 우르르 우르르 비 오는 소리로 흐르는 것도 긍정적 의미로 해석해야 합니다."

"지금까지는 매우 훌륭하네, 완승 군."

"감사합니다. 2연에서도 비슷한 구조로 이어지고 있습니다. '~다면'이라는 구조가 반복되어 나타나고 있는 걸로 볼 때, 흐르고 흘러서 저물녘엔 저 혼자 깊어지는 강물에 누워 죽은 나무뿌리를 적시는 것이나, 부끄러운 바다에 닿는 것도 모두 긍정적으로 해석이 됩니다."

"좋네, 그런데 하나 정리하고 넘어가지. 여기까지 어떤 흐름이 안 느껴지나?"

"음, 전체적으로 긍정적인 소재가 제시된다는 것……, 물이라는 소재……, 물, 물, 물이라."

"거의 다 왔네."

"아, 물! 1연에서는 비, 2연에서는 강, 그리고 바다! 이게 선생님께서 말씀하신 흐름인가요?"

"그렇지!"

"우리가 비 오는 소리로 흐르다가 강물에서 죽은 나무뿌리를 적시고 바다로 나아가는 것이라는 메시지군요."

"그렇다네. 시인은 자연의 흐름으로 우리의 인생사를 다룬 것이라 볼 수 있지."

"그렇군요."

시 추리를 전수하는 선생님의 방식은 대개 이런 식이다. 적절한 추임새로 말을 끌어낸다. 내가 부적절한 해독을 할 때도 별다른 말 없이 듣고 있는 일도 있다. 증거가 없이 직관에 의존하면 결국 할 말을 잃게 되는데 이때의 침묵은 나를 꽤 불편하게 한다. 최대한 정적이 흐르는 일을 방지하려면 시 속에 드러난 근거를 제시해 가며 말하는 수밖에 없다.

"그런데 선생님."

"왜 그러나, 완승 군?"

"제 한계는 여기까지인 것 같습니다. '그러나 지금 우리는 불로/ 만나려 한다', 이건 지금까지 중요 소재인 '물'이 긍정적으로 쓰였으니 '불'은 부정적이겠지요?"

"좋은 시도네. 설득력 있는 해독이야."

"그런데 '불로 만나려 한다'라고 하니 좀 이상합니다. 시인은 왜 부정적인 시어인 불로 만나려는 의지를 보이는 걸까요?"

관자놀이에 왼손 검지를 댄 채 바닥 어딘가를 응시하며 내 해독을 듣고 있던 선생님이 천천히 고개를 들었다.

"완승 군?"

선생님과 눈이 마주쳤다.

"아, 그런 딱딱한 자세로 나를 대하지 말아 주게나. 누가 보면 내가 자네 상관인 줄 알아."

선생님과의 긴장감 있는 수업에 깊이 빠져 있다 보면 나도 모르게 차렷 자세가 된다. 고치려 마음먹어 봤지만 쉽게 바뀌지 않는다.

"음, 질문이 있네. '~하려 한다'가 꼭 의지의 의미로만 쓰일까?"

가만, '불로 만나려 한다'가 의지가 아니라고? 그러면 뭐지?

정리해 보자. 화자는 우리가 물이 되어 만난다면 좋겠다고 한다. 비 오는 소리로 흐르고, 강물에 눕고 바다에 닿는 걸 원한다. 그러나 우리는 불로 만나려 한다. 만나려 한다. 만나려 한다. 아!

"선생님!"

시선을 창 쪽으로 두고 있던 선생님이 나를 돌아본다. 내가 입을 열 때까지 기다리는 동안의 무료함을 풍경 감상으로 풀고 있었으리라.

"그래, 답을 찾았나?"

"네, 만나려 한다는 건 의지가 아닙니다. 그건 '만나려고 하는 현실'을 예측하는 거 아닐까요? 물이 되어 만나면 참 좋겠는데 현실은 불로 가득한 시궁창인 거죠."

"현실은 시궁창이라, 상당히 격한 표현이군. 하지만 자네의 의도는 충분히 이해했네."

시궁창은 좀 심했나? 어쨌든 난관은 극복!

"그럼 '숯이 된 뼈'는 뭐라고 생각하나?"

"불로 인해 파괴된 어떤 것이 아닐까 생각합니다. 긍정적인 대상이라고 할 수 있지요."

"긍정이라고? 어떤 면에서?"

선생님이 눈을 동그랗게 뜨고 물었다. 예전에는 그렇게 눈을 뜨면 '내가 틀렸나?' 하면서 위축됐지만, 이제는 아니다. 그간의 세월을 허투루 보낸 게 아닙니다, 선생님.

"'세상에 불타는 것들을 쓰다듬고 있나니' 이 구절이 증거입니다. '불'은 부정적인 시어이지요. 시련이나 고통쯤이 될 것입니다. 그럼 '불타는 것들'은 시련을 겪고 있는 어떤 대상이 아니겠습니까? 그런 대상을 쓰다듬고 있는 '숯이 된 뼈'는 긍정적인 대상이에요."

"오, 조금만 더 들려주겠나?"

"뼈가 숯이 된 걸로 봐서 이 뼈는 이미 오래전에 불에 타 버린 것 같습니다. 제 해독에 따르면 고통에 시달린 대상이지요. 그런데 그런 대상이 불에 타고 있는 걸 쓰다듬고 있습니다. 결론적으로 시궁창 같은 현실이지만, 아, 시궁창이라는 표현 괜찮으십니까?"

"조금씩 마음에 들고 있네."

"하하, 시궁창 같은 현실이지만 조금은 나아질 기미가 있는 것으로 화자는 보고 있습니다."

"이제 거의 다 왔네."

나는 조금 흥분한 것 같아 숨을 내쉬었다. 쉬지 않고 말하다 보니 목이 말랐다. 아까 마시려고 떠 놓은 물이 생각났지만, 해독을 끊고 싶지는 않았다. 멈추면 머릿속에 잡아 두었던 의미가 달아날 것 같았다.

"이제 4연입니다. '그대'는 만 리(萬里), 즉 멀리서 기다리고 있습니다. '저 불 지난 뒤에/ 흐르는 물로 만나자'라고 했으니 아직 불이 지배하는 현실이지만 화자는 그대와 '흐르는 물'로 만나고자 합니다. 긍정적인 현실을 기다리는 거지요. '불 꺼지는 소리'는 드디어 시궁창 같은 현실을 벗어난다는 의미입니다. 그리고 완전히 불이 꺼진 후에 '인적 그친 넓고 깨끗한 하늘'을 가진 미래를 꿈꾸고 있는 겁니다."

말을 끝맺고 나니 입에서 단내가 났다. 거의 숨을 안 쉬고 말한 것 같다. 아까 물을 마실 걸 그랬나 보다.

"좋아, 완승 군. 아주 인상적인 해독이었네. 이제 물을 좀 마시게."

선생님은 왼쪽 입꼬리만 살짝 올라가는 특유의 미소를 지었다. 만족감을 나타내는 의사 표시이다. 아, 저 표정을 보기 위해 책 먼지 날리는 이 외딴곳에서 얼마나 많은 빨래와 설거지를 견뎌 냈던가. 생각해 보면 난 애초에 여기에 시 추리를 배우러 온 것도 아닌데(설거지나 빨래를 하러 온 건 더더욱 아니고) 싶은 생각이 살짝 들긴 했지만 뭐, 어쨌든 인정받는 건 기쁜 일이니까. 의기양양하게 뒤꿈치를 통통 튕기며 주방으로 가는 뒤쪽에서 선생님의 목소리가 들렸다.

"그런데 말이야."

'그런데 말이야.'라면 질문이다.

"물, 그 '물'이 상징하는 게 뭘까?"

모르겠다. 나는 그저 물을 마시고 싶다.

"물 한 잔 마시면서 생각을 좀 해 보게. 오늘 같은 날은 창밖을 보면서 마시는 것도 좋겠네."

"네, 그런데 물에 대해서는 나중에라도 말씀해 주시는 겁니까?"

"자네가 찾아보는 편이 더 흥미롭지 않겠나?"

"그렇게 말씀하실 줄 알았습니다."

나는 차차 찾아보겠다고 하고 이번에야말로 물을 마시겠다는 일념으로 주방으로 향해 갔다. 이제 말을 걸어도 대답하지 않으리라. 다행히 선생님은 대화를 마쳤다는 듯 다시 책을 들었다. 시원한 물이 주는 청량감이 몸속으로 뱀처럼 타고 흘렀다. 창밖에는 넓고 깨끗한 하늘 아래에서 이제 막 맺히기 시작한 이팝나무 꽃망울들이 젖은 몸으로 분주하게 봄을 알리고 있었다.

1화.

HJ그룹 딸 가출 사건

「추천사」, 서정주

HJ그룹 딸 가출 사건

며칠간 조용한 하루가 지속되었다. 선생님은 산책을 위해 사무실을 비웠고 나는 2층 내 방 책상에 앉아 책을 뒤적거리고 있었다. 이윽고 산책에서 돌아온 선생님의 커피를 준비하기 위해 주방으로 내려갔다. 사무소 앞 서문커피에서 막 들여온 케냐 AA 원두를 그라인더로 갈았다. 커피 향이 사무소를 채웠다. 케냐 커피 특유의 신맛과 적당한 보디감이 좋았다.

"맛있군. 난 커피 맛을 느낄 정도로 미각이 발달하지 못했지만 말이야."

선생님은 늘 자신은 커피 맛을 모른다고 말한다. 커피를 마시는 이유는 오로지 카페인 섭취를 위해서이며 이것이 충족될 때 비로소 맛있다고 표현한다. 그런 의미에서 오늘 커피는 선생님이 원하는 충분한 양의 카페인을 제공하고 있는 것이었다. 나는 케냐 커피의 묵직한 보디감에 어울릴 만한 쿠키를 꺼내기 위해 싱크대 서랍을 열었다.

그때, 육중한 무게에 밟히는 자갈 소리가 들렸다.

"오랜만에 의뢰인이 온 모양이군. 차를 더 준비해야겠네, 완승 군. 쿠키도 몇 조각 더 꺼내야겠고 말이야."

검은 세단에서 말쑥한 정장 차림의 사내가 내려 차 뒷문을 열자 화려한 회색 정장을 입은 노년의 신사와 검은색 바지 정장을 단정하게 입은 여성이 내렸다. 정장 사내가 다시 운전석으로 돌아가자 노신사는 정장 여성에게도 들어가라는 손짓을 보냈다. 여성이 고개를 끄덕인 후 차에 오르자 노신사는 사무소 쪽으로 몸을 돌렸다. 고개를 들어 사무소를 훑어보고는 입을 꾹 다문 표정으로 출입문 쪽으로 향했다. 미리 약속된 의뢰인이었는지 선생님은 소파에서 일어나 출입문으로 갔다. 직접 의뢰인을 맞이하려는 것 같았다.

"조금 일찍 도착하셨군요."

"오랜만이네, 설 탐정."

노신사는 활짝 웃으며 악수를 청했고, 선생님도 미소로 화답했다. 일면식을 넘어선, 꽤 깊은 친분이 있는 관계인 듯했다. 둘은 응접실 소파에 앉아 간단한 안부 인사를 나눴다. 나는 마침 다 내려진 커피를 대접하려고 가까이 다가갔다.

"아, 이 친구가 자네 조수인가?"

"네, 조수이자 제자입니다. 이 친구가 내린 커피 맛이 기가 막힙니다."

"설 탐정 자네는 커피 맛을 모르잖는가? 그런데도 커피 맛이 좋다고 하는 걸 보니 이 친구 실력이 보통은 아닌가 보구먼! 하하하."

신사가 호탕하게 웃자 선생님도 희미하게 미소를 지었다.

"완승 군, 인사드리게. HJ그룹 김만전 회장님이네. 내가 이 분께 신세를 진 적이 있었지. 보기와 다르게 좋은 분이네."

"자네 선생은 항상 칭찬을 이상하게 하는 버릇이 있지? 하여간 의뭉스러운 인물이야. 하하."

김 회장은 특유의 호탕한 웃음으로 내게 악수를 청했다. 상대 기분까지 유쾌하게 만드는 웃음에 나도 덩달아 웃음이 났다. 게다가 한 번도 말로 꺼내 본 적 없는 선생님의 버릇을 막상 남의 입으로 들으니 간지러운 곳을 긁어 주는 느낌이 들었다.

S대 경영학과 교수를 그만두고 금융계로 뛰어든 김만전 회장은 '투자의 신'이라 불릴 정도로 놀라운 투자 수완으로 효진금융투자를 국내 최고의 투자회사로 키워 냈다. 이후 HJ그

룹을 설립해 금융업을 넘어 부동산, 건설, 패션 쪽에도 진출하여 소기의 성과를 거두고 있는 대기업의 총수가 되었다. 선생님은 김 회장이 금융학계 거장으로 이름을 날리던(선생님의 말씀에 따르면, 교수 시절에도 경제잡지 「포춘」이나 「포브스」에 몇 번 실렸고, 최근에는 경제학자이자 기업인으로 '다보스 포럼'에도 참석했다고 한다) 경영학과 교수 시절 제자였다. 김 회장 말로는 자신이 키운 제자 중 가장 뛰어난 성과를 보인 학생이었다고 했다.

"자네 설마, 자네 선생이 의뢰인도 몇 없는 시 추리만으로 이런 사무소를 운영하고 있다는 순진한 생각을 한 건 아니겠지? 이 친구는 내가 아는 한 대한민국 최고의 투자가였다네."

선생님이 경영학과를 졸업했고 게다가 '투자의 신' 제자였다니. 그 충격이 얼굴에 적잖이 드러났는지 김 회장은 나에게 실눈을 뜨며 장난스럽게 물었다(사실 더 충격인 건, 내가 지금까지 단 한 번도 선생님의 약력을 궁금해하지 않았다는 사실이다). 사무소의 살림은 주로 선생님이 맡았고, 나는 영수증 처리나 하는 정도였기 때문에 사무실 운영비는 으레 의뢰비로 충당하는 줄 알았다. 비록 김 회장은 '설마'라고 했지만 내가 순진한 생각을 하고 있다는 그의 판단은 정확한 것이었다.

"이제 선생님께 배운 걸 써먹는 건 그만두었습니다. 온종

일 컴퓨터 앞에 앉아 숫자만 쳐다보는 것보다 재밌는 일이 얼마든지 있으니까요."

"그래, 그래. 숫자로 기업 분석이나 하는 건 질렸으니 이제부터 글로 사람 마음을 보겠다고 했던가. 나는 자네가 나를 배신하고 떠난 날을 똑똑히 기억하고 있네."

김 회장이 호탕하게 웃자, 선생님은 잔에 담긴 커피처럼 잔잔한 미소를 지었다. 말은 그렇게 해도 김 회장은 선생님이 자신을 떠난 것을 당신에 대한 배신이라고 생각하지는 않는 것 같았다.

"솔직히 말하면 지금까지는 고작 이런 일이나 하려고 내 곁을 떠난 건가 싶긴 했었는데 말이야……."

갑자기 웃음을 멈춘 김 회장이 자리를 고쳐 앉은 후 말을 이었다. 지금까지와는 달리 진지한 말투였다.

"자네에게 부탁할 일이 있어서 왔네."

"무슨 일이 있으십니까?"

"내 딸을 자네도 잘 알겠지? 효진이라고."

"네, 이제 제법 컸지요? 나이가……?"

"올해 스물다섯이네."

"벌써 세월이 그렇게 됐군요. 아마 '효진금융투자'가 따님 이름을 딴 거였지요?"

"맞네, 결혼한 지 10년 만에 얻은 귀한 딸 아닌가."

"그런데, 따님에게 무슨 일이라도 생겼습니까?"

김 회장은 정장 상의 안쪽 포켓에서 책 한 권을 꺼냈다. 얇은 책인 걸로 봐서 시집이었다.

"『서정주 시선』이군요. 1956년에 발간된 거 같은데, 그 원본입니까?"

"그렇다네. 효진이가 고등학교 입학할 즈음 갑자기 이 시집을 구해 달라고 해서 일본까지 사람을 보내 어렵게 구했었지. 초판본이라네."

"그런데 이 시집은 어쩐 일로?"

"실은 며칠 전부터 효진이가 연락을 끊었네. 이 시집과 메모 하나를 남겨 두고 말이야."

김 회장은 선생님께 엽서 한 장을 보여 주었다. 동글동글한 글씨체로 쓰인 문장 하나가 선명하게 보였다.

아빠, 저는 춘향이 아니에요.

"지금까지 애비 말을 참 잘 따르던 아이였는데, 특별한 말도 없이 의미를 알 수 없는 메모 한 장 남긴 채 사라졌으니 참 답답한 노릇이네."

딸의 잠적. 이것이 김 회장이 사무실로 들어오기 전 입술을 꾹 다물고 있었던 이유였다. 김 회장은 머리가 아픈 듯 왼손을 이마에 대며 말했다.

"자네가 나를 좀 도와주면 좋겠네. 어떻게든 사례는 하지."

"교수님 일인데 당연히 도와드려야지요. 살펴보고 단서가 나오면 즉시 연락드리겠습니다."

고맙다는 인사와 함께 김 회장이 돌아갔다. 딸이 없어졌는데도 그렇게 호탕하게 웃을 수 있는 태도는 과연 대기업의 총수다웠지만, 그 역시 한 사람의 아버지였기에 웃음을 마지막까지 유지하기는 어려웠을 것이다. 사무소 앞뜰의 자갈을 밟으며 돌아가는 세단이 내는 바드득 소리는 타인, 그것도 제자 앞에서 겨우겨우 참아 내는 그의 울음소리 같았다.

"많이 걱정되시겠죠?"

"HJ그룹 총수의 금지옥엽이 사라졌으니 아무래도 그렇겠지. 서둘러야겠네."

안경을 고쳐 쓴 선생님은 장갑을 낀 손으로 시집을 조심스럽게 펼쳐 보았다. 오래된 시집이라 각별한 주의가 필요했다. 천천히 시집을 보시던 선생님이 손가락으로 책을 톡톡 치며 말했다.

"여기에도 메모가 있군."

「鞦韆詞」(추천사)라 쓰인 시였다.

「鞦韆詞」(추천사)

서정주

향단(香丹)아, 그넷줄을 밀어라
머언 바다로
배를 내어 밀듯이,
향단아

이 다소곳이 흔들리는 수양버들나무와
베갯모에 놓이듯 한 풀꽃 더미로부터,
자잘한 나비 새끼 꾀꼬리들로부터
아주 내어 밀듯이, 향단아

산호(珊瑚)도 섬도 없는 저 하늘로
나를 밀어 올려 다오

채색(彩色)한 구름같이 나를 밀어 올려 다오
이 울렁이는 가슴을 밀어 올려 다오!

서(西)으로 가는 달같이는
나는 아무래도 갈 수가 없다.

바람이 파도(波濤)를 밀어 올리듯이
그렇게 나를 밀어 올려 다오
향단아.

시가 끝나는 부분에 아까 메모지와 같은 글씨체로 문장 하나가 적혀 있었다. 시를 읽고 나서 효진 양이 쓴 메모 같았다.

춘향아, 너도 나와 같구나.

"편지에서는 춘향과 다르다고 했는데, 여기서는 같다고 했군요. 선생님, 왜 그녀는 모순되는 진술을 남긴 걸까요?"

"시를 해독하면 답은 나오겠지. 그런데 말이야, 완승 군."

이크, 질문이다.

"이 시의 화자가 누구인지 알겠나?"

"향단이를 부른 걸 보니까, 춘향이 아닐까요?"

"그렇지. 이 시는 서정주 시인이 '춘향의 말'이라는 부제를 붙여 쓴 연작시 중 하나라네."

"그럼 이 시는 춘향의 입장으로 쓴 거라는 말씀이시군요?"

"그리고 효진 양은 이 시의 춘향에게 감정을 이입한 거고 말이야. 1연부터 힌트가 나오는데……."

"무슨 힌트 말이죠?"

"효진 양이 어디로 갔는지에 대한 힌트 말일세."

나는 조금씩 조바심이 나기 시작했다. 어서 말을 해 달라는 듯이 선생님의 얼굴을 빤히 쳐다보았다.

"부탁인데 부담스러우니 그런 눈빛은 거두어 주게. 얼른 시작하지. 1연에서 화자는 '향단'에게 '그넷줄을 밀어' 달라고 말하고 있네. '머언 바다로/ 배를 내어 밀듯이' 말이야."

"아! 그럼?"

뭔가 번뜩이는 깨달음이 왔다. '효진 양은 바로 여기 있다!'라는 확신으로 뒷덜미가 달아올랐다.

"그녀는 '머언 바다'로 간 거군요?"

"좋은 시도였네, 완승 군. 하지만 세상일이 그리 간단하지만은 않다는 게 문제네."

너무 성급한 결론을 내려 버린 듯했다. 조금 전 온몸에 몰려왔던 흥분이 순식간에 가라앉는 걸 느꼈다.

"춘향이 '머언 바다'를 상징하는 어떤 곳으로 나아가고자 했다는 건 맞다네. 2연도 한번 볼까?"

겸연쩍게 뒷덜미를 매만지며 나는 고개를 끄덕였다.

"2연에서는 떠나고 싶은 공간이 나열되어 있군. '수양버들나무', '풀꽃 더미', '나비', '꾀꼬리'가 그것들이네."

"그런데 선생님!"

"말해 보게, 완승 군."

"수양버들나무, 풀꽃 더미, 나비, 꾀꼬리. 이들은 모두 긍정적으로 보이는데요. 왜 벗어나고자 했을까요?"

"음, 그건……."

선생님은 잠시 고민하더니 말을 이었다.

"그건, 수식하는 말을 주목해야 할 듯하네. 그것들에게는 '다소곳이 흔들리는', '베갯모에 놓이듯 한', 이런 수식이 붙어 있네. 뭔가 조용하고 차분한 느낌이지? 이 시의 화자, 그러니까 이런 수식어들은 조용하고 차분한 삶에 대한 춘향의 거부감을 드러낸 거라 볼 수 있겠네."

"그 춘향의 마음에 효진 양이 동조한 거고요."

"지금까지는 그렇게 보이는군. 나비와 꾀꼬리에 붙어 있는

'자잘한', '새끼'와 같은 수식어도 비슷하게 해독할 수 있겠네."

"춘향은 자신이 사는 세상이 작다고 느꼈던 거군요."

"그렇지. 아마 효진 양도 그렇게 생각한 게 아닐까?"

"우리나라 최고의 HJ그룹 회장의 외동딸이 왜 그런 생각을 했을까요?"

"그건 나나 자네가 추측할 수 있는 범위가 아닌 것 같네. 교수님이 사업을 시작하기 전에 난 이미 시 공부를 시작하려고 마음먹었기 때문에 그들의 관계에 관해서는 전혀 알지 못하네."

"그렇군요."

"다시 시로 돌아가 볼까? 3연은 '산호도 섬도 없는 저 하늘'로 올려 달라고 부탁하는 장면이네."

"1연에서는 바다, 3연에서는 하늘이군요."

"'채색한 구름같이' 자신을, '울렁이는 가슴을 밀어 올려 달라'는 말인데, 여기서 이상한 점이 없나?"

"울렁이는 건 뭔가에 흥분한 상태 아니겠습니까?"

"아까 '머언 바다'를 해독할 때 자네가 느꼈던 흥분과 비슷한 것 말이지?"

부끄러움에 달아오른 내 얼굴을 본 선생님이 미소를 지으며 말을 이었다. 선생님은 이런 식으로 나를 곤혹스럽게 하는 걸 은근히 즐기는 게 분명하다.

"채색한 구름은 어떤가?"

"대개 하얀 구름은 좋은 의미로 쓰이지요. 그런데 채색한 구름이라, 뭔가 와 닿지 않습니다."

"그게 이상한 점이네. 이걸 알아내야 시에 대한 의문이 풀리게 되지. 2연과 상관관계를 생각해 보면 말이야, 화자인 춘향은 자기 삶에 만족하지 않아. 밋밋하고 단조롭지. 그걸 '다소곳이', '베갯모에 놓이듯 한', '자잘한' 등으로 수식한 거고."

"아, 그럼 '채색한 구름'은 색다른 삶이라 해독할 수 있는 건가요? 만약 그렇다면 '채색한 구름같이 나를 밀어 올려 달라'는 건 색다른 삶에 대한 동경이 되겠네요."

"훌륭하네, 완승 군."

"그럼 4연에서 '서으로 가는 달'은 뭘까요?"

"춘향도 '달'처럼 '서(西)'로 가고 싶었을 테지. 그러나 '추천'이라는 것이 '그네' 아닌가. 결국 그네에 묶여 있는 거야, 춘향은. 그러니 그녀는 달처럼 자유롭게 '서'로는 가지 못하게 되는 거네. 단!"

선생님의 "단!" 하는 소리에 깜짝 놀라 쳐다보았다. 선생님의 오른손에는 김 회장이 가져온 메모지가 들려 있었다.

"효진 양은 춘향과 다르지."

"저는 춘향이 아니에요."라는 메모가 눈에 들어왔다. 그렇다. 춘향은 추천으로 매여 있는 몸이었으나 효진 양은 달랐다. 매여 있긴 했으나 그것이 춘향처럼 물리적으로 갇혀 있는 상태는 아니었을 것이다. 그러므로 그녀는 춘향과 달리 '서으로 가는 달같이' 갈 수 있었을 것이다.

"이쯤 하면 됐네. 정리해 볼까? 춘향은 자신의 단조로운 삶을 거부하고 자유를 찾고자 했어. 두근거리는 일상, 혹은 자신을 두근거리게 하는 어떤 것을 찾고 있었을지도 모르지. 하지만 그녀는 그네라는 주어진 공간에서 벗어날 수 없었던 거야."

"효진 양은 그런 춘향의 삶에 공감했고요."

"그러나 효진 양은 춘향과 다른 선택을 했지. 그녀는 그네라는 굴레를 벗어나 다른 삶을 살기로 한 거야."

"아, 이제 효진 양이 왜 집을 나갔는지 알 것 같네요. 김 회장님께 연락드릴까요?"

"아니, 내가 직접 하겠네. 은사님을 그렇게 대해서는 안 되지."

얼마 지나지 않아 김 회장의 차가 앞뜰에 도착했다. 이번에도 혼자서, 그러나 처음 방문과 달리 약간 흥분한 발걸음으로 사무소 안에 들어왔다.

"그래, 어떻게 됐나?"

"교수님, 혹시 효진 양이 유학을 했었습니까?"

"그렇지. 대학 때까지 현대무용을 했네. 독일에서 유학했었지. 그런데 자네도 알다시피 효진이가 내 유일한 혈육이지 않나? 어릴 때는 제 하고 싶은 걸 하라고 했지만 나도 나이가 들어 가고 저도 이제 경영 공부를 할 때가 됐다고 판단했다네. 그래서 S대 MBA 과정을 밟고 있었네."

"그 과정에서 따님은 큰 불만 없었고요?"

"불만이 없었어. 고분고분 독일에서 한국으로 귀국을 했고 준비 과정도 순조로웠네. 그런데 설마 그것 때문에 효진이가 연락을 끊은 건가?"

"불만이 있었지만, 사랑하는 아버지에게 그 말을 차마 하지 못한 것 같습니다. 교수님 말씀대로 착한 딸이니까요."

"무슨 말인가?"

선생님은 「추천사」에 적힌 메모와 시를 해독한 내용을 김 회장에게 상세하게 풀어 주었다. 김 회장은 고개를 끄덕이기도 하고 한숨을 쉬기도, 때로는 고개를 숙이기도 하면서 끝까지 이야기를 들었다.

"그래서 효진이는 지금 어디 있을까?"

"아마 서방으로 갔을 겁니다. 마침 독일에서 유학했다고 하니 독일일 가능성이 큽니다. '서으로 가는 달'이 그 증거입니다. 그리고 또 하나."

"뭔가?"

"'울렁이는 가슴을 밀어 올려 다오'입니다. 따님은 가슴 뛰는 일을 하러 그곳에 간 겁니다. 그러니까 교수님의 경영 수업은 따님의 가슴을 뛰게 하는 일은 아니었나 봅니다. 현대무용을 전공했다고 하니 그녀의 가슴 뛰는 일은 춤이 아닐까요?"

"음……."

김 회장은 커피 한 모금을 마신 후 말을 이었다.

"다른 애들보다 조금 늦게 시작했지만, 워낙 열정적인 아이라 금방 두각을 나타냈지. 독일 유학도 제 실력으로 국비를 지원받아 간 거야. 아버지 지원 없이 혼자 힘으로 해 보고 싶다고 하더구만. 거기서 장학금도 받고 괜찮은 대회에서 입상도 했다고 들었네. 그러나 애초에 난 그 애가 무용을 계속하길 바라지 않았어. 독일 유학도 경영학 복수 전공을 하겠다는 조건으로 허락한 거였다네. 딸애도 거기에 동의했고 말이야. 경영학 성적도 괜찮았던 걸로 아네. 원래 내 말을 잘 듣는 착한 애였으니."

"그런데 무용을 포기하지 못한 거군요."

"그러게 말이야. 다 큰 줄 알았는데 아직 세상 물정 모르는 철부지야."

"네, 교수님께서 제가 시를 공부하겠다고 했을 때 하신 말씀이지요."

선생님의 얘기에 김 회장이 크게 웃었다. 특유의 호탕한 웃음이었다. 그런 김 회장을 보며 선생님도 미소를 지었다.

"그랬지. 맞아, 그랬어."

김 회장은 두 손으로 커피잔을 쥐고 잠시 생각에 잠긴 듯했고, 우리는 아무 말을 하지 않았다. 잠시 후, 남은 커피를 마신 그가 자리에서 일어났다.

"어쩌면 나는 우리 딸애를 너무 몰랐던 것 같군. 20년 전 자네를 몰랐던 것처럼 말이야. 독일 쪽에 우리 직원이 나가 있으니 수소문을 좀 해야겠어. 자네 생각이 맞다면 찾는 건 그리 어렵지 않을 테지. 고맙네, 설 탐정."

"되도록 빨리 효진 양과 연락이 닿기를 바랍니다, 교수님."

"의뢰비는 나중에 우리 양 비서가 처리할 거네. 연락이 올 테니 최대한 많이 부르게."

호탕한 웃음과 함께 나를 돌아보며 말했다.

"자네, 커피 내리는 솜씨가 일품이더군. 종종 커피 마시러 와도 되겠나?"

"물론입니다, 회장님. 언제든 오십시오. 물 끓여 놓고 기다리겠습니다."

나는 커피잔을 흔들며 말했다.

"어찌 말투가 자네 선생과 닮아 가는구만. 하하."

김 회장은 선생님과 나에게 악수를 한 후 사무소를 떠났다. 김 회장, 아니 딸의 행방을 찾은 아버지의 호탕한 웃음소리가 커피 향처럼 그윽하게 퍼졌다. 그렇게 긴 하루가 지나갔다.

며칠 후, 김 회장과 그의 딸이 함께 사무소를 찾아왔다. 효진 양은 큰 키에 늘씬하면서도 무용으로 단련된 탄탄한 몸매를 가진 서구적 미인이었으며, 조신하고 예의가 발랐다. 선생님께 공손히 인사한 후 심려를 끼쳐 죄송하다는 사과의 인사 그리고 선생님 덕분에 아버지가 자신의 꿈을 인정해 주었다는 감사의 인사를 건넸다. 이제부터 독일에서 본격적으로 무용가의 삶을 시작할 거라는 이야기도 덧붙였다.

"그룹 승계 건은 서두르지 않기로 했네. 사람은 제 하고 싶은 걸 해야 행복하다는 걸 알았네. 자네 덕분에 말이야."

김 회장이 내 어깨를 다정하게 두드렸다.

"나랑 있을 때보다 이 친구와 있을 때 설 탐정 자네 얼굴이 더 좋아 보이는구만."

사무실 문을 나가며 효진 양은 아버지의 팔짱을 꼈다. 김 회장은 살짝 놀란 듯 딸을 한 번 쳐다봤지만, 이내 자기 손을 딸의 손등에 포개었다. 붉게 물든 태양이 팔짱을 끼고 걸어가는 부녀의 등을 타고 조용히 넘어가고 있었다.

2화.

열정이 사라진 아이돌

「빈집」, 기형도

보사노바. 삼바와 쿨 재즈가 결합해서 만들어진 브라질 음악. 사무소가 허전하단 생각이 들 즈음이면 으레 보사노바 선율이 흘러나온다. 보사노바를 즐기는 선생님이 오디오의 플레이 버튼을 누르기 때문이다. 삼바 특유의 리듬에 쿨 재즈의 냉소적인 음률의 결합은 왠지 선생님과 잘 어울린다. 선생님 덕에 본래 재즈에는 문외한이던 나도 스탠 게츠*(Stan Getz)*나 안토니오 카를로스 조빔*(Antonio Carlos Jobim)*, 후앙 질베르토*(Joao Gilberto)*의 노래 정도는 그럭저럭 듣고 아는 체를 할 수 있게 되었다. 지금은 스탠 게츠와 후앙 질베르토가 컬래보한 'The Girl From Ipanema'가 흘러나오고 있다. 나는 방금 사무소를 나간, 눈부시게 아름다운 여인을 생각하며 의미도 모르는 포르투갈어 가사를 들리는 대로 따라 부르고 있다.

딩동.

그날, 갑작스러운 초인종 소리에 꽤 놀랐던 걸로 기억한다. 앞뜰에 차가 들어오는 소리도 못 들을 만큼 큰 오디오 볼륨 때문이었다(이 오디오는 사무소에서 가장 비싼 기기이고 우리는 볼륨을 높이는 것으로써 그 성능을 확인하곤 했다). 창밖에는 하얀 스포츠카가 서 있고, 잘 관리된 차체와 휠이 자신들이 받은 빛을 창 쪽으로 되돌려주고 있었다. 거듭 울리는 초인종 소리에 나는 문을 열어 의뢰인을 맞이했다. 소파에 앉은 채 방문객의 정체를 궁금해하는 선생님의 모습을 보니, 미리 약속된 의뢰인은 아닌 듯했다.

"여기가 설 탐정님의 사무소가 맞나요?"

170㎝ 정도의 키에 40대 중반쯤 되어 보이는 남성으로, 배는 약간 나왔으나 검붉은 재킷에 상앗빛 바지 그리고 스카프를 매치한, 범상치 않은 패션 센스를 갖춘 중년 신사였다. 깔끔하게 정리된 헤어스타일이 단단하고 다부진 인상을 주었다. 방문자가 의뢰인이라는 것을 확인한 선생님은 소파에서 일어서서 악수를 청했다.

"제가 설록입니다."

"탐정님께 의뢰할 게 있어 찾아왔습니다."

마침 우려 놓은 녹차를 조금 따라서 의뢰인에게 대접했다.

의뢰인은 선생님에게 사무소가 아늑하고 좋다느니, 책이 많다느니 하는 잡담을 늘어놓은 뒤 명함을 꺼내며 자기를 소개했다.

"저는 MF엔터테인먼트의 대표 안토니라고 합니다."

선생님은 명함을 앞뒤로 뒤집어 가며 자세히 살펴보았다. 아무래도 선생님은 MF엔터테인먼트라는 이름을 처음 들어 본 것 같았다. 그걸 눈치챘는지 안토니 씨는 주로 아이돌 그룹을 제작하는 곳이며 업계에서 나름의 인지도를 넓혀 가며 성장하는 중이라고, 자신의 회사를 소개했다.

"그런데 무슨 일이신지……."

"혹시 ANZ라는 그룹을 알고 계시는지요? 저희 회사 소속입니다만……."

"아, ANZ라면 저도 알고 있습니다. 신문에서 본 적이 있지요."

이즈, 샤니, 보영, eS(에스) 4명으로 구성된 ANZ는 출중한 보컬 실력, 파워풀한 퍼포먼스로 데뷔 이후 줄곧 인기를 끌고 있는 여성 아이돌 그룹이다. K-POP에 관심이 없는 선생님마저도 알 만큼 그들의 대중적 인지도는 상당했다. 1년 전 'NOW ON'이라는 곡으로 미국에 진출해서 빌보드 차트 1위를 차지했고, 현재에도 하루가 멀다 하고 언론의 보도가 쏟아지고 있다.

"우리 애들 가운데 '이즈'라는 가수가 있습니다. 팀의 리더죠. 노래도 잘하고 춤도 잘 추고, 아무튼 가수로서의 끼가 많아요. 무엇보다 열정이 많은 친구이고요."

우리 애들. 소속 가수에 대한 애정이 묻어나는 호칭이었다. 안토니 씨는 이즈가 ANZ로 데뷔하기 전 홍대 앞에서 기타를 치며 버스킹을 했다고 했다. 그 모습에 반해 캐스팅했으나 단번에 거절당한 후 1년간의 구애 끝에 겨우 수락을 받아냈다는 캐스팅 비화를 들려주었다.

"그런데 이 친구가 최근 들어 좀 이상해졌습니다. 몇 시간 연락이 끊겼다가 불쑥 나타나기도 하고, 연습에 늦기도 하고요. 연습에 나와서도 시무룩한 적이 많았습니다. 늘 밝고 활력이 넘치는 친구였는데 말이죠. 특유의 열정이 식었다고 할까요. 아무튼 영혼이 없는 느낌, 그런 느낌을 받았습니다."

"매너리즘의 일종인가요?"

"다른 아이라면 그럴지도 모르겠다고 생각하겠습니다. 말로만 듣던 빌보드 차트에서 1위를 했으니까요. 하지만 평소 민아, 아, 이즈의 본명이 민아입니다. 아무튼 조금이라도 민아에 대해 아는 사람이라면 매너리즘에 빠질 애가 아니라는 걸 알 겁니다. 매니저도 잘 알고 있죠. 겸손하지만 뚝심 있고 꿈도 큰 친구라는 걸 말이죠."

선생님은 관자놀이에 손가락을 얹고 안토니 씨를 바라보았다. 그의 진심을 살피는 듯했다. 보통 사람보다 약간 처져 보이는 안토니 씨의 눈꼬리가 인상을 쓰자 더 도드라져 보였다. 진심으로 소속 가수를 걱정하고 있는 표정이었다.

"민아가 갑자기 왜 이렇게 변했는지 알고 싶어서 찾아왔습니다. 도와주실 수 있으신지요?"

"음……. 일단 평소 민아 씨가 좋아하는 시인이 있었는지 묻고 싶습니다. 그걸 알아야 도와드릴 수 있습니다. 저는 시 탐정이니까요."

"물론 있습니다. 민아는 '기형도'의 열렬한 팬입니다. 기형도 얘기라면 자다가도 벌떡 일어날 정도죠. 그래서 이걸 가져왔습니다만."

안토니 씨는 가져온 서류 가방에서 시집을 한 권 꺼냈다. 기형도 시인의 유일한 시집이자 유고 시집, 『입 속의 검은 잎』이었다.

"민아가 소장하고 있는 시집입니다. 제가 좀 읽어 보겠다고 하니 흔쾌히 빌려주었지요. 그렇지만 저는 시를 보는 안목이 없어 놔서요. 탐정님은 시만 봐도 그 시를 좋아하는 사람의 마음을 알 수 있다고 들었습니다."

“네, 그 부분은 제가 도움이 될 수도 있겠습니다. 그런데…….”

“그런데라니요?”

“제가 하는 이 일이 민아 씨에게 실례가 되지 않을까 걱정됩니다. 시를 읽는 건 그 사람을 읽는 거니까요.”

“네?”

“사람마다 즐겨 읽는 시가 다르지요. 그건 그들의 삶이 다 다르기 때문입니다. 시가 자기 삶에 온전히 들어올 때야 비로소 그 시를 좋아한다고 말할 수 있는 겁니다. 아마 민아 씨는 기형도 시인의 시에 자신의 감정을 이입시켰을 겁니다. 그러니 시를 통해 민아 씨의 삶이나 고민을 읽어 낼 수도 있겠지요. 어떻게 보면 안토니 씨의 의뢰는 민아 씨의 사생활을 읽어 내는 것이 될지도 모릅니다. 민아 씨의 동의 없이요.”

“아, 미처 거기까지는 생각하지 못했습니다.”

“그래서 이 의뢰를 거절할 수밖에 없습니다. 죄송한 말씀이지만 말이지요.”

안토니 씨의 눈꼬리가 한층 더 처져 보였다. 매우 실망한 듯 말없이 고개를 숙인 채 가져온 시집을 손에 꼭 쥐었다.

“민아 씨 본인을 여기로 모시는 건 어떤가요?”

명확한 방법이 있는데도 망설이고 있는 모습이 답답했던

내가 나섰다. 민아 씨 몰래 시 추리를 의뢰한 게 문제가 된다면, 그리고 차선책이 없다면 정면 돌파를 해야 하는 법이다. 안토니 씨가 민아 씨를 설득해야 한다. 이 자리에 오도록(오해할까 봐 하는 말이지만 이즈를 만나고 싶다는 개인적 욕심으로 이렇게 말한 건 결코 아니었다).

"하지만…… 민아가 허락해 줄까요?"

"다른 방법이 있나요?"

"……."

"대표님 정도면 다른 방법은 충분히 찾아보셨을 테죠. 결론이 나오지 않으니 여기로 찾아오신 거 아닌가요?"

"……맞습니다. 사실 연애하는 걸로 의심하고 뒷조사를 해보기도 했습니다. 하지만 별다른 게 나오지 않았어요."

"정면 돌파하셔야 합니다."

한참 동안 아무 말 없이 생각에 잠긴 표정이 마치 화가 난 것처럼 보였기 때문에 내 경솔한 발언이 안토니 씨를 불쾌하게 만든 건 아닐지 염려되었다. 그러나 기우였다.

"해 보겠습니다."

안토니 씨의 입에서 의외로 하겠다는 대답이 나왔다. 때로는 경솔한 게 지나친 경계보다 나을 때도 있다는 선생님의 가르침이 떠올랐다. 선생님은 왼쪽 입꼬리만 올라가는 특유의 미소를 지으며, 안토니 씨 몰래 나를 향해 엄지를 추켜세웠다.

"지금 가서 솔직하게 말해야겠습니다. 민아의 동의를 받으면 시를 해독해 주시는 거지요, 탐정님?"

"물론입니다. 안토니 씨. 그런데 안토니 씨께서 솔직하게 물으신다면 그쪽에서도 솔직하게 이유를 말해 주지 않을까요? 그렇다면 굳이 제 도움이 필요할까요?"

"아마 아닐 겁니다. 민아는 자기 마음을 남들에게 잘 드러내지 않습니다. 진중한 친구이지요. 그래서 제가 팀의 리더를 맡긴 거고요. 그렇지만 시로 자신의 마음을 끄집어내는 건 직접 말하는 것과는 다르니까, 민아의 속내를 들을 수 있을지도 모르죠."

"그렇군요. 아무튼 당사자가 동의한다면 안토니 씨의 의뢰를 거절할 이유는 전혀 없습니다."

안토니 씨는 감사 인사를 한 후 사무소를 나갔다. 시동 걸린 스포츠카의 엔진 소리가 그의 표정만큼 비장하게 들렸다.

일주일 후, 안토니 씨에게 연락이 왔다. 상기된 목소리로 자신이 어떻게 이즈를 설득했는지에 관해 이야기했다. 시 추리에 대한 선생님의 능력과 인지도를 강조한 후, 선생님을 만나면 이즈 자신도 모르는 진심을 알 수도 있을 거라고 설득했다고 한다. 실패할지도 모른다는 예상과 달리 이즈가 의외로 쉽게 자신의 의견을 받아들였다는 것에 대한 만족감을 덧붙였다.

다음 날, 사무소의 초인종이 울렸다. 문 앞에는 놀랍게도 텔레비전에서만 보던 ANZ의 리더, 이즈가 서 있었다. 무대 위와 달리 수수한 복장이었지만, 멀리 주방에서도 연예인이라는 것을 알아볼 만큼 출중한 미모였다.

"안녕하세요?"

이즈가 발랄하게 인사했다. 아이돌 특유의 생기 있어 보이는 높은 톤의 목소리였다. 연예인들은 카메라가 켜져 있을 때와 꺼져 있을 때 모습이 다르다던데, 안토니 씨의 말대로 이즈는 무척 밝은 사람이었다.

"어서 오십시오, 이즈 양. 화면에서 보는 것보다 훨씬 미인이시군요."

"감사해요, 설 탐정님. 사무소가 참 멋지네요. 고풍스럽고 아늑한 느낌. 저도 이렇게 꾸미고 살고 싶을 정도예요."

"과찬이십니다. 자, 일단 앉으시죠. 근데 이즈 양 혼자 오신 것 같습니다만."

"네, 대표님은 다른 일정 때문에 함께 오지 못했어요. 최근에 데뷔한 신인들 일로 바쁘시거든요. 게다가 당신이 없는 게 더 나을 것 같다고 하시더군요, 여러모로. 참, 대표님께 제 본명을 들으셨다면서요? 그럼 편하게 민아라고 불러 주세요."

인사를 마친 이즈, 아니 민아 씨가 커피를 준비하는 내 쪽을 보며 살짝 고개를 끄덕였다. 나도 고개를 끄덕이는 걸로 화답했다. 연예인을 실물로 본 건 처음이라 순간적으로 눈이 마주쳤을 뿐인데도 볼이 화끈거리는 것이 느껴졌다.

"안토니 씨께 듣자 하니 기형도 시인을 좋아하신다고."

"네, 맞아요. 탐정님은 어떠세요?"

기형도 이야기를 듣자마자 민아 씨의 얼굴에 화색이 돌았다. 기형도 얘기만 나오면 자다가도 깬다는 안토니 씨의 이야기가 과장이 아닌 듯했다.

"저도 물론입니다, 민아 양. 어두운 시어를 적재적소에 배치하는 시인의 탁월한 안목을 높이 평가하고 있습니다."

"역시 시 탐정님이시라 표현이 다르시군요."

"하하, 감사합니다. 그건 그렇고 기형도 시인의 어떤 시를 좋아하시나요?"

"「빈집」이라는 시를 정말 좋아해요. 뭔가 내 얘기를 하는 것 같기도 해서요. 그런데 사실 잘 모르겠어요. 왜 그 시에 끌리는지. 시 추리를 할 수 있는 능력이 제겐 없으니까요. '그저 느낌이 좋아서' 정도가 제가 할 수 있는 최선의 대답인 거 같아요."

잠깐 머뭇거리던 민아 씨가 다시 이야기를 꺼냈다.

"대표님이 탐정님을 만나 보라고 하셨지만, 선뜻 나서기를 망설였어요. 제 마음을 들킬까 봐 두려웠거든요. 그런데 문득 들킬 걸 두려워할 만큼 잘 알지 못한다는 사실을 깨달았어요. 제 마음을 말이죠. 어쩌면 탐정님께 도움받을 수 있을지도 모른다는 생각에 마음을 바꿔 먹었어요."

"제가 도움이 되면 좋겠습니다. 「빈집」을 통해서 민아 씨 마음을 알고 싶다는 거군요."

"맞아요, 탐정님."

"사실 그게 안토니 씨의 의뢰 내용이기도 했습니다."

"네, 들었어요. 대표님이 요즘 제가 좀 변한 거 같다고 하시더라구요. 저도 알고 있어요. 제가 변했다는 걸. 그런데 저도 이유를 모르니, 왜 변한 거냐는 질문에 대답할 수 없더라구요. 음……, 제가 대표님이라도 답답하실 거 같아요."

"그렇군요……. 자, 완승 군."

선생님은, 막 커피를 내와서 자신의 옆자리에 앉은 나를 보았다.

"이 친구는 제 제자이자 조수인 성완승 군입니다. 시 읽는 솜씨가 보통이 아닙니다. 이 커피 맛처럼 말이죠. 어떤가? 낭독을 부탁하려 하는데 말이야."

거절할 수 없는 부탁이었다. 게다가 시를 낭독하는 건 내 담당이기도 했고.

"네, 커피가 참 맛있어요. 낭송도 기대할게요, 완승 씨."

쾌활한 민아 씨의 말이 끝나기가 무섭게 새삼 쑥스러움과 부담감으로 귀가 달아올랐다. 잘 읽을 수 있을까?

빈집

기형도

사랑을 잃고 나는 쓰네

잘 있거라, 짧았던 밤들아
창밖을 떠돌던 겨울 안개들아
아무것도 모르던 촛불들아, 잘 있거라
공포를 기다리던 흰 종이들아
망설임을 대신하던 눈물들아
잘 있거라, 더 이상 내 것이 아닌 열망들아

장님처럼 나 이제 더듬거리며 문을 잠그네
가엾은 내 사랑 빈집에 갇혔네

"정말 좋네요. 「빈집」을 낭송으로 들은 적은 없었는데, 시어가 살아 숨 쉬는 것 같아요."

"그게 이 친구 능력입니다. 평소에는 이것보다 더 나은데 민아 씨 앞이라 긴장했나 봅니다."

긴장했다는 선생님의 분석은 정확했다. 솔직히 말해 내 생애 이렇게 떨리는 낭독은 처음이었다(다시 한번 말하지만, 내 눈앞에 최고의 아이돌이 앉아 있다는 걸 알아주길 바란다).

"하기야 민아 씨 같은 미인 앞이라면 누구나 긴장을 하기 마련이죠. 그럼 시를 한번 보실까요?"

민아 씨는 살짝 웃으며 고개를 끄덕였다.

"1연입니다. '사랑을 잃고 나는 쓰네'. 자신의 처지를 처음부터 밝히고 있지요. 사랑을 잃어버린 겁니다. 그리고 그 기록을 남기고 있지요."

"네, 저도 그렇게 보이네요."

"시인은 2연부터 자신의 메시지를 숨기고 있지요. '잘 있거라, 짧았던 밤들아'에서는 상상력이 조금 필요합니다. 완승 군, 자네도 연애해 본 적이 있겠지?"

나를 바라보고 있는 민아 씨의 큰 눈망울 앞에서 순간적으로 경험이 많다고 해야 할지, 없다고 해야 할지를 고민했다(다시 한번 더 말하지만 내 앞에 앉아 있는 사람은 대한민국 최고의 아이돌이다. 단지 그 이유였다. 정말이지 별다른 뜻은 없었다).

"있습니다."

"생각할 시간이 필요했었나 보군. 이왕 생각한 김에 좀 더 생각해 보게. 짧은 밤은 무얼 상징하는지 말일세."

"아무래도 그녀와 함께 있었던 밤이겠죠? 사랑에 빠졌을 때는 함께 있는 시간이 짧게 느껴지니까요."

나는 민아 씨를 의식해 '그녀와 함께 있었던 밤'을 최대한 덤덤하게 말했다. 다행히도('당연하게도'라고 해야 한다는 것을 나도 안다) 민아 씨는 그다지 신경을 쓰지 않는 것 같았다.

"그렇다면 '짧았던 밤'은 사랑에 빠졌을 때라고 해독할 수 있겠지. '창밖을 떠돌던 겨울 안개들아'에서는 뭐가 느껴지나?"

"음……, 좀 더 상상해 봐야겠군요. 둘은 한 공간에 있었고 창밖에는 겨울 안개가 보였죠."

“좋은 시도네, 완승 군.”

“완승 씨도 탐정님 못지않네요.”

나는 탐정님 못지않다는 민아 씨의 칭찬에 괜히 쑥스러워졌다.

“계속할까요? ‘아무것도 모르던 촛불들아’에서 드러나는 대상은 ‘촛불’입니다. 아까 완승 군이 그려 줬던 공간으로 들어가면, 그곳에는 창이 있고 두 사람이 있고 그 사이에 촛불이 있는 겁니다. 아무것도 모르는, 즉 둘 사이에 이별이 있을 줄은 전혀 모르던 촛불 말이지요.”

민아 씨는 선생님의 설명에 따라 상상하는 듯이 천장을 바라보고 손가락을 빙빙 돌리고 있었다.

“문제는 2연의 4행입니다. ‘공포를 기다리던 흰 종이’, 이게 뭘까요? 지금까지는 우리는 사랑하는 이와의 즐거운 추억에 ‘잘 있거라’라고 말하며 이별하는 화자를 보고 있었습니다. 그런데 갑자기 ‘공포’라니, 이 상황에서 나타날 공포는 뭐가 있을까요?”

“이별…… 아닐까요?”

민아 씨가 대답했다.

“이별, 좋은 시도입니다. 그렇다면 완승 군, ‘흰 종이’는 뭘까?”

'흰 종이'. 민아 씨 말대로 공포를 이별이라고 한다면 흰 종이는 이별을 기다리고 있어야 한다. 그런데 왜 '흰' 종이인가. 흰색에 대해 생각해 보자. 흰색은 보통 아무것도 묻어 있지 않은 깨끗한 이미지를 나타낸다. '종이'는 무언가를 쓸 수 있는 도구이다. 그렇다면 종이에 이별을 쓸 수 있겠지. 응? 이별을 쓴다고? 이별을 쓸까 봐 무서운 건가? 그래서 3행에서 '잘 있거라'라고 말했다면?

"선생님!"

"말해 보게, 완승 군."

"사랑하는 사람에게 이별은 공포입니다. 공포를 기다린다는 건, 이별할까 봐 무서워하는 화자의 마음이지요. 그런데 화자는 그런 공포심과 작별을 하려는 것 같습니다."

"작별이라고요?"

"네, 민아 씨. 4행에 '잘 있거라'가 있기도 하고, 7행에 한 번 더 반복되기도 하지요. 쉽게 말하면 '이별할까 봐 두려워하는 마음이여, 잘 있거라' 정도가 될 것 같습니다."

"그런데, 완승 씨. '이별할까 봐 두려워하는 마음으로부터 작별한다는 말'이 무슨 뜻인지, 이해하기 힘드네요."

"선생님이 말씀하신 '흰 종이'의 의미를 생각해 봤습니다. 흰 종이에는 무언가가 적히기 마련이죠. 제 해독에 따르면 '공포를 기다리던 흰 종이들아', '잘 있거라'라는 진술은 '이별하자는 메시지가 적히는 것과 작별하려는 것'으로 읽힙니다. 그러니까 흰 종이는 이별 편지로 해석됩니다."

내 말을 잠자코 듣고 있던 선생님의 왼쪽 입꼬리가 미세하게 올라갔다. 맞았다!

"다만, 아직 적히지 않았습니다. 헤어지자는 얘기는요. 하지만 화자는 미리 두려워하고 있었던 겁니다. 상대의 입에서 헤어지자는 말이 나오는 걸 말이죠."

내 말을 듣고 민아 씨가 조용히 고개를 끄덕이며 초점 없는 시선으로 시집을 바라보았다.

"훌륭하네, 완승 군. 역시 탐정은 경험이 만드는군."

선생님, 감사합니다만 제가 그렇게 경험이 많지는 않습니다.

"민아 양, 지금 연애를 하고 계십니까?"

"정말 하고 싶지만 애석하게도 시간이 없어요, 탐정님."

민아 씨는 갑작스러운 질문에 다소 놀랄 법도 했지만 당황스러운 기색 없이 농담조로 말했다. 하긴 연예인이라면 언제든지 기습적으로 받을 수 있는 질문이니 대비도 철저하게 했을 것이다.

"시간과 사랑 사이에는 연관 관계가 없다는 연구 결과가 있더군요."

"그런 연구를 하는 데도 있나요? 놀랍네요. 하긴 동의해요. 막 데뷔했을 때는 그렇게 통제된 환경에서도 연애를 하기도 했으니까."

신인이었던 이즈가 연애를 했다는 얘기는 처음 들었다. 특종 기삿감을 스스럼없이 말해 준 것은 민아 씨가 어느 정도 우리에게 경계심을 풀었다는 증거였다. (대상이 누군지 물어볼 뻔한 걸 겨우 참았다)

"그런데 지금은 아니에요. 최근 몇 년 동안 너무 여유 없는 생활을 했어요. 거기에 연애라는 짐까지 얹을 수 없었죠. 연애가 할 때는 좋아도 헤어지면 후유증이 오래가잖아요? 특히 제 직종은 그 후유증이 일에도 영향을 미칠 수 있어요."

"그겁니다, 민아 씨. 연애하면 항상 따라오는 것."

"네? 혹시 후유증인가요?"

"일종의 후유증이죠. 결별. 그리고 그로 인한 상처, 아픔 같은 것들이죠."

"죄송한데 좀 쉽게 설명해 주시겠어요? 제가 이해력이 떨어지는 편은 아니라고 생각했는데, 탐정님과 얘기하다 보니 지금까지 스스로 과대평가하고 있었다는 생각이 드네요."

민아 씨가 고개를 저으며 말했다.

"하하, 죄송합니다. 정리하자면 '공포를 기다리던 흰 종이'와 이별하겠다는 것은 상대보다 내가 먼저 이별을 고하겠다는 일종의 선언입니다. 아까 완승 군이 밝혀냈듯, '흰 종이'에는 아무것도 적혀 있지 않지요. 흰 종이에 무언가를 적는 건 화자가 아니라 상대방입니다. 화자는 비록 상대가 아직 이별을 얘기하지 않았지만, 언젠가는 이별 통보의 종이가 자신에게 전달될 것을 예감했겠지요. 그래서 자신이 먼저 이별한 겁니다."

"겁쟁이네요, 화자는. 아직 오지도 않은 이별이 두려워서 먼저 이별을 하다니요."

"네, 그렇게 볼 수도 있겠네요. 그런데 상대방과 사랑이 불타오를 때는 보통 이런 생각을 하지 않아요. 그러니까 이 시를 쓸 때, 시인은 이별의 낌새를 느꼈다고 봐야 합니다. 당사자만 느끼는 미묘한 기류 같은 거요. 연애 경험이 있으시다니 어떤 느낌인지 아실 겁니다."

"네, 감이 오네요."

너무 솔직한 대답에 본인도 놀랐는지 민아 씨의 얼굴이 살짝 발그레해졌다.

"'망설임을 대신하던 눈물들아'를 보시죠. 이 시구는 화자 본인도 사실 이별을 예전부터 고민하고 있었다는 증거입니다. 그 말을 할까 말까 망설이고 있었지요."

"아, 그 구절이 그렇게 해독되는 거군요."

"그럼, 선생님. '더 이상 내 것이 아닌 열망들아'는……."

"계속해 보게, 완승 군."

"연인과 인연을 계속할 수 없다는 것, 함께하고 싶은 열망을 접어야 한다는 걸 드러낸 표현이군요."

"그렇다네. 그렇지만 그런 마음을 먹는 게 그리고 행동으로 옮기는 건 쉽진 않겠지. 그 증거는 3연이네."

"'더듬거리며 문을 잠그네'가 그런 마음을 드러낸 거라구요, 탐정님?"

"네, 민아 양. 먼저 9행을 보시면 '빈집'이 있지요. 사랑을 가두는 공간입니다. '갇혔네'라고 표현하고 있지만 사실 화자가 가둔 거지요. 하지만 더듬거립니다. 민아 양은 사람이 언제 더듬거린다고 생각하시죠?"

"아마도 눈이 안 보일 때가 아닐까요?"

"그렇죠. 사람은 시야를 잃었을 경우 더듬거리는 행위를 하게 되지요. 하지만 중요한 건 '왜 화자가 갑자기 시야를 잃었는가?'입니다. 답은 의외로 간단해요. 앞의 내용이 그 증거입니다. 그것은……."

선생님의 설명이 미처 끝나기도 전에 민아 씨가 바로 대답했다.

"눈 딱 감고 문을 닫은 거라고 해야겠죠. 독한 마음을 먹고서요."

선생님은 조용히 고개를 끄덕였다. 민아 씨 또한 모든 걸 이해했다는 듯 고개를 두어 번 끄덕인 후, 무언가를 골똘히 생각하는 듯했다.

"커피 한 잔 더 드릴까요?"

"네, 부탁드릴게요."

내가 커피를 내리는 동안에도 민아 씨는 한동안 시에서 눈을 떼지 못했다. 커피를 한 모금 마시고 나서 숨을 크게 내쉰 뒤 입을 열었다.

"연애가 아니에요, 탐정님."

"그럴 거라 짐작했습니다. 예전을 떠올리셨나 보죠? 혹시……."

민아 씨의 큼지막한 눈이 선생님을 향했다.

"거리에서 공연하던 때였나요?"

민아 씨는 흠칫 놀란 표정을 짓고는 김이 빠졌다는 듯 허탈한 미소를 지었다.

"역시 소문대로 탐정님은 못 속이겠네요. 세간에 '설록 앞에서 시를 펼치지 마라. 네 영혼까지 훑어볼 것이다.'라는 말이 있어요. 아세요?"

"처음 듣습니다만."

선생님의 대답은 거짓말이다. 서문커피 마스터에게서도 여러 번 들었던 이야기이다. 분명 안토니 씨도 비슷한 얘기를 했었고.

"탐정님도 거짓말은 서투시네요. 처음부터 다 알고 계셨던 거죠?"

"방금 사람들이 제가 시로 상대의 영혼을 본다고 하시지 않으셨나요?"

농담조로 건넨 선생님의 얘기에 민아 씨는 살짝 웃으며 커피 한 모금을 더 마셨다.

"커피가 정말 좋네요. 감사해요, 완승 씨."

나는 고개를 까딱하며 답례했다.

"제 사랑의 대상은 사람이 아니었어요. 음악이었죠. 물론 지금 하는 음악은 아니구요. ANZ로 데뷔하기 전에 하던 음악이었죠."

"데뷔하기 전에는 주로 어떤 음악을 하셨지요?"

"재즈였어요. 특히 보사노바를 좋아했어요. 어렸을 때 상파울루에서 살았거든요. 10년 정도. 아빠가 브라질로 발령이 나서 가족 모두 이민을 갔어요. 말도 안 통하는 외지에서 외로

웠어요. 그때 저를 위로해 준 게 기형도와 보사노바였어요. 브라질 사람들은 재즈를 좋아해요. 유명한 뮤지션도 많구요. 저도 그 영향을 받았죠. 그쪽으로 관심이 많았어요. 혼자 노래와 악기를 익힌 후에 버스킹을 했어요. 그곳에는 재즈 버스킹을 하는 사람이 많았는데, 동양 여자애가 보사노바를 하는 게 신기했나 봐요. 나름 동네 인기 스타였죠."

민아 씨는 '인기 스타'를 말하면서 겸연쩍게 웃었다.

"그러다 스물한 살에 귀국했어요. 아빠 일이 마무리됐거든요. 한국에서도 음악은 계속하고 싶었어요. 브라질에서 하던 것처럼 기타를 메고 홍대에 가서 길거리 공연을 했어요. 그때 안토니 대표님을 만난 거구요."

"한국에서는 비주류 음악이죠. 재즈도 보사노바도."

"네, 그래도 좋아해 주는 분들이 있긴 했어요. 몇 분이지만 공연 때마다 오시는 분들도 계시고. 대표님도 그중 한 분이셨죠. 돈은 못 벌었지만, 사실 돈을 벌려고 한 것도 아니었어요. 재밌었어요. 아니, 행복했달까? 내가 하고 싶은 음악, 내가 하고 싶은 일을 하고 있었으니까요."

"그러다 안토니 씨의 캐스팅 제의를 받으신 거군요."

"네, 사실 알고 있었어요. 이 음악을 계속하지 못할 수도 있겠다는 걸 말이죠. 선생님 말씀처럼 비주류 음악이잖아요. 언제까지고 길거리에서 공연할 수도 없는 일이고. 근데 그때 마침 대표님이 캐스팅 제의를 하시는 거예요. 고민했죠, 아주 오래. 울기도 많이 울었고."

"'망설임을 대신하던 눈물들'이군요."

"정말 그러네요. 사실 꿈이 있긴 했거든요. 엘리안느 엘리아스*(Eliane Elias)* 같은 싱어송 재즈 보컬리스트가 되고 싶었어요. 하지만 눈 딱 감고 외면했던 거 같아요. 잘 안될 거라고 생각했어요. 더듬거리며 문을 잠근 거죠, 기형도 식으로 말하면. 생각해 보면 겁쟁이였죠. 그래도 그때는 기왕 선택한 것 열심히 해 보자고 죽기 살기로 했어요. 춤도 곧잘 췄거든요. 브라질이잖아요?"

살짝 웃는 민아 씨를 보며 나는 삼바를 추고 있는 그녀의 모습을 떠올렸다. 그것도 나름 어울릴 것 같았다.

"사실 활동을 준비하는 기간에도, 활동하는 기간에도 재밌었어요. 보사노바를 잊을 만큼. 좋은 멤버가 영입되기도 했고, 안토니 대표님이 동분서주한 덕도 있겠죠. 모두 한마음으로 정말 열심히 했어요."

"그런데 갑자기 왜 그 열정이 꺼진 겁니까?"

선생님이 조용히 물었다.

"음……, 미국 활동 때였어요. 숙소가 센트럴 파크 주변이어서 멤버들이랑 같이 공원을 걸었어요. 해 질 즈음이었는데 거기는 우리를 알아보는 사람이 없더라구요. 오랜만에 신나게 수다를 떨었어요. 커피도 마시고. 마침 그때가 '서머 스테이지'가 열리는 날이더라구요. 야외 공연하기 참 좋은 날씨이기도 했죠. 근데 거기서 보사노바를 연주하는 내 또래 여가수를 봤어요. 신인이었는지 처음 듣는 이름이었어요. 노래를 한참 동안 멍하니 들었던 거 같아요. 멤버들이 숙소로 들어가자고 하지 않았다면 아마 계속 그 자리에 있었을지도 몰라요. 그때부터였을 거예요, 아마도."

우리는 숨죽이고 다음 이야기를 기다렸다.

"스스로 좀 비겁하다는 생각이 들었어요. 어떻게 보면 내가 하고 싶은 걸 놔두고 다른 길로 도망쳐 온 거잖아요. 흰 종이가 주는 공포를 못 이겨서 빈집에 넣고 문을 잠가 버린 거죠. 그런데 무대에서 노래하는 그녀는 너무 행복해 보였어요. 자기가 하고 싶은 일을 한다는 생각이 들었죠. 그걸 보니, 좀 시시해졌어요. 제가 하는 일, 노래, 춤이 모두 다."

"그렇군요."

"정말 몰랐어요, 내가 왜 변했는지. 탐정님의 추리를 듣기 전까지는요. 말씀을 듣고 나니까 모든 게 정리되네요. 5년 전에 저는 보사노바로 유명해질 거라는 꿈이 불가능할 거라고 생각했어요. 내 것이 아닌 열망인 줄로만 알았던 거죠."

민아 씨는 손깍지를 끼고 기지개를 켜며 말했다.

"이제 좀 후련하네요. 왜 슬럼프에 빠졌는지 알았어요. 제가 뭘 원하는지도요."

"그럼 이제 우리는 ANZ를 볼 수 없는 건가요?"

나는 잃어버린 예전의 꿈을 상기해 낸 그녀가 ANZ 활동을 지속할 수 있을지 궁금했다.

"아뇨. 두 번씩이나 도망칠 수는 없죠."

한 치의 망설임도 없었다. 민아 씨의 표정은 처음 여기 왔을 때와 같이 부드러웠으나 대답에서 결연한 의지가 느껴졌다.

"계속할 겁니다. 지금 그만두게 되면 저는 또 더듬거리며 문을 잠가야 해요. 멤버들도 있고, 대표님과의 관계도 있구요. 저희를 기다리는 팬들도 있어요. 게다가 재미있기도 해요. 팬들이 우리 노래와 춤을 따라 부르고 추는 게 얼마나 신기한지 몰라요. 유튜브에 커버링한 춤과 노래가 올라오는 걸 보는 재미도 있구요. 다시 열심히 할 거예요. 다만……."

"다만?"

"언젠가는 보사노바도 해 보고 싶어요. 5년쯤 활동했으니 솔로 앨범을 낼 기회가 있겠죠. 대표님을 설득해서 솔로 앨범

만큼은 보사노바로 채워 보고 싶어요. 상업적으로는 어떻게 될지 모르겠지만."

"제가 설득하는 데 힘을 보태 보죠. 민아 양과의 대화를 들려준다면 안토니 씨도 납득할 겁니다. 게다가 민아 양이 부르는 보사노바를 꼭 들어 보고 싶기도 하고요."

"발매되면 한동안 사무소에는 민아 씨 노래만 들리게 되겠네요. 선생님이 후앙 질베르토 팬이시거든요."

"아, 탐정님도 보사노바 좋아하시는군요?"

민아 씨는 진심으로 반가워하는 표정이었다.

"앨범이 발매되면 사무소에서 라이브로 불러 드릴게요."

"그렇게 해 주신다면 더할 나위 없는 영광이겠군요, 민아 양."

"진심이에요. 진심으로 감사하다고 생각하니까요. 모르고 있었던 저 자신을 찾은 것 같거든요. 두 분 덕분에."

민아 씨의 표정에서 편안함이 느껴졌다. 대화를 마친 후 민아 씨는 거듭 감사를 표하며 사무실을 나갔다. 보사노바의 리듬처럼 발걸음이 가벼워 보였다.

배웅을 마친 선생님이 오디오 쪽으로 걸어갔다. CD를 찾고 계신 것 같았다.

"오늘은 이 노래가 어울리겠군."

'The Girl From Ipanema'가 흘러나온다. 사무소가 보사노바의 리듬으로 가득 메워진다. 따스한 햇살이 내리쬐는 어느 날, 사무소 앞 테라스에서 민아 씨, 아니 이즈가 부르는 노래를 듣는다면 무척 근사한 여름이 되겠다고 나는 생각하고 있었다.

3화.

셋째 형은 어디로 갔을까?

「감자 먹는 사람들 - 삽질 소리」, 정진규

「고향길」, 신경림

셋째 형은 어디로 갔을까?

"이봐, 완승 군. 이 그림 어떤가?"

사무소 문을 열자마자 선생님이 물었다. B시에 강연을 다녀온 선생님의 두 손에는 큰 액자가 들려 있었다. 나는 액자를 받아 들며 그림의 출처를 물었다.

"모조품이네."

당연히 모조품이겠지요.

"그런데 선생님. 우리 사무소에는 그림을 걸어 둘 만한 공간이 없는걸요."

"아, 그런가? 이거 곤란하군."

"충동구매를 하신 것 같군요."

"역 앞에서 3만 원에 팔고 있지 뭔가. 맙소사, 무려 고흐 그림을 말이야. 안 살 수가 없었네."

선생님은 마치 진품을 산 것마냥 어깨를 으쓱했다.

"일단 여기 두도록 하지. 걸어 둘 공간이야 차차 생각하고 말이야."

"네, 그건 그렇고. 이 그림은 무슨……?"

"고흐의 「감자 먹는 사람들」이네. 초창기 작품이지. 네덜란드 농촌의 빈곤한 풍경을 그린 거야."

"그래서 전체적으로 어두운 거군요."

"그렇지, 왼쪽에 있는 부부의 손을 자세히 보게. 농사로 거칠어질 대로 거칠어진 저 손으로 자식을 키워 냈을 테지. 저들의 어둡고 침울한 내면을 어두운 색감으로 드러냈을 거란 말일세. 이런 명작을 마땅히 걸 데가 없다니 아쉽군."

선생님은 응접실 테이블 옆쪽에 세워 둔 액자를 못내 마음에 걸리는 듯 안타깝게 바라봤다. 진품을 사고 모조품이라 시치미를 떼고 있는 게 아닐까 하는 의심이 들 만큼.

그때였다. 사무소 바깥에서 욕설 섞인 큰 소리가 들렸다.

"우라질! 네놈이 입을 닫고 있는 바람에 이게 무슨 고생이야?"

"형님이랑은 말을 못 한다니까요. 어차피 화만 내시잖아요."

"제기랄, 네가 말 같지 않은 소리를 하니까 그렇지. 그놈이 어디 있는지만 알려 주면 되는 거 아냐! 이 판국에 시는 무슨 시야!"

"그러니까 거기가 어딘지 알려고 여길 온 거 아닙니까? 일단 들어가요."

한껏 흥분된 두 남자의 대화가 사무소 문을 뚫고 우리 앞에 다다랐다. 나보다 조금 더 입구에 가까웠던 선생님이 직접 문을 열었다.

"무슨 일이신지요?"

"여기가 뭣이냐, 시 탐정 사무손가 하는 데가 맞소?"

키는 크지 않으나 큰 덩치, 넓적한 얼굴에 부리부리한 눈망울의 남자가 무례한 말투로 선생님에게 물었다. 정돈되지 않은 턱수염이 제법 센 걸로 봐서 40대 후반에서 50대 초반 정도로 보였다. 남자는 화가 나 있는 듯했고 그래서인지 가뜩이나 험상궂은 인상이 더 두드러졌다.

선생님은 손가락으로 출입문 옆에 걸린 현판을 가리켰다. 그 옆에 서 있던 남자가 말했다.

"죄송합니다. 형님이 화를 내셔서 덩달아 목소리가 커졌나 봅니다. 탐정님이신가요?"

"그렇습니다만, 볼일이 있으시다면 일단 들어와서 말씀하시지요."

거듭 죄송하다고 말하면서 남자는 덩치 사내와 함께 사무소로 들어왔다. 남자는 형님이라 부르는 자보다 적어도 스무 살은 젊어 보여서 부자간이라고 해도 의심하지 않을 듯했다. 덩치 사내보다는 덩치가 작았지만, 키는 더 크고 넓은 어깨에 단단한 체구였다. 덩치 사내는 사무소에 들어와서도 연신 투덜거리며 불만을 토로했다.

"그러니까 왜 여기까지 와야 하냔 말이다."

"무슨 일이신가요?"

"이놈아, 네놈만 입을 열면 되는 거야. 남들 앞에서 이게 무슨 망신이냐?"

"형님이야말로 잠자코 있으세요. 말도 제대로 못 하게 하면서 무슨 말을 듣겠다고……."

"뭐야? 이 자식이 보자 보자 하니까."

덩치 사내는 당장이라도 동생을 때릴 듯이 손을 올렸다. 나는 참다못해 소리를 질렀다.

"남의 사무소에 와서 이게 무슨 행팹니까?"

그 말에 덩치 사내가 손을 내렸다. 하지만 분이 풀리지 않은 듯 팔짱을 낀 채 동생의 반대편으로 고개를 돌렸다. 선생님은 눈짓으로 씩씩거리고 있는 나를 말렸다.

"두 분께 실례를 범했습니다. 저희 형님이 워낙 다혈질이시라, 게다가 안 좋은 일도 있고요."

동생의 말에 덩치 사내가 헛기침을 했다. 이 상황을 말없이 지켜보던 선생님이 말했다.

"어수선한 분위기가 되었네요. 괜찮으십니까?"

"이 정도 일은 늘 있어 놔서 저는 괜찮습니다만, 저야말로 죄송합니다."

그러고 보니 젊은 남자는 시종일관 차분한 표정이었다. 그의 말대로 덩치 사내의 과격한 행동에 꽤 익숙한 것처럼 보였다. 선생님이 앉으라고 권하자 둘은 소파에 앉았다. 덩치 사내는 화가 덜 풀린 듯 팔짱을 낀 채 이번에는 입구 쪽을 바라보았다.

"탐정님께 의뢰할 일이 있어서 왔습니다. 며칠 전 저희 셋째 형님이 사라졌습니다. 아무 말도 없이요. 아, 이분은 제 큰 형님입니다. 저는 막내이고요. 사형제입니다."

"네놈은 알고 있잖아. 그놈이 어디 있는지."

또 덩치 사내가 끼어들었다. 그의 무례함에 대응할 법도 했지만 워낙 감정 조절에 능숙한 선생님은 아랑곳하지 않고 물었다.

"그건 무슨 말씀입니까?"

"저 녀석은 알고 있어요. 그놈이 어디 있는지. 나만 모르는 얘기를 둘이서는 곧잘 했으니까, 분명 그놈이 막내한테는 말을 했을 거란 말이오."

선생님은 젊은 남자 쪽으로 시선을 돌렸다.

"아닙니다. 제가 알고 있는 건 셋째 형이 최근에 봤던 시밖에는 없습니다. 저에게 읽어 주고는 시가 어떠냐고 물어봤었죠. 괜찮은 시 같았지만 워낙 시에 대해 아는 게 없어 놔서요. 그냥 괜찮은 거 같다고 말했더니 무슨 반응이 그리 싱겁냐고 했어요. 제가 아는 건 그 정도입니다."

"뼈 빠지게 일해서 공부시켜 놨더니, 뭐? 시? 내 참."

맥락도 없이 툭툭 끼어드는 덩치 사내의 무례함이 계속 거슬렸다.

"진정하시고요. 그 시가 중요한 단서가 될 거 같습니다."

"응? 지금 뭐라고 하셨소?"

"셋째 동생분이 막내분께 읽어 주었다는 시. 그 시가 이 사건을 해결하는 키입니다."

선생님이 턱을 매만지며 말했다.

"나 참, 무슨 소리를 하는 건지. 그깟 시가 무슨 단서가 된단 말이오?

"조금 지켜보시죠. 아! 완승 군, 차 좀 부탁하네."

덩치 사내의 무례함을 신경 쓰느라 의뢰인에게 차를 대접하는 것마저도 잊고 있었다. 그를 위해 차를 내오는 게 영 내

키지 않았지만, 의뢰인을 대접한다는 선생님의 철칙을 어길 수는 없는 일이었다.

"그나저나 방금 하신 말씀, 좀 자세히 해 주시겠습니까?"

"무슨 말?"

"공부시켜 놨다는 얘기 말입니다."

"자세하게 하고 자시고도 없소. 들은 대로 그놈이 사형제 중에 유일하게 먹물 좀 먹은 놈이오. 내가 다 공부시켰다고. 근데 이놈이 이렇게 말도 없이 사라지니, 이거야 원."

"그렇군요. 그 내용은 나중에 듣도록 하고, 음…… 성함이?"

선생님은 젊은 남자를 보며 말했다.

"유성한입니다. 여기 형님 이름은 유배한이고요. 셋째 형 이름은 유계한입니다."

"네, 유성한 씨. 유계한 씨가 보여 주신 시, 제목을 기억하십니까?"

"그게…… 기억이 잘…… 감잔가 고구만가 그랬던 거 같은데……."

남자는 먼 곳을 바라보며 관자놀이를 긁적거렸다. 기억해 내려고 애를 쓰는 모습이었으나 쉽게 떠오르지 않는 것 같았다. 잠시 후 무언가를 발견했다는 듯, "아!" 하는 소리를 냈다. 남자의 시선은 테이블 옆에 세워진 그림에 가 있었다.

"감자였어요. 감자를 먹는…… 뭐 그런 거였어요. 저 그림…… 저 그림 같은 거요."

"「감자 먹는 사람들」이군요."

선생님은 나를 보면서 눈을 찡긋하며 말했다.

"저 그림을 사 온 게 괜한 일은 아니었나 보군. 그렇지 않나, 완승 군?"

"정말 그렇군요."

"미안하네만 시집 좀 찾아봐 주게. 정진규 시인의 『시집 반·고호』라는 시집이라네. 자네 왼쪽에서 두 번째 책장 다섯 번째 칸 즈음에 있을 거야."

선생님이 시집을 찾아오게 하는 방식이 신기했는지 덩치 사내가 반응을 보였다.

"저 많은 시집이 모두 선생 거요?"

"오, 짧은 시간이었는데 그새 보셨군요. 네, 그렇다고 할 수 있지요."

"뭐, 내 직업이니까. 시 제목만 들어도 그 시집을 찾을 수가 있는 거요?"

"뭐, 제 직업이니까요."

"껄껄, 재밌는 양반이시구먼. 이 녀석이 시 탐정이라고 하기에 뭐 하는 양반인가 했더니 전문가이시구려."

"그러니까 형님, 대단한 분이시라니까."

"아, 그러니까 지금 얘기하고 있잖아. 암튼 남의 일터에 와서 소란을 떨어 미안하게 됐소."

덩치 사내의 태도가 조금 누그러져 있었다. 제목을 듣자마자 시집을 찾아내는 선생님의 모습에서 신뢰를 느끼는 것 같았다. 나는 시집을 찾아 자리로 돌아왔다.

"「감자 먹는 사람들 – 삽질 소리」네. 완승 군, 낭독해 주겠나?"

나는 시를 훑어보며 분위기를 먼저 느꼈다. 그림처럼 어둡고 습한 분위기. 그렇지만 너무 암담하게 읽고 싶지는 않았다. 아마 시 말미에 있는 '부드러웠다'라는 시어 때문일 것이다.

감자 먹는 사람들 - 삽질 소리

정진규

우리들도 그렇게 둘러앉아
삶은 감자를 먹던 때가 있었다
불빛 흐린

언제나 불빛 흐린
저녁 식탁이
누구의 손 하나가 잘못 놓여도
삐걱거렸다
아무 말도 하지 않았다
다만 셋째 형만이
언제고 떠날 기회를 노리고 있었다
잘 삶아진 굵은 감자알들처럼
마디 굵은 우리 식구들의 손처럼
서걱서걱 흙을 파고 나가는
삽질 소리들을 꿈속에서도 들었다
누구나 삽질을 잘하는 것은 아니다
우리는 타고난 사람들이었다
새벽에는
빗줄기가 조금 창문을 두드렸다
제일 부드러웠다
새싹들이 돋고 있으리라 믿었다
오늘은 하루쯤 쉬어도 되리라
식구들은
목욕탕엘 가고 싶었다

"맞습니다. 이 시예요. 셋째 형님도 이 시를 읽어 줬죠."

"안타까운 애기부터 해야겠군요."

"뭡니까?"

덩치 사내가 물었다.

"이 시만 가지고 셋째분이 어디로 갔는지는 알 수 없습니다. 다른 단서가 있어야 합니다. 다만 그분이 떠났을 때의 마음은 알 수 있을 거 같습니다."

"흥, 지긋지긋하게 가난한 집구석 보기 싫어서 떠난 게지, 뭐. 나약한 자식."

"아직 동생분을 잘 모르시는군요."

"뭔 소리요? 내가 지금껏 동생 놈들 뒷바라지하며 살았소. 내가 이놈들 부모요, 부모."

"부모라고 해서 자식 마음 다 아는 건 아니지 않습니까?"

선생님의 지적에 덩치 사내가 입을 다물었다. 딱히 반박할 말을 찾지 못한 듯했다.

"탐정님, 부탁드립니다. 형님이 왜 떠났는지라도 알면 찾는 데 도움이 될지도 모르니까요."

"네, 그럼 시작하겠습니다. 1행과 2행을 보면 화자는 어렸을 때부터 가난한 생활을 했다는 걸 알 수 있습니다. 밥 대신에 '삶은 감자'를 먹었다는 걸 보면 말이지요. 그리고 그런 상황 때문에 암울해하는 것도 발견됩니다. '불빛 흐린'이 그 증거입니다."

"쳇, 내 말이 맞잖소. 가난 때문에 떠난 거라니까. 선생을 못 믿는 게 아니라 정황이 그렇잖아, 정황이."

"아, 가만히 좀 들어 봐요. 탐정님, 계속 부탁드립니다."

더 들을 것도 없다는 듯 덩치 사내는 여전히 팔짱을 낀 채 고개를 좌우로 흔들었다.

"분위기도 심상치 않군요. '누구의 손 하나가 잘못 놓여도/ 삐걱거렸다'를 보면 위태위태한 분위기가 느껴집니다. 형님이 상당히 엄하게 동생분들을 키우셨군요. 식사 자리에서 동생들을 혼내기도 하셨나 봅니다."

"그랬지. 어쩔 수 없잖소. 선생은 형제가 어떻게 되는지 모르겠지만, 사형제요. 남동생 셋을 키우려면 가장이 중심을 잡고 딱 버티고 있어야지. 그러니 엄하게 대할 수밖에 없었소."

"충분히 이해합니다."

"그나저나 시만 보고 그런 걸 알아내다니, 신기하긴 하구먼."

"어떤 시가 누군가에게 사랑을 받는다는 것은 시에 그 사람의 마음이 깃들어 있기 때문입니다."

덩치 사내는 고개를 끄덕였다. 소파에 기댄 몸을 조금 일으켜 허리를 곧추세웠다. 선생님의 시 추리에 관심이 생긴 듯했다.

"아주 엄했습니다. 큰형님은 형제끼리 싸우는 것, 특히 먹는 거로 싸우는 걸 극히 싫어했어요. 적은 음식이라도 꼭 나눠 먹기를 바랐죠. 하지만 어릴 땐데 그게 되나요. 거의 매일 혼났습니다. 그 덕에 우리끼리 우애는 좋은 편입니다. 큰형님과는 좀 어렵지만요."

"뭐가 어렵다고 그래? 좀 컸다고 말끝마다 또박또박 대꾸나 하고 말이야."

덩치 사내는 큰 소리로 동생을 타박했지만, 동생에게 집안의 가장 역할을 인정받은 것이 겸연쩍어서 괜히 그러는 것 같았다.

"아마 이 부분이 동생분의 마음을 사로잡았을 겁니다. '다만 셋째 형만이/ 언제고 떠날 기회를 노리고 있었다'."

"이거 봐. 그럴 줄 알았어."

동생이 이제 말하기도 지쳤다는 듯 아무 말 없이 덩치 사내의 허벅지를 잡았다. 덩치 사내는 입을 다물었다.

"집을 떠나려고 생각했던 건 맞습니다. 그런데 중요한 건 왜 떠났냐는 거지요. 셋째분은 알고 있던 것 같습니다. 가난이 끝나지 않을 것 같다는 걸요. '누구나 삽질을 잘하는 것은 아니다/ 우리는 타고난 사람들이었다'가 그 증거입니다. '삽질'은 육체노동을 말합니다. 이를 근거로 볼 때, 식구들이 모두 육체노동을 하는 걸로 보입니다. 큰형님께서는 건축이나 인테리어 쪽 일을 하시겠죠? 나머지 동생분들도 그쪽 일을 하실 테고요."

"아니, 그건 어떻게 알았소? 뭐로 먹고산다는 얘기는 안 했던 거 같은데?"

"처음 여기에 앉으실 때 말씀하셨습니다."

"응? 언제 말이오?"

"제가 아까 들어오신 지 얼마 되지도 않았는데 시집이 꽂혀 있는 책장을 보셨냐며 놀라자, 유배한 씨께서 직업이 그쪽이라고 말씀하셨지요. 게다가 두 분 다 그을린 피부도 그렇고, 굵은 팔 근육이나 굵은 손가락 마디를 보고 그쪽 일을 하실 거라 추측한 것뿐입니다. 큰형님의 영향으로 동생분도 그쪽 일을 하실 테고요."

"야, 이거 진짜 보통분이 아니시구먼!"

"그저 운이 좋았을 뿐입니다. 계속해도 되겠습니까?"

"부탁합시다."

거칠었던 말투가 부드러워졌다. 덩치 사내는 이제 완전히 선생님을 신뢰하게 된 것 같았다.

"화자는 희망을 버리지는 않았습니다. 오히려 '새싹들이 돋고 있으리라' 믿었죠. 하늘에서는 비가 옵니다. 비가 오면 일을 못 하지요. 그러면 선생님은 어떤 생각이 들 것 같습니까?"

"화가 나겠죠. 일을 못 하면 돈을 못 버니까 말이오."

"보통은 그렇겠죠. 하지만 화자는 그걸 휴식이라 여기고 있습니다. '하루쯤 쉬어도 되리라'가 이 판단의 증거입니다. 비를 유배한 씨처럼 부정적으로 생각한 게 아니라 새싹, 그러니까 희망을 키우는 단비로 여겼다고 볼 수 있지요. '식구들은/ 목욕탕엘 가고 싶었다' 이 부분을 보면 식구들에게 휴식을 주고 싶어 하는 화자의 마음이 보입니다. 그러니까!"

선생님의 '그러니까!' 소리에 두 사내의 눈이 동시에 선생님에게로 집중되었다.

"화자는 식구들이 지친 걸 알고 있었습니다. '식구들은/ 목욕탕엘 가고 싶었다'가 그 증거입니다. 유계한 씨는 식구들에게 휴식을 주고 싶었을 거라고 판단됩니다. 이게 그가 식구들을 떠난 이유입니다."

"탐정님, 좀 더 자세히 말씀해 주시겠습니까? 조금 혼란스러워서요."

동생 쪽이 말했다.

"아까 유배한 씨께서 형제 중 유일하게 유계한 씨만 공부시켰다고 하셨지요. 나머지분들은 뒷바라지하셨을 테고. 아마 그는 식구들의 노고에 죄책감이나 부담감을 느끼고 있었던 걸로 판단됩니다. 흔히 '목욕탕'은 피로를 풀러 가는 곳이죠. '목욕탕엘 가고 싶었다'는 식구들이 피로를 풀고 싶어 할 만큼 지쳤다는 걸 유계한 씨가 알고 있었다는 겁니다. 그런 맥락에서 볼 때, '오늘은 하루쯤 쉬어도 되리라' 이건 이제부터 자신이 여러분을 쉬게 하겠다는 말로 들립니다. 이제 자신이 나서야 한다고 생각한 거지요. 정리하면, 유계한 씨는 경제활동에 나선 거로 보입니다. 식구를 위해서 말이지요."

나란히 앉은 두 사내는 한동안 아무 말이 없었다. 덩치 사내는 팔짱을 낀 채 바닥을 보았고, 젊은 남자는 두 손으로 머리를 감쌌다.

"빌어먹을 놈. 누가 저보고 돈 벌어 오랬나……."

덩치 사내가 중얼거리고 나서 말했다.

"선생님 말씀이 맞소. 우리 중에 셋째 놈이 제일 똑똑했지. 나야 뭐 애초에 공부와 담을 쌓았고 둘째 놈은 나를 따라 저도 돈을 벌겠다고 고등학생 때부터 일찌감치 건축 일을 배우기 시작했지. 근데 셋째 놈은 머리가 좋았어요. 공부를 곧잘 했지. 상도 많이 받아 오고. 그래서 형님들이 돈을 벌 테니 공부를 계속하라고 했수다. 뭐, 저도 우리 따라 일을 하겠다고 했지만 우리가 말렸어. 우리 가운데 적어도 한 놈은 배운 놈이 있어야 한다고 했어요. 나중에 더 많이 벌어서 우리를 먹여 살리라고 했지. 그 고집 센 놈이 그 말을 듣더니 그나마 수긍을 하더라고. 그날부터 본격적으로 공부를 했어요. S대에 들어갈 정도는 됐는데 장학금 때문에 지방사립대에 갔어."

"그런데, 졸업하고 나서도 취직이 안 됐어요. 4년 장학생이라고 해도 지방대 출신은 취직이 안 된다고 하더라고요. 혼자 괴로워하는 걸 자주 봤어요. 그래서 저도 기술을 배우는 쪽으로 생각하게 된 거고요. 형제들한테는 힘든 티를 안 냈지만, 그래도 느낌이라는 게 있잖아요. 공부를 더 하고 싶어도 대학원에 갈 형편은 안 되고, 그렇다고 취직도 안 되고 그러니 힘들었겠죠. 큰형님, 둘째 형님이 장가도 못 가고 자기 뒷바라지 한다고 항상 미안해했어요."

"쓸데없는 생각을……."

"그랬군요. 두 분 말씀을 들으니 큰형님께서 추측하신 이유로 집을 떠난 건 아닌 듯 합니다. 오히려 경제 상황을 바꿔 보려 집을 떠났다고 보는 게 더 설득력이 있군요."

"그러게 말이오. 큰 오해를 한 거 같소. 나는 이놈이 집구석이 지긋지긋해서 도망친 걸로만 알았거든."

"제가 말씀드렸잖아요. 셋째 형이 그런 사람이 아니라고."

"그거야, 형편 따라 얼마든지 변할 수 있는 게 사람이니까. 그런 걸 한두 번 봤어야 말이지."

덩치 사내가 답답한 듯 소매를 걷었다. 거친 팔뚝에 도드라진 핏줄이 눈에 들어왔다.

"노가다 경력만 30년이오. 그간에 남 뒤통수치는 인간들 지긋지긋하게 봐 왔수다. 그래도…… 동생 놈은 믿었어야 했나 봅니다. 우리 책임지라는 것도 그냥 공부하라고 한 말인데, 그걸 곧이곧대로 들어서는. 미련한 놈, 괜히 사람 미안하게."

덩치 사내가 천장 쪽으로 고개를 들어 큰 눈을 끔뻑거리자 동생이 형님의 허벅지를 툭툭 쳤다. 그것은 내가 본 것 중 가장 무뚝뚝한 위로였다.

"이제 어떻게 해야 할까요?"

젊은 남자가 물었다.

"크게 걱정하실 필요는 없을 듯합니다. 성공하든 실패하든 어떻게든 연락이 오겠지요. 아무 말 없이 떠난 걸 보면 당분간 자신을 찾지 말라는 메시지를 준 걸지도 모릅니다. 게다가 동생분께 시로 왜 자신이 떠났는지에 대한 단서를 주기도 했잖습니까? 뭔가를 해내겠다는 의지를 가진 분이니 기다려 주시는 게 어떨까요?"

나란히 앉은 두 사내는 동시에 고개를 끄덕였다.

사무소를 나가기 전 젊은 남자가 의뢰비를 물었으나 선생님은 셋째 형님을 찾으면 그때 달라며 거절했다. 덩치 사내가 그런 법이 어딨느냐며 막무가내로 의뢰비를 내려 했으나 선생님의 단호한 태도에 눌린 듯했다(어쩌면 의뢰비가 꽤 비싼 편이라는 말이 그의 고집을 꺾는 데 큰 역할을 한 걸지도 모르지만). 아무튼 소란스러웠던 형제는 돌아갔다.

형제의 의뢰를 완전히 잊었을 무렵, 한 통의 편지가 도착했다.

'유성한.'

봉투 겉면에 적힌 이름의 주인이 누구인지 생각해 내기 위해 기억을 더듬어야 했다. 그러나 편지의 첫째 줄을 읽자마자 금세 유성한 씨의 얼굴을 떠올릴 수 있었다.

안녕하세요. 기억하실지 모르겠습니다. 전에 셋째 형을 찾아 달라고 의뢰했던 사람입니다.

선생님의 시 추리 덕분에 집안 분위기가 좋아졌습니다. 큰형님은 그 이후로 셋째 형을 욕하지 않습니다. 둘째 형님도 셋째 형에게 미안한 마음이 든다며 안쓰러워하고 있습니다만 형을 걱정하지는 않는 것 같습니다.

좋은 소식이 있습니다. 얼마 전, 셋째 형에게 연락이 왔습니다. 잘 지내고 있으니 걱정하지 말라는 짧은 편지와 함께 시를 한 편 보내왔어요. 그런데 주변에 시 추리를 부탁할 분이 탐정님밖에는 안 계시네요. 그냥 말로 해 주면 좋았을 텐데…….

고향길

신경림

아무도 찾지 않으려네
내 살던 집 툇마루에 앉으면
벽에는 아직도 쥐오줌 얼룩져 있으리
담 너머로 늙은 수유나뭇잎 날리거든
두레박으로 우물물 한 모금 떠 마시고
가위 소리 요란한 엿장수 되어
고추잠자리 새빨간 노을길 서성이려네
감석 깔린 장길은 피하려네
내 좋아하던 고무신 집 딸아이가

수틀 끼고 앉았던 가겟방도 피하려네
두엄 더미 수북한 쇠전 마당을
금 줄기 찾는 허망한 금전꾼 되어
초저녁 하얀 달 보며 거닐려네
장국밥으로 깊은 허기 채우고
읍내로 가는 버스에 오르려네
쫓기듯 도망치듯 살아온 이에게만
삶은 때로 애닯기만 하리
긴 능선 검은 하늘에 박힌 별 보며
길 잘못 든 나그네 되어 떠나려네

계속 폐를 끼쳐서 죄송합니다만, 해독해 주시면 저희 형제에게 큰 도움이 될 것 같습니다.

참, 많지는 않았지만 돈도 보내왔습니다. 적은 돈이지만 이 돈을 의뢰비로 보내 드리려 합니다. 그게 형이 처음 보낸 돈을 값지게 쓰는 방법이라는 생각이 들어서요. 이번에는 받아 주시면 좋겠습니다.

유성한 올림.

편지를 보신 선생님은 속내를 알 수 없는 표정을 지으며 말했다.

"완승 군, 이번엔 자네가 추리해 보겠나?"

"제가요?"

"저번에 자네는 쏙 빠져 있지 않았나. 무례를 참지 못하는 자네의 그 정의로운 기질 때문에 무슨 일이 날 것 같아 조마조마했었네."

칭찬인지 비난인지 모를 이런 말씀에는 늘 헷갈렸지만, 이번만은 정확하게 알 수 있었다. 비난이었다. 아무튼 생각지도 못한 타이밍에 수업이 시작되었다.

"일단, 고향 집을 떠나려 하는 화자의 결연한 의지가 보입니다."

"근거는 어디 있나?"

선생님이 담담하게 물었다.

"1행의 '아무도 찾지 않으려네'가 근거입니다. 고향을 떠나는 길에 화자는 아무도 찾지 않고 떠나려는 모습이 보입니다."

"왜 그런 마음을 가졌을까?"

"음, 아마 마음이 약해질 것 같아서 그런 게 아닐까 합니다. 8행의 '장길'이나 9행의 '가겟방'도 피하려고 하는데 이 둘의 공통점은 자신이 아는 누군가를 만날 가능성이 있는 곳이라는 점이죠."

"장길이나 가겟방은 사람이 많이 드나드는 곳이니까 말이지."

"그렇습니다. 그래서 아무도 모르게 떠나고 싶었는데 그쪽으로 가면 누군가에게 들킬 수 있었겠죠."

"그럼 그는 무슨 길로 떠난 건가?"

"아무도 없는 길이겠죠. 구체적으로는 '쇠전 마당'일 겁니다. 두엄 더미가 수북하게 쌓여 있으면 아무도 자신을 못 보리라 생각했겠죠."

"고향을 떠나는 그 길이 희망이 있어 보이나?"

"안타깝게도 희망은 보이지 않습니다. 자신도 그걸 알고 있는 것으로 보이고요. 12행에서 그는 자신을 '허망한 금전꾼'이라고, 19행에서는 '길 잘못 든 나그네'라고 말합니다. '허망한'과 '길 잘못 든'을 단서로 해독해 본다면 희망이 보이지는 않지만 어쩔 수 없이 떠나야 하는 화자의 상황을 추측할 수 있습니다."

"잘했네, 완승 군. 자네의 화끈한 성격을 닮은 깔끔한 추리였네."

비난의 의도가 다분한 칭찬이었으나 이번에는 칭찬으로 받아들이기로 했다.

"그런데 선생님, 왜 직접 얘기하지 않고 굳이 시를 보냈을까요?"

"음……. 식구들을 떠나는 건 웬만한 용기로 할 수 있는 일이 아니네. 그러니 인사도 없이 떠날 수밖에 없는 거야. 유계한 씨의 경우는 이제야 그 이유를 말할 수 있을 정도의 용기가 생긴 걸로 보이네. 다만 차마 말로는 직접 전할 만큼은 아니었을 것 같군. 아직 당당하게 말할 수 있을 만한 성과를 내지 못했을 수도 있다고 보네."

"그렇군요."

"내 판단에 그는 식구들이 모르는 사이, 먼발치에서 그들을 보고 갔을 거야. 하지만 더 가까이 가지는 못했겠지. '살던 집 툇마루'를, 벽에 얼룩진 '쥐오줌'을 상상했을 뿐인 걸 보면 말이지. 더군다나 '새빨간 노을길'을 '서성거렸다'는 것이 그가 집 근처에는 가지 못했다는 결정적인 증거네. 결국 아직은 용기가 부족한 거야. 그래서 자기 마음을 직접 말하는 것도 식구들을 만나는 것도 못 하는 거지."

"하지만 언젠가는 용기가 생길 날이 있겠죠?"

내 물음에 선생님이 고개를 끄덕였다.

"진심으로 그럴 수 있기를 바라네."

선생님과 나눈 대화 내용을 정리하여 유성한 씨에게 편지를 썼다. 받은 의뢰비를 편지와 함께 봉투에 넣어 돌려보내려 했지만, 선생님은 이번에는 의뢰비를 받아야 한다고 했다. 정확한 이유를 알 수 없었으나 그렇다고 딱히 이유를 물어보지는 않았다.

문득 지금껏 응접실 테이블 옆에 놓여 있는 고흐의 그림이 눈에 들어왔다. 다섯 명의 식구가 모여 감자를 나눠 먹고 있다. 왼쪽의 남성과 여성, 부부인 듯 보이는 그들의 굵은 손가락이 보인다. 포크로 감자를 먹는 얼굴에 희미한 미소도 보인다. 가운데 여성이 차를 따르는 여성에게 감자를 건넨다. 그 모습이 무척 다정하다. 그림의 정중앙에는 그림자처럼 어두운 뒷모습을 가진 여인이 있다. 그녀는 어떤 표정일까? 그녀의 뒷모습에 유씨 집안 셋째가 겹쳐 보인다. 어쩌면 유계한 씨는 그림 속 사람들처럼 다정하게 식구들끼리 음식을 나눠 먹었던 과거를 그리워하고 있지 않을까. 혹은 오순도순 모여 있는 식구들의 모습을 멀리서 지켜보고 있지는 않을까. 지금 어디서 무얼 하고 있는지 알 수 없지만, 어쨌든 과거 자신의 성공을 위해 헌신해 왔던 가족을 위해 현재의 자신을 희생하고 있다는 건 분명하다.

나는 출입문에 그 그림을 걸기로 했다. 그러면 유계한 씨가 마침내 고독한 그림자를 떨쳐내고, 예전처럼 소란스러운 형제들이 모인 집의 문고리를 잡을 수 있을 것만 같았기 때문이다.

4화.

연애 상담

「한계령을 위한 연가」, 문정희

연애 상담

"저기, 이런 것도 해독해 주시나요?"

출입문에는 짧은 머리의 소년이 쭈뼛쭈뼛하게 서 있었다. '이런 것'이 어떤 건지는 몰랐지만 어쨌든 선생님이 외출하셔서 곤란하다고 말하려던 차에 소년이 말을 이었다.

"편지를 받았는데, 무슨 소리인지 알 수가 없어서요. 제가 워낙 이쪽은 꽝이라서요."

이런 것? 이쪽? 사연이 뭔지 궁금해진 나는 소년을 사무소로 들이기로 했다. 사연을 들어 보는 정도는 못할 것 없었고, 왠지 내가 처리할 수도 있을 것 같다는 느낌이 들기도 했다. 어쩌면 의뢰인이 소년이었기 때문에 생긴 자신감 때문일 수도.

소파에 앉은 소년에게 차를 대접했다. 그는 변성기가 갓 지난 목소리로 고맙다고 인사했다. 다부진 몸에 검게 탄 피부를 봐서 야외 스포츠를 즐기는 친구 같았다.

"저는 시 탐정 사무소에서 일하는 성완승입니다. 탐정님은 지금 안 계세요."

"아, 탐정님이 아니셨군요?"

그의 표정에서 실망의 기색이 느껴졌다. 자식, 솔직하기는.

"하지만 의뢰인이 가져온 시를 탐정님께 전해 드릴 수는 있어요."

"아, 네."

"운동을 하는 것 같네요."

"아, 저는…… A고등학교 3학년 강현승이라고 합니다. 야구부예요."

간단한 대답 후에 방향을 잃어버린 소년의 시선이 사방을 헤매고 있었다. 뭔가 말하기 곤란한 상황이라는 생각에 먼저 이야기를 꺼냈다.

"아까 입구에서 '이런 것'이라고 했는데, 사연이 뭔지 들어볼까요?"

"아."

현승이 메고 온 가방에서 국어 문제집을 꺼냈다. 책을 펼치자 파란 수국이 그려진 화사한 편지 봉투가 마치 꽃봉오리가 터지듯 모습을 드러냈다. 현승은 봉투에서 조심스레 편지를 꺼내 건넸다. 발신자 정하린. 특별한 메시지는 없고 이런 시가 쓰여 있었다.

한계령을 위한 연가

문정희

한겨울 못 잊을 사람하고
한계령쯤을 넘다가
뜻밖의 폭설을 만나고 싶다.
뉴스는 다투어 수십 년 만의 풍요를 알리고
자동차들은 뒤뚱거리며
제 구멍을 찾아가느라 법석이지만
한계령의 한계에 못 이긴 척 기꺼이 묶였으면.

오오, 눈부신 고립
사방이 온통 흰 것뿐인 동화의 나라에

발이 아니라 운명이 묶였으면.

이윽고 날이 어두워지면 풍요는
조금씩 공포로 변하고, 현실은
두려움의 색채를 드리우기 시작하지만
헬리콥터가 나타났을 때에도
나는 결코 손을 흔들지 않으리.
헬리콥터가 눈 속에 갇힌 야생조들과
짐승들을 위해 골고루 먹이를 뿌릴 때에도…….

시퍼렇게 살아 있는 젊은 심장을 향해
까아만 포탄을 뿌려 대던 헬리콥터들이
고라니나 꿩들의 일용할 양식을 위해
자비롭게 골고루 먹이를 뿌릴 때에도
나는 결코 옷자락을 보이지 않으리.

아름다운 한계령에 기꺼이 묶여
난생처음 짧은 축복에 몸 둘 바를 모르리.

"정하린이라는 친구에게 받은 건가요?"

"예."

「한계령을 위한 연가」라니, 풋풋한 10대의 사랑인 건가? 나도 모르게 미소가 지어졌으나 너무 진지한 현승의 태도에 미소를 멈추고 진지하게 물었다.

"정하린 양과는 어떤 관계예요?"

"그게……. 같은 반 친구예요."

"같은 반 친구? 야구부도 수업을 듣나요?"

"네, 우리 학교는 대회가 없는 기간에는 수업에 참여하거든요. 성적도 중요해서 평균 5등급이 안 되면 대회 출전권이 없어져요. 대회 성적이 없으면 프로 팀 지명도 안 되고, 대학도 못 갈 수 있으니까 출전권을 따기 위해서라도 수업을 들을 수밖에 없어요."

"그렇군요."

"1학년 때는 안 그랬는데 2학년 때 교장 선생님이 바뀌면서 그런 규정이 생겼어요. 운동선수도 공부해야 한다면서요. 그래서 야구부도 수업을 들어요. 3학년인 저까지도요."

처음에는 당연히 선수들이나 부모들까지 반발했다. 하지만 엘리트 체육 중심 교육을 바꿔야 한다는 학교장의 신념과 강력한 추진력으로 운동부도 정규수업 과정을 이수하는 것으로 운영방침이 세워졌다. 학교장은 선수들도 학생인 데다 선수 중에 프로 지명을 받는 일부와 대학에 진학하는 일부를 제외하고는 야구로 먹고살기 힘들다고 판단했다. 이 방침이 마음에 안 드는 몇몇 선수는 전학을 가거나 다른 지역으로 옮겼다. 하지만 까다로운 규정만큼 화끈한 재정 지원이 학부모와 선수들의 마음을 움직였고, 자신도 조금씩 적응해 나가는 과정이라는 것이 현승의 설명이었다.

"공부하랴, 운동하랴 힘들겠는데요?"

"솔직히 그래요. 아니, 그랬어요. 하린이를 만나기 전까지는 진짜 힘들었어요. 초등학교 5학년 이후로는 공부라고는 한 번도 안 해 봤으니까."

"하린 양이 현승 군을 도와줬나 보군요?"

"네, 많이요."

"그래서 현승 군은 하린 양을 좋아하고?"

현승은 다시 한번 쑥스러운 미소를 지었다. 아니라고 말하지 않았다.

"하린 양의 어떤 면이 야구 선수 청년을 반하게 했을까요?"

"음, 예뻐요."

"그것뿐이에요?"

"공부도 잘해요. 착하고 똑똑해요."

"또?"

"음……."

이 시는 「한계령을 위한 연가」라는 제목에서도 나와 있듯이 '연가(戀歌)' 즉, 사랑의 노래다. 사랑의 노래임은 분명한데 이 내용을 현승의 사정에 맞춰 추리하기 위해서는 좀 더 많은 이야기가 필요했기에 질문을 거듭할 수밖에 없었다(물론 10대의 연애사가 궁금하지 않았다고는 말 못 하겠지만).

"좀 구체적으로 얘기를 해 줘야 도움을 줄 수 있을 거 같아요. 처음부터 친했던 건가요?"

현승은 한참을 생각하더니 입을 열었다.

"제가 말주변이 없어서 길게 말하려면 생각을 좀 해야 해서요. 두 달 전인가, 조별 과제가 있었어요. 조별 과제라고 해도 사실 운동부는 빼거든요. 수업은 들어가도 조별 과제는 안 시켜요. 시간도 안 맞고, 사실 저희가 잘 못해서 애들도 싫어하고요. 근데 국어 선생님이 조별 과제에 저를 넣었어요. 하린이랑 같은 조예요."

"그때 친해진 거군요."

"네."

"하린 양이랑 어떻게 친해졌어요?"

"처음에는 별생각 없었어요. 시를 읽는 거였는데 무슨 말인지도 모르겠고. 다른 아이들도 저랑 같은 조가 되는 걸 별로 내켜 하지 않는 거 같더라고요. 근데 하린이가 옆에서 선뜻 같이 하자고 했어요. 이것저것 가르쳐 주기도 하고 제 의견을 묻기도 하구요.”

“아, 하린 양이 조장이었나요?”

“네, 공부를 잘하거든요. 성격도 좋고요. 처음에는 하린이가 뭘 물어도 대답을 안 했는데 계속 말을 거니까 할 수밖에 없었어요. 예쁘고 똑똑한 하린이 같은 애가 잘 대해 주니까 당황스럽달까, 쑥스러웠달까. 근데 진짜 친해진 건 보고서를 작성할 때였어요.”

“보고서요?”

“네, 조별로 나눈 이야기 내용을 보고서로 작성하는 수행평가였어요. 보고서를 쓰는 게 하린이 역할이었는데, 하린이가 저더러 도와 달라는 거예요. 다른 아이들도 있는데 왜 저에게 도와 달라고 했는지는 모르겠지만, 그래서 주말에 만났어요.”

왜겠니? 이 둔탱아.

“주말? 운동하지 않나요?”

“아, 그때 제가 부상이었어요. 훈련하다가 어깨를 조금 다쳐서. 포지션이 투수거든요. 지금은 괜찮은데 그때는 잠시 운동을 쉬었어요. 재활 운동만 조금 하고. 그래서 시간이 있었죠.”

"그렇군요. 그래서요?"

"카페에서 만나서 보고서를 썼어요. 저는 인터넷으로 자료를 찾아 주고. 하린이가 보고서를 썼는데 수정할 게 있으면 알려 달라며 보여 주기도 했어요. 근데 뭐, 제가 아는 게 있나요. 하린이가 척척 알아서 해서 생각보다 빨리 끝났어요. 그래서 이야기를 많이 나눌 수 있었어요. 야구 얘기를 많이 했는데 하린이도 야구를 좋아해서 얘기가 잘 통했어요."

"그게 결정구였군요."

현승은 쑥스러운 듯 고개를 숙이며 뒤통수를 긁적였다.

"그럼 편지는 어떻게 받았어요?"

"편지는 어제 받은 거고요. 그 전에 사실…… 보고서를 제출하고 나서도 계속 친하게 지냈어요. 따로 연락도 하고. 전에는 수업에 들어가는 게 힘들었는데, 하린이 때문에 좋았어요. 잘 보이려고 공부도 하는 척하고. 음……."

거침없이 이야기하던 현승이 살짝 망설였다. 나는 아무 말 없이 소년의 눈을 바라보았다. 어서 얘기해 줘, 기다리고 있잖아.

"아, 이런 말 하기 좀 쑥스러운데……."

내 바람을 읽었는지 이윽고 현승이 다시 말을 이었다.

"계속 보고 싶었어요."

"그래서?"

"고백했어요. 지난주 주말에요. 운동을 마치고 전화를 했어요. 좋아한다고 말했어요."

"그랬더니?"

"처음에는 장난치지 말라고 했어요. 무슨 소리냐고. 그런데 제가 좀 진지해지니까 아무 말 없었어요. 그냥 어영부영 끊었어요. 그리고 이번 주에 학교에 가니까 좀 서먹하달까? 그랬어요. 말도 안 걸고, 인사도 먼저 안 하고요. 그래서 거절한 걸로 알았거든요."

"편지는 언제 받았어요?"

"오늘 아침요. 학교에 가니까 저한테 오더니 이 문제집을 주더라구요. 풀어 보라고."

현승은 편지가 끼워져 있던 문제집을 들어 보였다.

"갑자기 다가와서 스윽 주고 갔어요. '이거 풀어 봐.' 하고요. 당황스러웠죠. 좋기도 했지만. 아무튼 이게 뭐냐고 물었는데, 풀어 보면 안대요. 그래서 책을 봤는데 안에 그 편지가 들어 있었던 거죠. 근데 이게 무슨 말인지……."

"그래서 여길 찾아온 거고."

"네, 맞아요."

"그렇군요."

나는 편지를 건네주었다. 현승은 숨을 크게 한 번 내쉬고 다시 눈을 편지에 가져갔다. 하지만 이내 고개를 갸우뚱거리면서 다시 한번 큰 한숨을 내쉬었다.

"근데 말이죠……."

내가 입을 열자 현승은 머리를 긁적이던 손을 멈추고 시선을 내 쪽으로 돌렸다. 핏줄이 선명하게 보이는 건강한 손으로 연한 파스텔 톤의 편지지를 조심스럽게 쥔 채.

"다행히도 내가 조금 공부했던 시네요. 현승 군 얘기도 들었으니 나름대로 시 추리를 할 수 있을 것 같은데. 저는 전문가가 아니니까 의뢰비는 안 받을게요. 어때요, 들어 볼래요? 아니면 선생님이 돌아오실 때까지 기다려도 돼요."

"괜찮으시면, 해 주시면 좋겠습니다."

현승이 완전히 내 쪽으로 몸을 돌려 앉았다. 눈빛에 초조함이 묻어 있었다. 마운드에서 상대 타자에게는 절대 보여선 안 될 눈빛이겠지.

"1연에 '한계령 쯤을 넘다가/ 뜻밖의 폭설을 만나고 싶다'고 말하고 있죠. 풍요를 알리는 뉴스와 자동차가 지나가는 세상에서 한계령에 묶이고 싶다는 것. 이게 뭘 말하는 걸까요?"

"폭설은 안 좋은 거 아닌가요? 눈이 많이 오는 거니까. 그럼 꼼짝하지 못할 테고. 아무튼 안 좋은 얘기 같아요."

"대개 그렇죠. 그런데 2연을 봐요. '눈부신 고립'이라고 말한 부분을 봐야겠죠. '발이 아니라 운명이 묶였으면' 합니다. 눈 속에 계속 있고 싶다는 거죠. 마치 운명처럼 말이에요. 여기를 '동화의 나라'라고 할 만큼 화자는 여기, 그러니까 폭설이 내리는 한계령을 좋아하는 것처럼 보여요."

"네, 듣고 보니 그런 것 같네요. 그런데, 왜 폭설 속에 묻히고 싶다는 거죠?"

의뢰인이 이렇게 적극적인 경우를 최근에는 본 적이 없었다. 사랑하는 사람의 대답을 빨리 듣고 싶어 하는 10대의 투박한 열정이 보기 좋았다.

"그건 조금 지켜봐야겠죠. 좀 더 볼까요? 3연에서는 공포로 변해 버린 풍요, 두려운 현실이 펼쳐져요. 자, 이제 나를 구해 줄 헬리콥터가 옵니다. 만약 현승 군이 이런 상황이라면 어떻게 하겠어요?"

"어떤 헬리콥터인지가 중요하겠죠. 저를 돕는 건지, 아니면 해치는 건지."

음, 이런 반응은 미처 생각하지 않았는데. 당황스럽지만 예리한 지적이었다. 역시 선생님처럼 물 흐르듯 흘러가지 않는군. 조금 더 설명할 필요가 있을 것 같았다.

"그렇죠? 그럼 이건 어때요? 4연에서는 이렇게 말해요. 젊은 심장을 향해 포탄을 뿌려 대던 헬리콥터들이 아니에요. 산짐승을 위해 먹이를 뿌리는 헬리콥터죠."

"그러면, 도움을 요청할 것 같아요. 좋은 일을 하는 헬리콥터니까."

"그렇죠. 현실이 나아졌어요. 폭력적인 세계가 아니라 평화의 세계에서 온 헬리콥터예요. 그런데도 화자는 옷자락을 보이지 않는다고 해요. 헬리콥터에 의해 발견되면 화자는 구해지고 말겠죠. 그럼 이 현실, 그러니까 폭설을 떠나야겠죠. 근데 화자가 아까 폭설은 '눈부신 고립'이라고 했단 말이죠. 화자는 벗어나고 싶지 않은 거죠, 여기에서."

"그렇다면…… 제가 헬리콥터인 건가요?"

"네?"

뜻밖의 해석이었다. 이 똑똑한 야구 소년은 시 속 화자가 헬리콥터가 나타나도 손을 흔들지 않은 것처럼 하린 양도 마음을 받아 주지 않고 무시하겠다는 메시지를 담은 것이라고 해석하고 있었다. 타당한 면이 없지는 않았으나, 정황상 그런 추리는 무리가 있다. 제목이 '연가(戀歌)'이지 않은가? 하지만 여기까지 찾아온 소년에게 "정황상 그럴 리가 없어요."라고 말할 수도 없는 일이었다.

적절한 답변을 고민하느라 잠시 생각에 잠긴 사이, 현승은 끝내기 안타를 맞은 투수처럼 어깨를 축 늘어뜨린 채 편지지를 바라보았다. 자기 생각에 조금씩 확신을 두기 시작하는 것 같았다. 아니야, 그런 거. 이 야구 소년이 더 깊은 절망의 나락에 빠지기 전에 얼른 말을 걸어야 했다. 추리야 대화를 하다 보면 답이 보이기도 하는 거니까.

"지금 고3이다. 그쵸?"

"네."

현승이 힘없이 대답했다.

"자, 처음부터 차근차근 생각해 봐요. '폭설'은 안 좋은 거죠, 보통. 한계령은 겨울에 매서운 추위로 유명하죠. 높기도 높고 험준하기도 하죠."

이 사람이 지금 무슨 말을 하려고 하냐는 표정으로 현승이 계속 듣고 있었다.

"지금 현승 군도 힘들죠? 고3이니까 경기에 들어서면 그 전하고는 좀 다르지 않나요?"

"아무래도 다르죠. 3학년이면 성적도 좀 내야 하고. 그래야 프로 지명을 받을 수 있으니까요. 대학에 진학하고 싶어도 가능성을 보여 줘야 하니까 부담감이 있어요."

"아마 하린 양도 그렇지 않을까요?"

"저번에 카페에서 그런 얘기를 했어요. 고3이라서 이것저

것 생각을 많이 하게 된다고. 대학 걱정이랑 진로 걱정이었죠. 하린이는 방송국에 들어가고 싶어 하는데, 엄마는 교사가 되라고 하신대요. 그것 때문에 엄마랑 싸우게 된다고도 얘기했어요. 친구들이랑도 조금 그렇고."

"경쟁 때문에?"

"네, 친하게 지내던 친구들도 시험 점수가 걸리면 경쟁 상대가 되고 만다고. 그게 싫은데 어쩔 수 없이 그렇게 된다고 했어요."

"아무래도 그렇겠죠. 힘들고 어려운 시기예요. 마치 한계령처럼. 그죠?"

현승은 고개를 끄덕이다가 불현듯 무언가가 떠올랐는지 손뼉을 딱 치고 말했다.

"한계령이 고3 시기라면 폭설은 고3 시기의 막막한 상황을 말하는 걸 수도 있겠네요?"

"그렇죠."

"하린이는 여기에서 빠져나가고 싶지 않고요."

"네, 근데 왜 빠져나가고 싶지 않을까요? 이렇게 힘든데."

"혹시……?"

감출 수 없는 듯한 실없는 미소가 현승의 검게 그을린 얼굴 위로 번졌다. 나는 손을 펴 현승 쪽을 가리켰다.

"아무래도 내 앞에 앉아 있는 야구 선수 때문인 거 같죠?"

연신 미소가 끊이지 않는 현승의 얼굴이 검붉게 물들기 시작했다. 심지어 귀까지. 팀의 연패를 끊은 투수처럼 주먹을 꽉 쥐며 기쁨을 만끽하고 있었다.

현승은 내가 건넨 편지를 받아 들고는 머리를 테이블에 닿을 정도로 고개 숙여 인사했다. 이 시가 이렇게 달콤한 시였는지 몰랐다며, 이제부터 야구만큼 시 공부를 열심히 할 거라고 했다. 꼭 프로야구 선수가 되어 다시 사무실로 찾아오겠노라는 공언도 잊지 않았다. 10분 전만 해도 세상을 잃은 표정으로 앉아 있었던 그 소년이 맞나 싶을 정도로 부산스러웠다.

현승이 나가고 나서 내리기 시작한 커피가 은은한 향을 풍기고 있을 때쯤 선생님이 귀가했다. 나는 선생님께 현승에 관한 이야기를 했다.

"처음 고백을 받은 상대가 괜찮은 아이라 다행이네."

"처음이라고요? 에이, 요즘 아이들이 얼마나 성숙한데요, 선생님."

"성숙하다고 해서 모든 걸 다 빨리 경험하는 건 아니지. 게다가 '난생처음 짧은 축복'이라고 하지 않았나? 짧은 만남이지만 강렬했나 보군. 하긴 10대의 사랑만큼 순수한 것도 없지……. 어른이 된다는 건 말이야. 때가 너무 많이 묻어 버린다는 거거든."

선생님이 무심한 눈빛으로 서문커피가 보이는 창 쪽을 바라보며 말했다.

"아무튼 이제 완승 군도 탐정 다 됐구먼그래. 자주 자리를 비워도 되겠어."

나는 "그래도 선생님이 계셔야지요." 하고 겸손의 말을 하는 걸 잊었다. 대신 마운드와 가장 가까운 관중석에 앉아 공 하나하나에 마음을 졸이며 바라보고 있는 하린 양과 여자 친구의 응원을 등에 업고 공을 던지는 현승의 투구를 생각하며, 커피 한 모금을 넘겼다.

5화.

새로운 시작

「사무원」, 김기택 / 「땅끝」, 나희덕

새로운 시작

질푸른 남해가 펼쳐진 낭떠러지 위, 한 남자가 구부정하게 서 있었다.

'채용 인원에 제한이 있어 부득이하게 귀하를 선발하지 못하게 된 점을 매우 안타깝게 생각합니다.'

정진은 휴대전화 문자 메시지를 바라보다 무심하게 '삭제' 버튼을 눌렀다. 그러면서 김기택의 시, 「사무원」을 생각했다.

'그놈의 사무원 되기가 왜 이렇게 어렵냐…….'

좌절감이 맹렬한 파도처럼 정진을 덮쳤다. 날밤을 꼬박 새워 가며 마무리했던 공모전도 최우수 졸업이라는 성적표도 만점에 가까운 토익 점수도 결국 '이류 대학'이라는 한계를 넘어서는 데는 제 몫을 해 주지 못했다. 자신보다 낮은 영어 성적, 형편없는 경력으로도 단지 일류 대학 간판을 달았다는 이유만으로 취업 준비생에서 회사원으로 승격하는 장면을 볼 때마다 정진은 자꾸만 위축되어 갔다.

큰 꿈은 없었다. 그저 적당한 직장에 다니면서 평범한 가정을 꾸리고, 자신과 아내를 반씩 닮은 아이를 낳고 평범하게 살다 죽는 것이 정진의 꿈이라면 꿈이었다. 그러나 세상은 그 평범하기 그지없는 삶마저도 허락하지 않는 듯했다.

긴 세월 날마다 사납게 밀려오는 파도를 이 절벽은 용케도 버텨 냈겠지. 그러나 정진에게는 더 이상 파도를 버틸 힘이 없었다. 이 사회가 주는 시련을 버텨 낼 만한 용기도 희망도 없었다. 정진은 안쪽 주머니에서 나희덕의 「땅끝」을 필사한 종이를 꺼내려다가 관두고 자신의 왼쪽 가슴께를 탁탁 두드렸다. 자신의 처음은 선택할 수 없었지만 적어도 마지막은 선택할 수 있음에 감사했다. 시인이 노래한 그곳, 바다가 보이는 땅끝의 어느 절벽 위 허공에다 이번 생의 마지막 발걸음을 뗐다.

“지금까지 수사를 토대로 제가 추리한 사실은 이렇습니다.”

오경철 형사는 마시던 커피를 내려놓으며 말했다. 선생님이 미간을 찌푸리며 턱을 만지작거렸다. 심기가 불편할 때 나오는 행동이었다.

"그래, 오 형사님. 그래서 이 사건을 자살 미수로 종결시킬 생각이란 말이죠?"

"네, 탐정님. 무슨 문제라도 있습니까?"

오 형사는 불만스러운 표정으로 선생님과 눈을 마주치며 말했다. 고요했던 병원 앞 카페의 분위기에 일순 긴장감이 흘렀다.

"집에서 발견된 「사무원」이라는 시가 오랜 기간 취업을 하지 못한, 그러니까 사무원이 되지 못한 취업 준비생 권정진 씨가 자살을 시도했다는 추리의 단서이고요?"

"그렇습니다."

선생님이 다시 턱을 만지작거렸다.

"그렇다면 지금 이 병원에서 의식 없이 누워 있는 권정진 씨가 땅끝마을에서 발견된 이유는 뭘까요?"

"권정진 씨의 주머니에서 「땅끝」이라는 시가 나왔습니다. 그게 바로 증거죠."

선생님은 어깨를 으쓱하며 내 쪽으로 시선을 돌렸다.

"완승 군, 자네는 어떻게 생각하나?"

갑작스러운 질문에 놀랐지만 침착하게 대답했다.

"뭔가 이상합니다."

"뭐가 말인가, 완승 군?"

선생님이 살짝 미소를 지으며 물었다. 나는 대답 대신 오 형사에게 『사무원』이라는 시집을 좀 볼 수 있냐고 물었다. 오 형사는 일반인이 증거물을 열람하는 것은 불가능하다고 딱 잘라 거절했다. 애초에 경찰이 탐정에게 좋은 감정이 있을 리 없지만 불쾌한 감정을 숨기지 않는 오 형사의 태도는 자못 당황스러웠다.

"좋은 접근이었네, 완승 군. 자고로 시 탐정이라면 시 자체를 들여다봐야지."

선생님은 오 형사 쪽으로 살짝 눈을 흘기며 말을 이었다.

"제목이 아니라 말이야."

"그게 무슨 말이죠?"

선생님의 얘기를 들은 오 형사가 발끈했다.

"우리 경찰이 사건을 잘못 수사했다는 말입니까?"

오 형사의 귀가 붉게 달아올랐고 목소리는 약간 떨렸다.

"이 사건 수사를 오 형사님이 하신 거라면, 경찰이 아니라 오 형사님의 수사가 잘못되었다고 말할 수 있겠군요."

"뭐라고요?"

오 형사가 눈을 부라리며 선생님을 쏘아봤다. 그러나 선생님은 살짝 미소를 짓고는 천천히 커피 한 모금을 마셨다. 오 형사의 달아오른 귀 때문에 그렇지 않아도 검붉은 얼굴이 더욱 붉게 보였다. 분이 풀리지 않는지 식식거리며 쏘아붙였다.

"직접 두 발로 뛰어다니면서 증거를 찾고 땅끝마을까지 찾아가 쓰러져 있는 사람을 병원으로 옮긴 사람이 바로 나요. 근데 당신은 뭐요? 지금껏 사무실에 틀어박혀 글자나 읽으면서 훈수나 두는 탐정 주제에, 뭐가 어째? 내 수사가 잘못됐다고?"

오 형사의 큰 소리에 옆 테이블 손님들의 시선이 우리 쪽을 향했다. 선생님은 잔을 내리고 조용히 말했다.

"오 형사님이 조금만 주의를 기울여 수사했더라면 권정진 씨 어머니가 나에게 찾아와 사건을 의뢰하는 일은 없었을 겁니다. 오랫동안 연락이 끊겼던 아들의 자살 소식을 도무지 받아들일 수가 없다고 하더군요."

권정진 씨의 유족이 있다는 사실은 처음 들었기에 나는 꽤 놀랐다. 눈을 동그랗게 뜨고 선생님을 바라보고 있는 오 형사의 표정을 보니, 나와 비슷한 상황인 것 같았다.

"아, 모르고 계셨군요. 권정진 씨의 친모가 저에게 이 사건을 의뢰했습니다. 정확히 27년 전, 문애보육원에 어린 권정진 씨를 맡기고 떠났다고 하더군요. 돈을 벌면 찾으러 오겠노라는 편지를 남긴 채 말이죠. 그 후 아이를 다시 찾아올 생각으로 열심히 일했지만, 선천적으로 약한 몸에 지병까지 얻은 터라 돈을 모으지 못했다고 합니다. 차일피일 늦춰진 사이 권정진 씨는 성인이 되었고 결국 아들과 연락이 끊겼어요. 그러다 최근에 권정진 씨 쪽에서 어머니를 찾은 겁니다."

생각해 보니 사흘 전 내가 커피를 주문하러 서문커피에 들른 사이, 한 노부인이 사건을 의뢰했다는 이야기를 선생님께 들은 적 있었다. 이후 이 병원으로 올 때까지도 선생님은 의뢰 건에 대해 별다른 이야기를 하지 않았다. 그래서 노부인이 의식을 잃고 누워 있는 권정진 씨의 어머니일 줄은 생각도 못했다. 잠깐, 27년간 연락이 끊긴 어머니를 찾은 지 얼마 되지 않아서 자살을 시도했다고?

"친모를 찾은 지 얼마 되지 않은 시점에서 왜 자살을 시도했을까…… 하고 궁금해하는 표정이군, 완승 군."

속내를 들킨 내가 고개를 끄덕이자 선생님은 미소를 지으며 말했다.

"자네는 무슨 생각을 하는지 얼굴에 다 적어 놓는다네. 물론 스스로는 잘 모르겠지만 아주 솔직한 사람이야."

나에 대한 혼란스러운 평가를 끝낸 선생님이 시선을 오 형사 쪽으로 돌리며 목소리에 무게를 실었다.

"자, 오 형사님. 그러니까 정황상 권정진 씨의 자살 동기는 부족합니다. 그런데도 형사님은 섣불리 권정진 씨의 실족을 자살로 결론지어 버리는 실수를 저지른 거지요."

"유족이 있는 줄은 몰랐습니다. 우리가 조사한 바에 따르면 권정진 씨의 휴대전화에는 단 하나의 연락처도 저장되어 있지 않았습니다. 저도 그 점이 이상하다고 생각했어요. 하지만 오랜 기간 취업 준비생으로 생활하다 보면 주변과 단절된 삶을 살 수도 있겠다 싶었죠. 그러니까, 우리로서도 나름대로 최선을 다해 수사한 결과를 바탕으로 결론을 내린 겁니다."

테이블에 놓은 커피잔을 두 손으로 만지작거리는 오 형사의 목소리가 한풀 꺾여 있었다.

"저장된 연락처가 하나도 없었다고요?"

"그렇습니다."

선생님은 턱을 괸 채 아무 말 없이 커피를 두어 모금 마셨고, 오 형사와 나는 그 모습을 가만히 지켜보았다. 이윽고 선생님이 침묵을 깨뜨리고 입을 열었다.

"오 형사님, 직접 발로 뛰는 형사님의 수사 덕분에 결정적인 정보를 얻었습니다. 제가 오류를 지적했다고 해서 형사님의 수사 방식을 부정하는 것은 아닙니다. 오해가 있었다면 사과드리죠."

갑작스러운 사과에 오 형사는 당혹스러운 얼굴을 했다.

"아닙니다. 저도 큰 무례를 범한 것 같군요. 제가 워낙 다혈질이라……, 용서하십시오."

"네, 압니다. 게다가 최근에 화나는 일이 많으셨기도 했을 테고요."

"네? 그건 어떻게 아셨습니까?"

선생님은 테이블 위에 놓인 오 형사의 휴대전화를 가리키며 말했다. 최신형 휴대전화였음에도 두툼한 액정 보호 필름이 사정없이 깨진 데다 기기 여기저기 흠집이 나 있었다. 특히 오른쪽 상단 모서리는 큰 충격으로 심하게 우그러져 있었는데, 높은 데서 떨어뜨린 게 아니라면 의도적으로 던져 생긴 흔적 같았다. 선생님이 남은 커피를 한 모금 마신 뒤에 말했다.

"자살 미수 사건에 이렇게 직접 병원까지 다시 찾아오신 걸 보면 형사님께서도 뭔가 걸리는 게 있었을 테지요."

"듣던 대로 대단하시군요. 이거 한 방 먹었네요."

오 형사가 허탈하게 웃으며 머리를 긁적였다.

"실은 발견된 시들이 단서가 되리라는 건 감각적으로 알고 있었습니다. 근데 저는 그런 쪽은 통 재주가 없어서요. 아까 말씀드린 대로 자살 미수로 종결하는 건 제 나름대로 최선을 다한 거예요. 하지만 이대로 사건을 마무리하기는 찜찜한 마음이 들어서 말이죠. 사건을 종결하기 전에 권정진 씨가 의식을 차릴 가능성이 있는지 문의하려고 여기에 온 겁니다. 의식을 차려서 증언할 수만 있다면 의문은 한 번에 해결될 수 있을 테니까요."

"그러다 우리를 만난 거고요."

"그렇습니다."

"사건 의뢰를 받고 안 그래도 형사님을 찾아가려 했는데 병원에서 만나게 되어 우리로서는 수고를 덜었습니다. 선뜻 협조해 주셔서 감사합니다. 부탁 하나만 하겠습니다."

선생님이 등받이에서 등을 떼고 몸을 앞쪽으로 당기며 말했다.

"이렇게 하죠. 일단 이 사건은 종결시키지 마십시오. 내게 하루의 시간만 주면 사건을 완벽하게 해결해 보이겠습니다. 내일 이 시간까지 저희 사무소로 오실 수 있겠습니까?"

이튿날, 오 형사가 사무소를 방문했다. 짧게 자른 머리에 아무렇게나 걸친 항공 점퍼, 때 묻은 운동화에 통 넓은 청바지, 곁에 있는 것만으로도 위압감을 주는 큰 덩치까지 겉모습은 어제 그대로였지만 왠지 다른 사람 같았다. 어제 봤던 모습은 날카롭고 예리한, 전형적인 형사의 모습이었다면 지금 사무소 소파에 앉아 있는 남자는 수더분한 동네 아저씨였다. 어제의 만남을 통해 선생님에 대한 의심이나 경계를 풀고 있었음이 틀림없어 보였다.

오 형사는 사진 두 장을 테이블 위에 꺼내 놓으며 말했다.

"말씀하신 대로 권정진 씨 집에서 발견된 『사무원』이라는 시집 중 표제시 「사무원」 부분을 찍어 왔습니다. 그리고 이건 사고 발생 시 권정진 씨 옷에서 발견된 「땅끝」이라는 시가 적힌 메모지를 찍은 사진인데, 조사 결과 본인의 필체로 확인되었습니다."

"감사합니다. 일단 그건 잠시 넣어 두시죠. 조금 이따 보겠습니다. 완승 군, 이 시집에서 김기택의 「사무원」을 찾아 읽어 주겠나."

나는 선생님이 탁자 옆 책장에서 꺼내 건네준 김기택 시인의 시집을 받아들고 「사무원」을 찾아 낭독했다.

사무원

김기택

이른 아침 6시부터 밤 10시까지 하루도 빠짐없이
그는 의자 고행을 했다고 한다.
제일 먼저 출근하여 제일 늦게 퇴근할 때까지

그는 자기 책장 자기 의자에만 앉아 있었으므로
사람들은 그가 서 있는 모습을 여간해서는 볼 수 없었다고 한다.
점심시간에도 의자에 단단히 붙박여
보리밥과 김치가 든 도시락으로 공양을 마쳤다고 한다.
그가 화장실 가는 것을 처음으로 목격했다는 사람에 의하면
놀랍게도 그의 다리는 의자가 직립한 것처럼 보였다고 한다.
그는 하루 종일 손익관리대장경(損益管理臺帳經)과 자금수지심경(資金收支心經) 속의 숫자를 읊으며
철저히 고행 업무 속에만 은둔하였다고 한다.
종소리 북소리 목탁소리로 전화벨이 울리면
수화기에다 자금현황 매출원가 영업이익 재고자산 부실채권 등등등을
청아하고 구성지게 염불했다고 한다.
끝없는 수행정진으로 머리는 점점 빠지고 배는 부풀고
커다란 머리와 몸집에 비해 팔다리는 턱없이 가늘어졌으며
오랜 음지의 수행으로 얼굴은 창백해졌지만

그는 매일 상사에게 굽실굽실 108배를 올렸다고 한다.

수행에 너무 지극하게 정진한 나머지

전화를 걸다가 전화기 버튼 대신 계산기를 누르기도 했으며

귀가하다가 지하철 개찰구에 승차권 대신 열쇠를 밀어 넣었다고도 한다.

이미 습관이 모든 행동과 사고를 대신할 만큼

깊은 경지에 들어갔으므로

사람들은 그를 '30년간의 장좌불립(長座不立)'이라고 불렀다 한다.

그리 부르든 말든 그는 전혀 상관치 않고 묵언으로 일관했으며

다만 혹독하다면 혹독할 이 수행을

외부 압력에 의해 끝까지 마치지 못할까 두려워했다고 한다.

그나마 지금껏 매달릴 수 있다는 것을 큰 행운으로 여겼다고 한다.

그의 통장으로는 매달 적은 대로 시주가 들어왔고

시주는 채워지기 무섭게 속가의 살림에 흔적 없이 스며들었으나

혹시 남는지 역시 모자라는지 한 번도 거들떠보지 않았다고 한다.

오로지 의자 고행에만 더욱 용맹정진했다고 한다.

그의 책상 아래에는 여전히 다리가 여섯이었고

둘은 그의 다리 넷은 의자다리였지만

어느 둘이 그의 다리였는지는 알 수 없었다고 한다.

"하아, 낭독 듣는 건 좋은데……."

오 형사가 난감하다는 표정으로 말했다.

"무슨 말인지 도통 알 수가 있어야 말이죠."

"그걸 돕는 게 우리 일입니다. 경찰과 경쟁하는 게 아니라 말이죠."

선생님은 어제 흥분한 오 형사의 말을 의식한 듯 '경쟁'이라는 단어에 힘주어 말했다. 선생님은 상대방에게 받은 수치심은 어떤 식으로든 반드시 돌려주는 성격이다. 겸연쩍어하는 오 형사의 표정을 본 선생님의 입가에서 미소가 번지는 걸 보니 자신의 복수가 만족스러운 모양이었다.

선생님은 시집을 펼쳐 놓고 시 해독을 시작했다.

"자, 이제 시작해 볼까요. 1행부터 보죠. '이른 아침 6시부터 밤 10시까지 하루도 빠짐없이/ 그는 의자 고행을 했다고 한다'라고 되어 있습니다. '사무원'이라는 제목에서 유추할 수 있듯이 화자는 사무원입니다. 의자에 앉은 걸 '고행'이라고 표현한 걸 보면 업무 대부분을 앉아서 했던 것 같군요. 점심시간까지도 거의 움직이지 않을 정도로요. '점심시간에도 의자에 단단히 붙박여'를 통해 알 수 있죠. '손익관리대장경과 자금수지심경'이라는 시어를 보면 아마도 회계 쪽 일을 하지 않았나 싶군요."

오 형사가 놀란 듯, 그렇지 않아도 짙은 쌍꺼풀로 부리부리한 눈을 더욱더 동그랗게 떴다.

"야, 이거 소문대로 정말 대단하시군요."

"아닙니다. 계속 보실까요. 앞서 말한 대로 거의 움직이지 않으니 '머리는 점점 빠지고 배는 부풀고/ 커다란 머리와 몸집에 비해 팔다리는 턱없이 가늘어졌으며', '매일 상사에게 굽실굽실 108배를 올렸다고 한다'라고 하는 걸 보면 그리 높은 직급도 아닌 것 같군요. 그런데도 그는 이 직장에 적응하며 살았습니다. 아니, 적응 정도가 아니죠. 완벽하게 자기 삶으로 들여왔다고 보는 것이 맞겠군요. '이미 습관이 모든 행동과 사고를 대신할 만큼/ 깊은 경지에 들어갔'다고 표현하고 있으니까 말이죠. 그리고 마지막 부분을 한번 보시죠."

"여기 말인가요."

오 형사가 '그의 책상 아래에는 여전히 다리가 여섯이었고/ 둘은 그의 다리 넷은 의자다리였지만/ 어느 둘이 그의 다리였는지는 알 수 없었다고 한다'라고 적힌 부분에 손가락을 갖다 댔다.

"그렇습니다. 완승 군, 이 부분 어디서 본 것 같지 않나?"

나는 손가락을 짚은 부분을 유심히 살펴보았다. 다리가 누구 것인지 알 수 없다는 건 분명 낯익은 발상이다. 어디서 봤더라……. 그렇지!

"「처용가」입니다, 선생님. 처용이 밤늦게 노닐다가 집에 들어왔더니 다리가 네 개인 것을 보았죠. '두 개는 아내의 것인데 두 개는 누구의 것인가, 본래 내 것이었는데 이미 빼앗긴 것을 어찌할 것인가'라며 체념하는 노래를 부르면서 춤을 추었다는 설화와 함께 전하는 옛 노래로 알고 있습니다."

"그렇지, 완승 군. 정확히는 신라의 8구체 향가라네."

우리의 대화를 넋 놓고 듣고 있던 오 형사가 입을 뗐다.

"두 분 대화는 도무지 알아듣기 어렵군요. 향……? 처……? 뭐 암튼 그건 그렇다 치고, 신라 시대 노래는 갑자기 왜 나온 거며, 그게 이 시를 해석하는 것과 무슨 연관이 있습니까?"

"완승 군, 오 형사님께서 질문을 주셨네. 대답해 주겠나?"

「처용가」와 「사무원」의 관계라. 「처용가」에서 다리가 네 개라는 건 역신(疫神)이 아내를 범한 걸 표현한 것이다. 역신은 천연두니까 실은 아내가 천연두에 걸린 걸 의미한다고 볼 수도 있겠지. 춤을 춘 건 아내의 병을 낫게 하기 위한 제사 의식이었을 테고. 왜 시인은 시의 마무리에 「처용가」를 변용한 부분을 넣었을까. 그렇다면…….

"시인은 '사무원'이라는 일을 일종의 질병으로 본 것이 아닐까 싶습니다. 「처용가」에서 천연두에 걸린 아내를 다리가 네 개라고 표현하는 방식이 「사무원」에서도 그대로 활용되고 있습니다. 「처용가」에서는 아내 다리를 제외한 두 개의 다리를 역신의 것으로 보고 있는데, 이걸 그대로 「사무원」에 적용한다면 의자 다리를 역신으로 본 것이라고 볼 수 있을 것 같습니다."

"좋은 지적이었네, 완승 군. 어떻게, 대답이 되셨나요, 형사님?"

오 형사는 여전히 모르겠다는 표정으로 고개를 두어 번 저었다.

"시를 전체적으로 살펴보면 종교적인 느낌이 들 겁니다. '공양', '목탁 소리', '염불', '108배' 같은 시어를 보면 느낌이 오시죠?"

"네, 그 정도는 보입니다."

"좋습니다. 특히 '고행'과 '수행'이라는 말도 보이죠?"

오 형사가 고개를 끄덕였다.

"이 작품에서 '그'는 '30년간의 장좌불립'이라는 말을 들을 만큼 의자에서 꼼짝하지 않고 30년간 완벽하게 일을 수행합니다. 결국, 우리가 마지막 부분에서 봤듯이 책상 밑으로 보이는 여섯 개의 다리가 의자 다리인지 '그'의 다리인지 모를 만큼 완벽하게 합일된 모습을 보이죠. 자, 이 의자를 완승 군이 말한 대로 질병으로 해석해 보도록 합시다. 그러면 '그'는 아주 심한 질병에 걸린 사람이죠. 쉽게 말하면 '일 중독' 정도로 해석하면 될 겁니다."

선생님이 테이블 위에 놓고 있던 팔꿈치를 떼고 몸을 의자 뒤로 기댔다.

"작품 전체로 보면 시인은 작품 속 인물, 그러니까 사무원의 일과를 해탈의 경지에 오르기 위해 묵언 수행을 감내하는 '고행'의 과정과 일치시키고 있습니다. 그러나 우리가 방금 해석한 마지막 부분으로 미루어 볼 때, 이런 발상은 어디까지나 단조롭고 반복적인 사무원의 일과를 풍자하기 위한 수단일 뿐입니다. 나아가 인간성을 상실하게 만든 사회를 비판한 것이기도 하지요."

"확실히……."

오 형사가 턱을 매만지며 말했다.

"「사무원」을 취업하지 못한 데에 대한 좌절감과 연결 짓는 건 문제가 있어 보이는군요."

"네, 그래서 제가 형사님께 제목만 보지 말고 작품을 살펴야 한다고 말한 것입니다. 권정진 씨는 이미 취업한 상태였으리라 짐작됩니다. 형사님 말씀대로 좌절감이 보이긴 하지만 좌절의 대상이 다릅니다. 사무원으로서의 일에 대한 환멸감이 아니었을까요. 자, 이제 형사님 차례입니다. 형사님께서 가져오신 사진을 다시 보여 주시죠. 분명 무언가 표시된 게 있을 겁니다. 강렬한 인상을 남긴 시 구절에는 보통 흔적을 남기기 마련이거든요."

과연 오 형사가 다시 꺼낸 사진에는 '외부 압력에 의해 끝까지 마치지 못할까 두려워했다고 한다'라는 구절에 연필로 가위표가 쳐 있고, 작품의 마지막에는 '내 다리로 걸어가겠다!'라고 적힌 부분이 있었다.

"흥미롭지 않은가, 완승 군."

선생님은 만족스러운 표정을 지으며 고개를 내 쪽으로 돌렸다. 확실히 '외부 압력에 의해 끝까지 마치지 못할까 두려워했다고 한다'라는 구절에 가위표가 쳐진 것과 '내 다리로 걸어가겠다!'라는 메모는 연관성이 있어 보였다. 이건 자신의 생을 마감하겠다는 의지가 아니다. 이 메시지는…….

"이건 새로운 도전을 하려고 지금의 일을 그만두겠다는 의지를 표현한 것이군요. 그것도 자발적으로 말이죠."

내가 오 형사를 바라보며 말했다. 오 형사는 머리를 긁적였다.

"제가 완전히 잘못 봤군요. 저는 이 메시지를 권정진 씨가 자살을 시도했다는 결정적 근거로 보는 실수를 저질렀습니다."

선생님이 오 형사를 바라보며 말했다.

"이 사건을 완전히 해결하기 위해서는 두 번째 작품을 읽어 볼 필요가 있겠습니다. 보여 주시죠, 형사님."

오 형사가 나희덕의 「땅끝」이 적힌 메모지를 찍은 사진을 다시 꺼냈다.

땅끝

나희덕

산 너머 고운 노을을 보려고
그네를 힘차게 차고 올라 발을 굴렀지
노을은 끝내 어둠에게 잡아먹혔지
나를 태우고 날아가던 그넷줄이
오랫동안 삐걱삐걱 떨고 있었어

어릴 때는 나비를 쫓듯
아름다움에 취해 땅끝을 찾아갔지
그건 아마도 끝이 아니었을지 몰라
그러나 살면서 몇 번은 땅끝에 서게도 되지
파도가 끊임없이 땅을 먹어 들어오는 막바지에서
이렇게 뒷걸음질치면서 말야

살기 위해서는 이제
뒷걸음질만이 허락된 것이라고

파도가 아가리를 쳐들고 달려드는 곳
찾아 나선 것도 아니었지만
끝내 발 디디며 서 있는 땅의 끝,
그런데 이상하기도 하지
위태로움 속에 아름다움이 스며 있다는 것이
땅끝은 늘 젖어 있다는 것이
그걸 보려고
또 몇 번은 여기에 이르리라는 것이

"글씨가 「사무원」에 적힌 메모에서처럼 또박또박한 걸 보니 사건 현장에서 쓴 것이 아니군요. 미리 적어 간 것입니다. 권정진 씨가 발견된 곳이 절벽 아래라고 하셨지요?"

"그렇습니다. 그걸 토대로 우리는 권정진 씨가 투신한 것으로 판단했습니다. 권정진 씨의 몸에서 타인에 의한 외상은 전혀 발견되지 않았습니다. 오른쪽 상완골과 왼쪽 경골 골절 그리고 두개골 함몰은 모두 절벽에서 떨어질 때 생긴 부상들입니다. 하지만 뭐, 이제 처음부터 완전히 새롭게 수사를 시작해야겠군요."

"적어도 이 시를 토대로 보았을 때, 권정진 씨의 자살 가능성은 전혀 없다고 말씀드릴 수 있겠습니다."

오 형사가 테이블 쪽으로 몸을 바짝 당겼다.

"그런데 말이죠, 탐정님."

테이블 위에 놓인 휴대폰 속 화면을 손가락으로 톡톡 치며 말을 이었다.

"제가 시를 잘 모르긴 하지만 이 시는 좀, 어두운데요?"

"어딜 보고 하시는 말씀이십니까?"

선생님이 흥미로운 듯 오 형사를 바라보며 물었다.

"여기 부분입니다."

오 형사는 '노을은 끝내 어둠에게 잡아먹혔지'와 '파도가 아가리를 쳐들고 달려드는 곳'을 번갈아 짚었다.

"좋은 지적입니다. 오 형사님. 그 부분은 확실히 암울한 현실을 말하고 있는 부분으로 보입니다. 하지만 시는 전체를 살펴야 비로소 시인이 말하고자 하는 바에 가까이 다가갈 수 있지요. 부분만으로 시를 해독하려 하면 결국 오독으로 이어질 수밖에 없습니다."

선생님이 손가락으로 사진 속 시구를 짚어 가며 시 해독을 이어 나갔다.

"1연에서는 그네를 타고 발을 굴리는 어린 시절의 모습이 제시됩니다. 의지가 넘치고 재기발랄하군요. 하지만 지적하신 대로 꼬마가 보려고 했던 노을은 어둠에 잡아먹히고 힘차게 발을 굴렀던 그넷줄은 힘이 없어져 버리고 맙니다. 어른이 된 후에 맞닥뜨린 현실에 좌절한 모습으로 보이는군요. 오 형사님도 보이시죠?"

오 형사가 가만히 고개를 끄덕였다.

"좋습니다. 그럼 2연으로 가 보죠. 여기 2연 초반부에서도 마찬가지로 '나비를 쫓듯/ 아름다움에 취해 땅끝을 찾아가는' 순수한 모습이 보입니다. 그렇지만 그 아름다움이란 땅끝의 참모습이 아니라는 깨달음이 보이는군요. 현실이라는 파도를 피해 뒷걸음질하다 보면 언젠가는 만나게 될 낭떠러지 같은 곳. 거기를 땅끝이라고 생각하고 있습니다. 3연에서 '찾아 나선 것도 아니었지만/ 끝내 발 디디며 서 있는 땅의 끝'이라는 진술도 이런 식으로 설명할 수 있습니다. 누구나 필연적으로 시련과 좌절을 겪고 궁지에 몰리게 된다는 뜻이지요."

오 형사가 턱을 괴며 말했다.

"확실히 어두운 시가 맞는 것 같군요. 말씀대로라면 권정진 씨가 이 시를 통해 어떤 희망을 찾아야 했는데 말이죠."

"네, 하지만 중요한 건 3연의 '그런데' 뒷부분입니다. 완승군. '그런데'의 역할에 관해 설명을 좀 부탁하네."

"'그런데'는 앞부분에 제시된 내용을 전환할 때 사용되는

접속 부사입니다. 이 말이 나왔다는 것은 앞부분과 대비되는 내용이 제시된다는 것을 암시합니다. 그러니까 '그런데 이상하기도 하지'로 시작하는 부분부터는 긍정적인 발상이 나올 가능성이 커 보입니다."

"고맙네, 완승 군. 오 형사님, 여기를 보시죠."

선생님은 '위태로움 속에 아름다움이 스며 있다는 것'이라는 시어를 손가락으로 짚었다.

"이 시어를 권정진 씨의 삶에 비춰 해석하면 회의감으로 가득한 자신의 삶 속에서 아름다움을 발견했다는 것을 말하고 있다고 볼 수 있겠군요."

"그렇다면 '땅끝이 늘 젖어 있다는 것'은 무엇을 의미할까요? '파도가 아가리를 쳐들고' 달려든다는 걸 보면 젖어 있다는 건 좋은 건 아닌 것 같은데 말이죠."

호기심 가득한 얼굴로 오 형사가 물었다. 그는 선생님의 시 해독에 완전히 몰입해 있었다.

"화자는 '그걸 보려고/ 또 몇 번은 여기에 이르리라는 것이'라고 하고 있습니다. 다시 말해 땅끝이 젖어 있는 걸 보려고 몇 번이고 여기에 오리라는 것이죠. 그러니 늘 바다와 만나 젖어 있는 땅끝은 더는 부정적으로 볼 수 없게 되어 버립니다. 앞서 말했듯이 위태로움이라는 건 아름다움이 스며 있는 것이니까요."

선생님은 고개를 들고 오 형사를 바라보았다.

"그러니까 권정진 씨는 안정 대신 위태로움을 선택한 것 같습니다. 사무원은 만족할 만한 직장은 아니었을지언정 적게나마 안정적인 월급을 받을 수 있는 직장이지요. 그럼에도 권정진 씨는 사무원을 그만두고 뭔가 새로운 것을 시도할 생각이 아니었을까 추측합니다. 최근 어머니를 찾은 것도 심경의 변화를 자극했을 테고요. 아무튼, 땅끝마을을 찾은 목적은 적어도 자살이 아닙니다. 자살에는 '아름다움'이 없으니까요. 새로운 시작을 위해 방문했다고 하는 것이 오히려 설득력 있겠지요."

오 형사는 고개를 끄덕이며 말했다.

"그렇다면 탐정님은 이 사건을……."

"네, 사고로 보고 있습니다. 사건 당일 날씨를 봤더니 바람이 꽤 심하게 불었더군요. 권정진 씨가 발견된 지점 위쪽은 저 유명한 해남의 노을 절경이 한눈에 들어오는 곳이었고요."

나흘 후, 오경철 형사로부터 연락이 왔다. 전국에 있는 회사로부터 권정진이라는 이름을 가진 회계 담당자의 유무를 조사해 권정진 씨의 전 직장을 알아냈다고 했다. 전 회사 동료로부터 회사를 그만두고 어머니와 함께 해남에서 음식점을 해 보겠다고 말한 진술을 확보했고, 권정진 씨가 계약한 가게와도 연락이 닿았다는 소식도 전했다.

"오경철 형사라는 분, 대단하네요. 권정진 씨 전 직장을 찾아낼 줄은 몰랐는데요. 게다가 실족을 했다는 증거도 찾았다고 합니다. 절벽 끝에서 발을 헛디딘 족적이 남아 있었다고 하는군요."

"발로 뛰는 수사 방식이라고 했던가. 말뿐인 건 아니었군그래."

선생님이 커피를 한 모금 마시며 조간신문을 펼쳤다.

"그건 그렇고 선생님, 권정진 씨 모친 쪽 소식은 없습니까?"

"병원에서 권정진 씨를 보살피고 있는 걸로 아네. 아, 병원비는 일단 우리가 지불하기로 했으니 처리를 좀 부탁하네. 권정진 씨가 빨리 의식을 회복하길 기도해야겠어. 그들 모자의 사업이 성공해야 병원비를 돌려받을 수 있을 테니 말이야."

6화.

독
과
간

「독을 차고」, 김영랑 / 「간」, 윤동주

독과 간

MH저축은행 양덕출 대표의 비서로부터 사건을 의뢰받은 날 오후, 우리는 양덕출 대표를 만나기 위해 사건 현장인 MH저축은행 대표사무실로 찾아갔다. 양덕출은 머리가 하얗게 센 심한 곱슬머리로, 매서운 눈매를 지니고 있었다. 삐쭉하고 숱이 많은 하얀 눈썹 때문에 날카로움이 도드라져 보였다. 심하게 튀어나온 배를 간신히 붙잡고 있는 고급 정장 단추가 안쓰러워보일 정도로 심한 비만형 몸매였다. 양덕출은 약간의 오만함이 배어 있는 태도로 직접 찾아와 주어 고맙다는 인사를 건넸다. 그가 안내한 자리에 앉자마자 선생님이 입을 열었다.

"비서분 말씀으로는 여기서 금고 절도 사건이 일어났다고요."

"그렇소. 저기 저 금고가 털렸소."

양 대표가 엄지손가락으로 자신의 자리 뒤쪽을 가리켰다. 덩치만큼이나 크고 두꺼운 손에 끼워진 두 개의 금반지가 눈에 확 들어왔다. 선생님은 자리에서 일어나 금고를 자세히 살핀 후 양 대표 쪽으로 몸을 돌려 물었다.

"솜씨가 아주 좋은 놈이군요. 마치 비밀번호를 아는 사람이 한 것처럼 깔끔하게 열었습니다. CCTV는 확보하셨나요?"

"아, 하필이면 그날 CCTV가 고장 났지 뭐요, 젠장."

양 대표의 말이 미심쩍은 듯 선생님이 미간을 찌푸렸지만, 내색하지 않은 말투로 물음을 이어 갔다.

"금고 안에는 무엇이 들어 있었습니까?"

"현금을 싹 털어 갔소. 이거 아주 곤란하게 됐어."

양 대표가 깍지를 낀 채 엄지손가락을 비볐다.

"혹시 대표님 외에 금고 비밀번호를 아는 사람은 없나요?"

"없소. 그건 오직 나만 알고 있는 거요."

선생님이 금고 주변과 방을 샅샅이 살펴보는 동안 양 대표는 소파에 앉아 그 모습을 지켜보았다. 내색하지 않으려 애썼지만 연신 소파 모서리를 두드리고 있는 손가락에서 초조함이 느껴졌다. 이윽고 조사를 마친 선생님이 다시 소파에 앉았다.

"그런데 왜 지금에서야 사건을 의뢰하신 건지 궁금하군요."

오늘 오전에 우리 사무소에 들른 비서 말에 따르면 사건 발생 시기는 이틀 전이다. 사건이 일어난 당일이 아닌 이틀 후에 사건을 의뢰하는 일은 상당히 이례적인 일이었으므로 충분히 의구심을 가질 수 있는 상황이었다. 양 대표는 소파에서 등을 떼고 우리 쪽으로 몸을 굽혔다.

"의심스러운 놈의 뒤를 좀 캐 보느라 의뢰가 늦었소."

"의심 가는 사람요?"

양 대표는 테이블 위에 놓인 인사카드를 펼쳐 우리에게 보여 주었다. 착실해 보이는 청년의 증명사진이었다.

"서진국이라고 내 변호사로 일하는, 아니 일했던 사람이라고 해야겠군. 5년간 일했던 사람이 갑자기 한 달 전부터 그만두겠다고 하지 뭔가. 근데 선생도 아시다시피, 한 기업의 법무팀 변호사란 말이야……."

양 대표는 턱을 몇 번 문지르고 나서 말을 이었다.

"너무 많은 걸 알고 있는 법이오. 본인이 그만두고 싶다고 해서 그대로 받아 줄 수는 없단 말이지. 그래서 시간을 좀 두고 생각하라고 거절했소."

"실은 그만두게 할 생각이 없었던 거였군요."

"그야, 뭐."

양 대표는 다 알고 있지 않냐는 듯이 어깨를 으쓱하며 말했다.

“그렇지만 분명 ‘일했던’ 사람이라고, 과거형을 쓰셨던 걸로 기억합니다만.”

선생님의 지적에 양 대표는 테이블 위에 놓은 하얀색 편지봉투를 가리켰다.

“이딴 걸 하나 놔두고 나흘 전부터 출근하지 않았소. 공교롭게도 이틀 후에 금고가 털렸고 말이오.”

봉투 속에는 시 한 편이 적힌 편지지가 들어 있었다. 편지지는 심하게 상해 있었는데, 화를 이기지 못한 양 대표가 구겼다가 우리에게 보여 주기 위해서 다시 편 것임이 분명했다. 선생님이 흥미로운 듯한 표정으로 편지를 살폈다.

“대표님께서 직접 말씀해 주셨으면 합니다. 의뢰하실 내용이 정확히 뭔지. 편지 내용을 알고 싶으신 겁니까, 아니면 금고 절도범을 찾는 것입니까?”

“둘 다요. 편지 내용을 알아내면 자연스럽게 절도범을 찾을 수 있을지도 모르지.”

선생님이 읽고 있던 편지를 놓고 두 손으로 허벅지를 쓱쓱 문지르며 말했다.

“장담하건대, 그렇게 일이 간단하게 풀리지는 않을 것 같네요. 실례가 안 되다면 한 가지 더 묻고 싶은 게 있습니다.”

양 대표가 선생님 쪽으로 눈을 치켜떴다.

"탐정 선생이라 궁금증이 많은가 보구만. 뭐요?"

"대개 절도 사건이 일어나면 경찰을 찾아가는 것이 상식이죠. 게다가 대표님의 경우 유력한 용의자까지 지목하셨습니다. 그런데도 굳이 저에게 사건을 의뢰하는 이유를 여쭤봐도 될는지요?"

두 손바닥을 비비는 양덕출 대표의 왼쪽 팔목에 채워진 금시계가 햇빛을 받아 번쩍 빛을 발했다.

"그야, 사람마다 사정이란 게 있는 거 아니겠소?"

대수롭지 않은 듯 느긋한 말투와는 달리 그의 눈동자가 살짝 흔들렸다. 워낙 찰나에 일어난 일이라 일반적인 사람이라면 절대 알아차릴 수 없었겠지만, 많은 사람과 대화를 나누고 그들의 의중을 꿰뚫는 것을 업으로 삼고 있는 사람이라면 무언가를 숨기고 있다는 사실을 충분히 알 수 있을 만큼 길었다. 그러나 이런 양 대표의 눈빛을 읽었음이 분명한 선생님의 표정에는 별다른 변화가 보이지 않았다. 선생님의 감정 절제 능력은 워낙 탁월했기에 웬만한 일에는 표정 변화를 보이는 일이 거의 없었다. 특히 감정을 숨겨야 하는 대상이라고 판단하면 더욱 그랬는데, 이를 토대로 선생님이 이 의뭉스러운 인물을 얼마나 경계하고 있는지 어렴풋이 알 수 있었다.

"우선 그 서진국이라는 변호사부터 만나 봐야겠습니다. 그러고 나서 편지 내용에 대해 대표님께 말씀드리지요. 사례비는 그때 청구하도록 하겠습니다."

자리에서 일어나는 선생님을 따라 나도 황급히 몸을 일으켰다. 출입문 쪽으로 걸어가던 선생님이 문고리 앞에서 갑자기 무언가 생각난 듯 "아!" 하는 탄식을 내뱉고는 양 대표를 향해 천천히 몸을 돌리며 말했다.

"두 건에 대한 사례비는 좀 더 비쌉니다. 두둑이 준비해 주시면 감사하겠군요."

건물 밖을 나오니 해가 뉘엿뉘엿 넘어가고 있었다. 나는 선생님을 쳐다보며 물었다.

"선생님 말씀대로 이 정도 절도 사건은 경찰이 맡아도 될 텐데요. 선생님의 흥미를 끌 만한 구석이 없는데 굳이 사건을 맡으시다니, 선생님답지 않으신데요?"

"사건 자체는 흥미로울 게 없다네. 저 사람 자체도 그다지 호감 가는 스타일은 아니고 말이야. 그런데……."

선생님이 내 쪽으로 시선을 돌리며 말을 이었다.

"저 사람이 내게 숨기고 있는 것에 대해서는 흥미가 생기는군."

정말이지 오랜만에 보는 호기심으로 충만한 눈빛이었다.

"저 사람, 왜 직접 그 변호사를 찾아가 보지 않았을까요?"

"설마 사람을 시켜 서진국 변호사에게 보복이라도 했을 거라고 생각한 건가?"

"네, 충분히 가능한 일인 것 같은데요. 왜, 영화에서 보면 그런 거 많이 나오지 않습니까."

내 대답에 선생님은 과장된 몸짓으로 놀라움을 표하며 말했다.

"현실과 허구의 경계를 허무는 자네의 훌륭한 상상력에 정말이지 감탄했네."

이건 누가 뭐래도…… 비난 같았다. 아니, 놀림이라고 해야 할까.

"저 정도 크기의 금고에 들어갈 현금은 그리 많지 않다네. 그걸 도둑맞았다고 해서 양 대표 정도의 재력을 갖춘 인물이 초조해할 일은 아니야. 완승 군, 자네도 아까 듣지 않았나. 서진국 변호사라는 사람이 비밀을 너무 많이 알고 있다고 말일세. 비밀을 아는 자를 섣불리 건드리는 건 위험하지."

생각해 보면 사건을 의뢰하기 위해 우리를 찾아온 비서라는 사람도 우리가 사무실 입구에서 마주쳤던 남자도 풍기는 인상이나 태도가 비서나 경호원이라기보다는 건달 쪽에 더 가까워 보였다. 방금 만난 양 대표도 정상적인 사업가라기에는 거친 구석이 없지 않았다. 그런 자가, 비록 물증이 없다고는 하나 금고 절도범으로 가장 유력한 용의자로 꼽은 서진국 변호사에게 별다른 조치를 하지 않은 채 곧바로 우리에게 사건을 의뢰했다. 분명히 경찰에게 알려져서는 안 되는 어떤 이유가 존재하는 것일 테다.

"선생님께서는 금고 속에 서진국 변호사를 직접 건드리지 못하는 결정적 이유와 관련된 어떤 것이 들어 있었다고 보시는군요."

"그렇다네."

"그게…… 뭘까요?"

"글쎄, 지금 그걸 알아내러 가려는 참이지."

우리는 곧바로 인사카드에 적힌 주소로 찾아갔다. 문 앞 초인종에는 '아기가 자고 있으니 노크해 주세요'라는 메모가 붙어 있었다.

"아기가 있나 본데요?"

"그런가 보군."

선생님이 고개를 끄덕이더니 조심스럽게 노크를 했다. 잠시 후 편한 차림을 한 남자가 문을 열었다. 부스스한 머리에 뿔테 안경으로 인상은 달라져 있었지만, 총기 있는 눈빛만은 인사카드에서 본 건실한 남자의 것임이 분명했다.

"누구시죠?"

상대가 경계심 가득한 눈빛으로 우리를 바라보았다. 며칠 잠을 설친 듯 피로해 보이는 눈이었다.

"아, 저는 설록, 이쪽은 제 동료 성완승 군입니다. 탐정이죠. MH저축은행 양덕출 대표 금고 도난 사건을 수사 중입니다. 갑작스럽겠지만 협조를 부탁합니다."

양덕출이라는 말에 남자가 눈을 살짝 움찔했다.

"양덕출이 보냈습니까?"

서진국이 날카로운 말투로 물었다.

"그렇습니다. 저희 의뢰인은 서진국 씨를 이 사건의 유력한 용의자로 보고 있습니다."

서진국은 크게 한숨을 쉬더니 조금만 기다려 달라고 한 후 다시 집으로 들어갔다. 겉옷을 걸치고 나온 서진국은 가까운 카페로 우리를 안내했다.

"금고 도난 사건이라면, 그 양덕출 방에 있는 금고를 말하는 겁니까?"

자리에 앉자마자 서진국이 쏘아붙이듯 물었다.

"그렇습니다. 역시 알고 계셨군요."

"거기에 뭐가 있었는지도 알고 있죠. 그래, 그 금고가 털렸다고요?"

"그 안에 있던 걸 몽땅 가져갔다고 하더군요."

서진국이 피식 웃음을 터뜨렸다.

"그럼 그 안에 있는 장부도 잃어버렸겠군요."

"장부요?"

그 순간 선생님의 입가에 묘한 미소가 흘렀다.

"네, 지금 저축은행 대표로 위장하고 있지만 양덕출은 악질 사채업자입니다. 저축은행의 출자금은 대부분 그가 저지른 불법 행위에서 나오는 거죠."

서진국은 커피를 한 모금 마셨다.

"오랜만에 마시는 커피군요. 요즘 아기를 돌보느라 통 마시질 못해서. 아이가 태어났거든요."

"알고 있습니다. 친절하게도 문 앞에 알려 주셨더군요. 축하합니다."

"아, 네. 감사합니다."

"계속 이야기해 주시죠."

선생님이 재촉했다.

"네, 저는 MH저축은행 법무팀이자 양덕출의 개인 변호사입니다. 직접적으로든 간접적으로든 그의 불법 행위에 개입하고 있었다고 봐야겠죠. 장부의 존재도 그래서 알고 있습니다. 그렇지만 그걸 훔치지는 않았어요."

"네, 알고 있습니다."

서진국이 놀란 듯 선생님을 바라보았다.

"네? 아까는 제가 유력한 용의자라고……."

"그건 어디까지나 저희 의뢰인의 개인적 판단입니다. 시 한 편을 남기셨더군요. 「독을 차고」였지요, 아마?"

선생님이 낮은 음성으로 시를 낭송했다.

독을 차고

김영랑

내 가슴에 독(毒)을 찬 지 오래로다
아직 아무도 해(害)한 일 없는 새로 뽑은 독
벗은 그 무서운 독 그만 흩어 버리라 한다
나는 그 독이 선뜻 벗도 해할지 모른다고 위협하고

독 안 차고 살아도 머지않아 너 나 마주 가 버리면
억만 세대가 그 뒤로 잠자코 흘러가고

나중에 땅덩이 모지라져 모래알이 될 것임을
'허무한듸!' 독은 차서 무얼 하느냐고?

아! 내 세상에 태어났음을 원망 않고 보낸
어느 하루가 있었던가 '허무한듸!' 허나
앞뒤로 덤비는 이리 승냥이 바야흐로 내 마음을 노리매
내 산 채 짐승의 밥이 되어 찢기우고 할퀴우라 내맡긴 신세임을

나는 독을 차고 선선히 가리라
막음날 내 외로운 혼(魂) 건지기 위하여

"역시, 선생님께서는 시를 외우고 계시는군요."

"이 정도 시는 한두 번 보면 외워지지 않나?"

선생님의 말씀에 서진국 씨와 내가 동시에 고개를 저었다.

"오, 그런 거군."

선생님은 정말로 처음 알았다는 듯한 표정으로 고개를 끄덕였다. 보통 사람은 애를 써도 잘 외워지지 않는 법이랍니다, 선생님.

"아무튼, 서진국 씨. 제가 시를 통해 본 사정은 이렇습니다. 혹시 문제가 있다면 말씀해 주십시오. 이 시는 '독'을 찼다는 선언으로 시작하는 전개가 인상적인 작품이죠. '나는 당신을 해할 수 있는 독을 차고 있다.'라는 메시지를 이토록 직설적으로 전달할 수 있는 시는 흔치 않습니다. 시에는 문외한이라는 양덕출 씨도 아마 어렴풋이 그걸 느꼈을 겁니다. 그러니 경찰에 의뢰하거나 자신이 나서는 대신 저를 부른 거겠죠. 한 번도 해한 적 없는 신선한 독을 찼다고 한 걸로 봐서 서진국 씨는 그 독으로 양덕출 씨를 직접적으로 해한 적은 없습니다. 다만 혹시나 벌어질 일을 대비하기 위한 용도 정도였을 거로 추측합니다."

서진국이 놀란 눈으로 선생님을 바라봤다.

"양 대표에게 아무 말도 못 들은 게 맞습니까?"

"네, 선생님께서는 서진국 씨가 남긴 시만으로 모든 것을 읽어 내신 겁니다."

내 말에 서진국이 혀를 내둘렀다.

"정말 놀랍군요. 시만으로 제 의도를 알아채실 줄이야."

"계속해도 될까요?"

선생님은 아무렇지 않은 듯 무심한 표정으로 말을 이었다.

"2연에서는 양덕출 씨를 위협하는 것에 대한 서진국 씨의 갈등이 보이는군요. '머지않아 너 나 마주 가 버리면' '모래알'처럼 없어지고 말 일이다, 나 하나가 무엇을 바꿀 수 있겠느냐고 생각하지요. 그러다가 화자의 '허무한듸!'라는 독백처럼 독을 차고 있는 일이 허무한 일이라고 생각하기도 했을 겁니다. 3연에서는 두려움이 느껴지기도 합니다. 서진국 씨는 '짐승의 밥이 되어 찢기우고 할퀴우라 내맡긴 신세'임을 너무 잘 알고 있었죠. 즉, 양 대표는 언제라도 당신을 해할 수 있는 사람이라는 것을 알고 있었습니다. 그래서 힘들더라도 독을 차고 있을 필요가 있었던 겁니다."

서진국이 고개를 절레절레 흔들었다.

"이제 조금 두려울 지경이군요. 양덕출이야 제 사정을 알기에 그렇다 쳐도 전후 사정을 모르는 탐정님이 제 심리를 다 파악하시다니요."

"제 생각엔 말입니다, 서진국 씨. 그 '독'이라는 것이 금고 속에 보관되어 있었던 장부가 아닐까 싶습니다. 정확히 말하면 당신이 장부의 '존재'를 알고 있는 몇 안 되는 사람이라는 것이겠죠. 그러니까 서진국 씨는 범인이 될 수 없습니다. 당신이 일을 그만둔 지 며칠 지나지 않아 금고 도난 사건이 발생했습니다. 나는 서진국 씨가 자신이 용의자로 몰릴 것이 뻔한 상황에서 굳이 위험을 무릅쓰면서 금고 속에 고이 잠들어 있을 '독'을 깨워 가져올 만큼 경솔한 사람이라고는 생각하지 않거든요."

서진국 씨는 조용히 커피잔을 쓰다듬고 있었다. 잠시 선생님이 말을 멈춘 틈을 타 내가 물었다.

"선생님, 마지막 연에 '막음날', '외로운 혼' 이런 문장이 있던데요."

"'막음날 내 외로운 혼 건지기 위하여'를 말하는 건가?"

"맞습니다, 선생님. 서진국 씨, 혹시 그건……."

"그건 일종의 제 양심을 표현한 것이었습니다."

내 말을 끊고 서진국 씨가 말했다.

"어디서부터 이야기를 해야 할까요. 음, MH저축은행은 제 첫 직장이었습니다. 그래서 앞뒤 가리지 않고 열심히 일했죠. 그런 제가 양덕출의 마음에 들었던 것 같습니다. 의도한 건 아니지만요. 시간이 지나자 슬슬 법의 경계를 넘나드는 업무가 제게로 오더군요. 하지만 그런 것에 개의치 않고 늘 하던 대로 열심히 했습니다. 높은 급료에 회사에서 대우도 좋아지니 도덕적인 문제에 무감각해진 거죠. 그렇게 저는 양덕출의 충실한 개가 되어 버린 겁니다."

서진국 씨가 피식 쓴웃음을 짓더니 다시 말을 이었다.

"그런데 아시다시피 제가 아빠가 되었습니다. 저를 꼭 닮은 아들을 보는 순간, 그 작은 손과 발, 반짝이는 눈동자를 보는 바로 그 순간, 도덕적 양심이라는 것이 제 머리를 꽝 하고 치는 듯한 느낌을 받았습니다. 아무것도 모르는 이 순수한 녀석에게 좋은 아빠, 자랑스러운 아빠가 되고 싶다는 생각이 들더군요. 그런 생각이 든 이후로는 더는 양덕출이 시킨 일을 할 수 없게 되어 버렸습니다."

선생님이 고개를 끄덕이며 말했다.

"그래서 일을 그만두려고 하신 거군요."

"그렇습니다. 하지만 양덕출로부터 벗어나는 건 쉽지 않으리라는 것을 진작부터 알고 있었습니다. 저는 그의 비밀에 대해 너무 많이 알고 있는 사람이니까요. 그래서 탐정님께서 말씀하신 '독'을 준비했습니다. 장부 기록된 정보 중 일부를 확보해 놓았죠. 장부를 훔쳐본 건 아니고, 제가 직접 발로 뛰어 피해자들을 조사해서 얻은 자료입니다. 제가 그쪽에서 발생할 불미스러운 일을 법적으로 입막음하는 데 투입되기도 했으니, 피해자들의 신상정보 정도는 가지고 있었거든요. 저로서는 그것이 '외로운 혼을 건지기 위한' 방법이었습니다."

"좋습니다, 서진국 씨."

선생님이 의자를 당겨 앉으며 말했다.

"제가 볼 때 사건의 범인은 양 대표와 매우 가까운 사람일 가능성이 큽니다. 제가 면밀히 살펴본 결과, 이건 금고 비밀번호를 아는 자가 열고 금고 속 물건을 가져간 것으로 보입니다. 비밀번호를 모르는 자가 열었다고 하기에는 처리가 지나치게 깔끔하달까, 범행도 신속하게 일어났고요. CCTV를 확인할 수 있으면 좋았겠지만 고장 났다고 하더군요. 물론 양 대표의 표정에서 거짓말이라는 건 쉽게 알아챌 수 있었습니다. 아마도 사무실에 설치된 CCTV는 애초부터 작동하지 않았겠죠. 양 대표 입장에서 기록해 봐야 득 될 게 없는 일들이 벌어지는 공간일 테니까요. 그래서 말인데 서진국 씨, 혹시 금고 비밀번호를 알고 있을 만한 사람이 있을까요? 예컨대 외아들 정도면 충분히 가까운 사이라고 할 수 있겠군요."

"아들이 있다는 걸 말하던가요? 양덕출은 낯선 사람에게 가족 얘기는 절대 하지 않는데, 그건 또 어떻게 아셨습니까?"

서진국이 놀라워하며 물었다.

"뭐 간단합니다. 사무실을 둘러보면 가족의 흔적 한두 개 정도는 쉽게 발견할 수 있기 마련이죠. 책장에서 사진 한 장을 봤습니다. 아버지를 쏙 빼닮았더군요. 이름이?"

"양수혁입니다. 실제로 본 건 한두 번뿐이라 잘 알지는 못합니다만 공부도 곧잘 하고 성품도 올곧은, 아무튼 양덕출과는 다른 건실한 모범생입니다. 작년인가, 본래 의사가 되겠다고 했다던데, 고3 때 갑자기 검사가 되겠다며 법학과로 진학했다고 한 걸 양덕출에게 들은 적 있습니다."

서진국과 헤어진 후 선생님은 오경철 경위에게 전화를 걸어 '양수혁'이 졸업한 고등학교를 조사해 달라고 부탁했다. 이유를 소상히 설명하지 않았지만, 권정진 씨 사건 이후 여러 사건에서 선생님의 도움을 받아 경사에서 경위로 승진한 오 형사가 선생님의 부탁을 거절할 리 없었다.

다음 날, 나는 선생님의 부탁으로 진성고등학교로 찾아갔다. 오 경위가 학교 측의 협조를 요청해 놓은 터라 양수혁의 담임 교사는 매우 협조적인 태도로 나를 대했다. 아마도 내가 형사인 줄 알았으리라.

"이걸 제출한 후에 수혁이가 갑자기 진로를 바꿨어요."

양수혁의 담임이자 국어 담당 교사였던 백현자 선생님이 내게 과제물 하나를 건넸다. 거기에는 시가 적혀 있었고, 양수혁이 직접 쓴 것으로 보이는 글씨로 시에 대한 감상문이 짧게 적혀 있었다.

"시를 골라 읽고 감상문을 작성하는, 아주 간단한 수행평가였어요. 수혁이가 다른 과목에 비해 국어가 살짝 약했거든요. 과제 탐구보고서 같은 건 잘 쓰는데, 문학적인 글에는 영 소질이 없다고 해야 할까. 근데 웬일인지 이 글은 정말 잘 썼더라고요. 칭찬을 많이 했었는데 공교롭게도 이걸 제출한 바로 다음 날 수혁이가 제게 와서는 진로를 바꾸고 싶다고 얘기하더군요. 처음엔 말렸어요. 지금까지 의대 진학을 준비했는데 갑자기 법학과로 바꾸는 게 흔한 일은 아니거든요. 시 감상문 한 편 쓴 걸로 진로를 바꾸겠다는 것도 상식적으로 이해가 되지 않았고요. 그렇지만 워낙 본인의 의지가 강해서 결국 뜻대로 하게 두었습니다. 제가 고등학교 3년 동안 지켜봤는데 수혁이는 주변에서 뭐라고 하든 마음먹은 건 어떻게든 해내고 마는 뚝심 있는 아이거든요. 결과적으로 본인이 목표한 대학교에 합격해서 다행이라고 생각합니다."

백 선생님의 말대로 시에 대한 높은 이해도가 돋보이는 수준급 감상문이었다. 그렇지만 이 한 편의 시가 지금껏 설계해 온 삶의 방향을 바꾸게 했는지에 대해 읽어 낼 수 있을 만큼 솔직한 글은 분명히 아니었다. 어찌 되었든 양수혁이 흔적을 남긴 시를 발견했다는 것 자체가 고무적인 성과였다. 이 시 한 편만으로도 여기에 얽힌 양수혁의 사정은 충분히 읽어 낼 수 있을 것이다. 설록 선생님은 그런 분이니까.

멀리서도 눈에 띌 만큼 훤칠한 키에 건장한 체격의 남성이 걸어오고 있었다. 교문 앞에 서 있는 우리 쪽으로 가까이 오자, 선생님이 남자를 불러세웠다.

"양수혁 군?"

선생님의 부름에 그는 의아한 표정으로 우리 쪽을 바라보았다. 군데군데 난 여드름 때문에 소년티를 완전히 벗지 못한 모습이었지만 우직하고 강단 있는 성품을 반영이라도 하듯 도드라진 광대와 단단한 턱 때문에 또래보다 훨씬 성숙해 보였다. 아버지에게 물려받았음이 분명한 곱슬머리도 눈에 띄었다.

"누구시죠?"

"저는 설록입니다. 탐정이지요. 이쪽은 저와 같이 일하는 성완승 군입니다."

"탐정님께서 무슨 일로."

"아버지께서 우리에게 의뢰한 사건과 관련해서 양수혁 군과 대화를 좀 나누고 싶은데, 어디 조용한 곳으로 가실까요?"

'아버지'라는 말에 양수혁이 예민하게 반응했다.

"아버지가 절 조사하라고 시키시던가요?"

"아니요. 전혀 아닙니다, 수혁 군. 의뢰인의 의사와는 관련이 없습니다. 여기까지 찾아온 건, 그저 제 개인적인 궁금증 때문입니다. 물론 사건과 관련이 없다고는 말 못하겠지만요. 어쨌든 탐문 과정의 일환이니 잠시만 시간을 내어 주시면 감사하겠군요. 가까운 곳에 우리 사무소가 있습니다."

우리는 함께 차를 타고 사무소로 들어왔다. 소파에 앉은 수혁은 책으로 가득한 사무소가 신기한 듯 주위를 두리번거리다가 이따금 선생님 쪽을 힐끔거렸다. 그러나 선생님은 별다른 말 없이 책장 쪽에 걸어가 시집을 펼쳐 읽었다.

이윽고 내가 차를 내오자 선생님은 읽고 있던 시집을 가져와 응접실 소파에 앉았다. 윤동주의 시집 『하늘과 바람과 별과 시』였다.

"수혁 군, 이 시집을 아시나요?"

선생님의 질문에 가만히 고개를 끄덕였다.

"그럼 이 시도 알겠군요."

선생님은 윤동주의 「간」을 찾아 펼치자 수혁이 흠칫 놀라는 듯했다. 곧 깊은 감회에 빠진 듯한 표정을 지으며 재차 고개를 끄덕였다.

간

윤동주

바닷가 햇빛 바른 바위 위에
습한 간(肝)을 펴서 말리우자.

코카서스 산중(山中)에서 도망해 온 토끼처럼
들러리를 빙빙 돌며 간을 지키자.

내가 오래 기르던 여윈 독수리야!
와서 뜯어 먹어라, 시름없이

너는 살지고
나는 여위어야지, 그러나,

거북이야!
다시는 용궁(龍宮)의 유혹에 안 떨어진다.

프로메테우스 불쌍한 프로메테우스
불 도적한 죄로 목에 맷돌을 달고
끝없이 침전(沈澱)하는 프로메테우스.

"수혁 군이 고등학교 때 이 시로 감상문을 썼다고 들었습니다. 백현자 선생님께서는 그 이후로 수혁 군이 진로를 바꾸었다고 하시더군요."

수혁이 당황스러워하는 눈길로 선생님을 바라보았다.

"아, 놀랄 필요는 없습니다. 수혁 군이 진로를 바꾼 이유를 알고 싶어서 완승 군에게 학교에 다녀와 달라고 부탁했습니다. 진로가 명확했던 학생이 고3 때 갑자기 진로를 바꾸었다면 그 이유를 담임 선생님께서 기억 못 하실 리 없다고 생각했지요. 게다가 수혁 군 같은 모범생이라면 더더욱 예민하게 인지하셨을 테고요."

"그래서 알아내셨나요?"

수혁이 조용히 물었다.

"물론입니다. 제게는 수혁 군의 감상문뿐만 아니라 탐문 과정에서 밝혀낸 정보 그리고 무엇보다 시를 통해 추리할 수 있는 능력이 있으니까요."

선생님은 오른손 검지로 자신의 관자놀이를 툭툭 치고는 말을 이었다.

“윤동주는 부끄러움의 시인이라고 불립니다. 주로 치열한 자기 성찰과 반성을 시로 담아낸 위대한 시인이지요. 그런데 이 시는 부끄러움을 다루었던 그의 다른 작품과는 달리 ‘의지’가 두드러집니다. 게다가 「별주부전」과 「프로메테우스 신화」를 결합해 시에 반영한, 아주 독특한 작품이죠. 때문에 두 이야기에 관한 약간의 상식만 있어도 훨씬 쉽게 시를 읽어 낼 수 있지요.”

수혁은 테이블 위에 놓인, 붉은 꽃과 이름 모를 흰 새가 선명하게 대비되는 시집 표지를 가만히 바라보고 있었다.

“1연에서 ‘습한 간’을 말리는 행위가 나타납니다. 이 간은 토끼의 것이지요. 「별주부전」에 나오는 토끼 말입니다. 자라의 유혹에 빠져 용궁으로 갔던 토끼가 바다를 탈출했으니 간이 습해진 것입니다. 그러니 습한 간을 말리는 것은 과거 자신의 행위에 대한 반성이라고 할 수 있겠지요. 5연에서 ‘다시는 용궁의 유혹에 안 떨어진다’라고 말함으로써 과거의 잘못을 되풀이하지 않겠다는 강력한 의지를 보여 주기도 하고요.”

선생님이 수혁을 바라보며 말했다.

“제 판단에는, 대략 이 시에 대한 보고서를 썼을 즈음이 아닐까 합니다. 수혁 군이 아버지 일에 대해 알게 된 것 말이죠."

시집을 바라보는 것 외에는 별다른 반응을 보이지 않던 수혁이 고개를 들었다.

"아버지 일이요?"

"네. 불법 사채업을 말하는 겁니다."

수혁이 다시 고개를 숙이더니 두 손으로 무릎을 매만졌다.

"아버지에 대한 부끄러움. 그걸 몰랐던 과거 수혁 군 자신에 대한 부끄러움. 이 시로 그 부끄러움들을 표현한 것이죠. 아버지가 불법 사채업자였다는 걸 그냥 모른 척할 수도 있었을 겁니다. 그 사실을 무시하면 안락한 삶이 보장되어 있었죠. 그렇지만 수혁 군은 그런 유혹에서 벗어나겠다는 마음을 먹었습니다. 마치 작품 속 화자처럼요. 그런데 제 생각에는 말입니다. 수혁 군은 마음만 먹은 게 아닌 것 같습니다. 실제 행동을 취하기도 했지요. 그렇지 않습니까?"

힘을 꽉 준 수혁의 손등에 선명한 핏줄이 도드라졌다.

"수혁 군은 피해자들의 프로메테우스가 되기로 한 거 같군요. 불을 훔쳐 인간에게 준 죄로 제우스의 노여움을 산 프로메테우스처럼 수혁 군은 아버지의 장부를 훔쳐 피해자들을 돕기로 한 겁니다. 독수리에게 간을 쪼이는 것과 같은 형벌을 받을 수 있다는 걸 감수하고서 말이죠."

수혁은 허탈한 한숨을 크게 한 번 쉬고는 입을 열었다.

"역시 설록 탐정님이시군요. 실은 성함을 듣자마자 제 범행이 들켰구나 짐작했습니다. 탐정님의 명성은 익히 들어 알고 있었거든요."

"아니요. 별 대단한 건 아닙니다. 시를 통해 수혁 군이 저지른 일이라는 사실은 알아냈지만, 아직 수혁 군의 범행 방법, 아니 범행이라 말하지 않기로 합시다. 그러니까 어떻게 장부를 가져갔는지는 밝혀내지 못했습니다. 그래서 수혁 군을 찾아간 겁니다. 본인에게 직접 듣고 싶었거든요. 번거롭게 여기까지 동행하게 한 건, 이야기가 새 나갈 리 없는 믿을 만한 곳이기 때문이고요."

수혁이 차 한 모금을 천천히 마신 후 말했다.

"일주일 전 아버지에게 갔었습니다. 제가 아버지의 일에 대해 알고 있고, 그 일을 그만두길 원한다는 사실을 말하기 위해서였죠. 용기를 내기까지 시간이 좀 걸렸습니다. 어려운 사람들의 피를 빨아 사욕을 채우는 아버지와는 달리 그들을 지키는 정의로운 검사가 되겠다고 야심 차게 법대까지 진학한 주제에 풍족한 생활을 지속하고 싶다는 유혹에서 완전히 빠져나오기가 쉽지 않더라고요. 하지만 제 양심이 결국 저를 아버지의 사무실로 이끌었습니다. 그런데 아버지가 없더군요.

그냥 돌아가려는데 금고가 눈에 들어왔습니다. 평소에 아버지가 애지중지하던 거라 저기에 무언가가 있을지도 모른다는 생각이 들어 번호를 몇 개 눌러 봤는데 역시 열리지 않았습니다. 그만 포기하려다가 마지막이라는 생각으로 제 생일을 넣어 봤더니, 열리더군요. 노트 몇 권이랑 현금 외에는 별다른 게 보이지 않아서 그냥 닫으려 했어요. 근데 문득 노트의 정체가 궁금해지더군요. 펼쳐 보니 사람들의 이름과 그들이 아버지에게 빌린 금액이 적힌 장부였습니다. 왠지 이걸 없애면 피해자들을 도울 수 있을 것 같았습니다. 일단 그대로 두고 돌아갔다가 사흘 전, 아버지가 골프 치러 간 틈을 타 챙겨 간 가방에 장부랑 현금을 넣어 가져왔습니다."

"현금은 가져갈 필요가 없었을 텐데, 피해자들에게 돌려줄 생각이었나요?"

"네, 어떻게 돌려줘야 할지 방법을 찾느라 아직은 보관 중이지만요."

"피해자들을 '살찌우고' 본인은 '여위길' 각오한 거군요. 용기 있는 결정입니다. 거친 방법이긴 했지만요."

"아버지에게 말씀하실 생각이십니까?"

선생님이 난감한 표정을 짓고 있는 수혁을 부드러운 눈길로 바라보았다.

"수혁 군, 나는 형사가 아닙니다. 그렇기에 내가 정의라고 판단하는 방향으로 수사를 진행하고 결론을 내릴 수 있지요. 내 생각에 이 사건의 경우에는, 미결로 결론 내는 것이 옳다고 생각합니다."

수혁은 어리둥절한 표정으로 커피를 마시는 선생님을 뚫어져라 바라보았다.

"금고 비밀번호를 아들의 생일로 지정할 만큼 사랑하는 아들이 자신의 장부를 가져갔다는 걸 안다고 해서 양 대표의 삶이 바뀔 거라고 생각하지 않습니다. 되레 배신감에 사로잡힌 아버지로부터 수혁 군이 피해를 볼 수도 있을 것도 같고요. 이 일이 사회적으로 알려질 경우에도 그 피해는 고스란히 수혁 군이 입게 되겠지요. 사례비를 받지 못하는 것은 안타깝지만 뭐, 괜찮습니다. 미래의 정의로운 검사를 키우기 위한 교육비 정도로 생각해 두지요. 대신 양수혁이라는 검사가 세상에 어떤 긍정적 영향력을 펼치게 될는지 오래오래 지켜볼 예정입니다."

수혁의 얼굴에 화색이 돌았다.

"부탁이 있습니다. 현금은 우리에게 넘기십시오. 현금은 우리가 믿을 만한 곳에 기부하겠습니다. 기부자는 익명으로 하는 것이 좋겠습니다. 그래야 추적을 당하지 않겠죠. 장부도 우리가 관리하는 것이 좋을 것 같으니 최대한 빨리 제게 보내주셔야겠습니다."

다음 날, 수혁이 보낸 장부가 사무실로 도착했다. 선생님은 장부를 들여다보고는 내게 넘기며 말했다.

"완승 군, 잘 보관해 두게. 그건 서진국을 지킬 수 있는 독이자 양수혁이 그토록 지키고 싶어 했던 간이니까 말이야. 그들의 역할은 여기에서 끝났네. 그걸로 양 대표를 어떻게 곤혹스럽게 할지 고민 좀 해 봐야겠네."

내 손에 들린 장부의 표지에 반사된 햇빛이 반짝 빛났다. 그건 마치 두 남자의 양심이 빛을 발하는 것이 아닌가 하는 착각이 들 만큼 눈부셨다.

에필로그

「바다와 나비」, 김기림

에필로그

'서문커피'는 우리 사무소의 커피 공급을 담당하고 있는 커피 도매점이다. 쉽게 말하자면 나는 서문커피의 단골손님이라는 말이다. 서문커피의 커피마스터는 유쾌하고 활동적인 여성인데, 지금껏 이 사람만큼 커피에 관해 해박한 지식을 갖춘 사람을 본 적이 없다. 굳이 커피 맛을 보지 않더라도 커피콩의 색깔이나 크기만으로도 어느 지역에서 생산된 것인지 상태가 어떤지를 알아챌 수 있으며, 커피 향만 맡아도 수확 기간이나 로스팅 일자를 맞출 수 있을 정도다. 서문커피처럼 작은 규모의 커피전문점에서 각국에서 생산되는 질 좋은 커피를 판매할 수 있는 것은 이런 커피에 대한 안목 그리고 커피마스터의 뛰어난 사업 수완 덕분이다. 나는 뛰어난 커피마스터가 상주해 있는 커피전문점이 우리 사무소에 인접

해 있다는 것을 진심으로 자랑스럽게 여기고 있었다. 그래서 서문커피의 주인을 '마스터'라 불렀고, 마스터 역시도 그런 호칭을 은근히 즐기고 있었으므로 우리는 항상 좋은 관계를 유지하고 있다.

"그런데 완승 씨."

여느 때와 같이 커피를 주문하고 새로 들어온 커피를 살피고 있는데 마스터가 나를 불렀다. 평소와 같이 높은 톤의 목소리에는 왠지 모를 호기심이 어려 있었다.

"완승 씨는 어떻게 설 탐정이랑 같이 지내게 된 거야?"

서문커피는 내가 우리 사무소로 들어오기 전부터 이곳에 자리 잡고 있었으므로 마스터와 선생님이 서로 안면이 있는 사이일 거란 것쯤은 추측하고 있었지만, 마스터가 선생님에 관해 묻는 일은 없었다. 그런데 첫 질문이 우리 사이에 관한 거라니. 짐짓 당황스러워하며 잠자코 있었더니, 한 번 더 물어왔다.

"그러니까, 완승 씨 같은 사람이 어떻게 그 까칠한 남자랑 오래 지낼 수 있는 건지 궁금하다고. 아니지, 오히려 완승 씨라서 그 남자랑 잘 지낼 수 있는 건가? 아무튼 어떻게 만나게 된 건지 말해 줄 수 있을까? 나 너무 궁금했거든."

그리 바쁜 의뢰도 없고 사무소에는 선생님이 있으니 마스터와 이야기를 나눌 시간은 충분했다. 게다가 마스터와 이야기를 나누는 건 항상 즐거운 일이기도 했고.

"그렇게 궁금하신 걸 지금까지 용케 참으셨네요."

"응, 실은 처음부터 궁금했는데 바로 답 듣는 건 재미없잖아. 그래서 이것저것 추리해 봤지. 설 탐정한테 약점이라도 잡혔을까, 아니면 설 탐정한테 크게 빚을 졌나. 그게 아니라면 혈육 관계?"

"혈육 관계요?"

"응, 그런 거 있잖아. 숨겨 놓은 아들이라거나?"

그 말에 내가 크게 웃자 마스터도 따라 웃었다.

"상상력이 조금 빈약했나? 아무튼 말 좀 해 줘. 어떻게 된 거야?"

내가 가게를 쭉 둘러보며 말했다.

"이 가게 덕분이죠. 사무소 가까이에 서문커피가 있다는 거, 이거 엄청난 가치예요."

마스터가 실망스러운 표정을 지으며 말했다.

"장난하지 말고. 나 진짜 궁금하단 말이야."

"정말인데……. 다른 이유를 굳이 찾자면, 빚을 졌다고 해야 하나?"

"뭐? 정말? 어쩌다가? 빚을 얼마나 졌기에?"

마스터가 정말 걱정스러운 표정으로 물었다. 그 표정은 뭐랄까, 젊은 사람이 어떤 일로 그렇게 큰 빚을 졌냐는 책망의 눈빛이랄까.

“아, 돈이 아니라…….”

내 말에 마스터는 약간 실망한 듯한(그녀가 대체 어떤 답을 듣고 싶었는지 모르겠지만 정말 그렇게 보였다) 표정을 지었다.

“마스터, 「바다와 나비」라는 시 아세요? 김기림 시인이 쓴 건데.”

“알지, 학교 다닐 때 배웠어. 청무우밭 나오고 그런 거 아니었나?”

“네, 그 시랑 관련이 있어요.”

바다와 나비

김기림

아무도 그에게 수심(水深)을 일러 준 일이 없기에
흰 나비는 도무지 바다가 무섭지 않다.

청(靑)무우밭인가 해서 내려갔다가는
어린 날개가 물결에 절어서
공주처럼 지쳐서 돌아온다.

삼월(三月)달 바다가 꽃이 피지 않아서 서글픈
나비 허리에 새파란 초승달이 시리다.

"어머, 완승 씨. 시 낭독하는 목소리가 매력 있네. 다시 봤어."

마스터가 내 어깨를 치며 호들갑을 떨었다. 놀라워하는 표정이 싫지 않았다.

"완승 씨는 시를 다 막 다 외우고 그래?"

"아뇨, 그런 건 셜록 선생님처럼 천재들이나 할 줄 아는 거고요. 저는 외우는 작품이 손에 꼽죠. 이 시는 그 손에 꼽는 작품 중 하나고요."

마스터가 "아!" 하며 고개를 끄덕였다.

"그래서, 그 시랑 설 탐정이랑 무슨 관곈데? 뭐 사건 의뢰라도 한 거야?"

"맞아요, 사건 의뢰. 제가 선생님께 의뢰한 사건의 단서였죠. 마스터, 제가 군인이었다고 했던 거 기억하세요?"

"응, 예전에. 중위였다고 했나?"

"맞아요. 기억하고 계시네요. 제 부하 중에 노찬식이라는, 유독 절 잘 따랐던 친구가 있었거든요. 제 군 생활 중에, 물론 짧긴 했지만 찬식이만큼 천생 군인은 본 적이 없어요. 군인으로서 자긍심도 높고 성실했고요. 근데 제가 제대하고 나서 얼마 뒤에 부대에서 연락이 왔어요. 노 하사에게서 무슨 연락 받은 거 없냐면서. 휴가를 나갔는데 복귀를 안 한다고 했어요."

"당황스러웠겠다."

"네, 찬식이가 탈영할 줄은 생각도 못 했으니까요. 부대에서 찬식이 부모님 댁 주소를 받아 곧바로 찾아갔죠. 근데 찬식이는 없고 어머니만 계시더라고요. 찬식이 소식은 모르시는 눈치라 없어졌단 말은 못 하고 대충 얼버무리고 나왔어요."

포갠 두 손을 턱에 괸 채 마스터가 고개를 끄덕였다.

"그래서 아무 소득이 없었겠네?"

"그렇죠. 실은 마음도 좀 그랬어요. 제가 아는 노찬식은 항상 밝고 건강한 청년이었는데, 집을 보니 뭐랄까……."

"형편이 어려워 보였구나?"

"네, 맞아요. 어쨌든 다시 차를 몰고 돌아오는데 우연히, 정말 우연히 저 간판이 보이는 거예요."

나는 우리 사무소 출입구에 걸린 '시 탐정 사무소'라고 적힌 간판을 가리켰다.

"응? 저 있는 둥 마는 둥 한, 조그만 간판이 눈에 보였다고? 그것도 운전 중에?"

"그러니까요. 저도 그게 신기하긴 해요. 번뜩하고 보이더라니까요. 아무튼 그 길로 곧바로 사무소 문을 두드렸죠."

마스터가 손가락을 튕겼다.

"아, 그럼 「나비와 바다」는 그때 설 탐정한테 보여 준 거구나? 그걸로 설 탐정이 노찬식 하사를 찾은 거고?"

"네, 맞아요."

"어떻게?"

"음, 그걸 다 얘기해 드려요?"

마스터가 격렬하게 고개를 끄덕였다.

"그러니까, 노찬식 하사의 방에 이 시가 남겨져 있었다는 거군요."

"네, 그렇습니다. 찬식이의 노트에 적혀 있었다고 했습니다."

설록이 왼손 검지로 관자놀이를 톡톡 두드리며 시를 살펴보았다. 비록 제 발로 들어왔지만 완승도 시 한 편으로 사라진 사람을 찾는다는 것 자체가 애초에 무리라는 생각이 들기도 했다. 하지만 설록의 진중한 말투나 행동, 특히 저 사람의 내면 깊은 곳까지 읽어 낼 수 있을 것 같은 깊은 눈이 완승에게 왠지 모를 기대감을 갖게 한 것도 사실이었다.

"저, 실례가 되지 않는다면 이 시를 한번 읽어 주시겠습니까? 낭독해 주시면 추리에 도움이 될 것 같습니다만."

시 낭독을 해 본 적 없었던 완승이 당혹스러운 표정을 지었지만, 거절하기에는 너무도 정중했다. 어쩔 수 없이 낭독을 시작하자 설록은 왼쪽 입꼬리를 살짝 올리는 미소를 지으며, 완승의 목소리에 귀를 기울였다.

"의뢰인께서는 시를 가슴으로 읽지 않으시는군요. 지극히 순수한 낭독입니다."

칭찬인지 비난인지 모를 말로 완승이 혼란스러워하는 사이 설록이 바로 말을 이었다.

"높은 자긍심을 가진 사람일수록 그 자긍심에 금이 가게 되면 쉽게 무너지는 법이지요."

"네? 무슨 말씀이신지……."

설록은 완승에 손에 들린 시집을 다시 받아 들고서 어리둥절한 표정으로 앉아 있는 완승에게 보여 주었다.

"자, 1연을 보시죠. '흰 나비'는 '바다'가 무섭지 않습니다. 흰 나비를 노찬식 하사라고 보고, 바다를 노 하사가 바라보고 있는 세상이라고 생각해 보죠. 의뢰인께서 말씀하신 대로라면 아마 노찬식 하사는 부대 내에서 높은 업무 능력을 인정받는 상태였을 겁니다. 이대로라면 진급도 무난했을 테지요. 자신만만한 그에게 세상이라는 것은 자기 계획대로 돌아가는 곳으로 인식되었을 겁니다."

완승은 저도 모르게 고개를 끄덕였다.

"문제는 2연에서 일어납니다. '바다'를 '청무우밭'인 줄 알고 내려갔다가 '어린 날개'가 다 젖어 버리는 사태가 발생하게 되지요. 나비는 온실 안 화초처럼 지내다가 처음 궁 밖의 세계를 만난 어린 공주처럼 완전히 지쳐 버립니다. 이건 지금까지 승승장구하던 노 하사가 자신이 극복할 수 없는 벽을 만났음을 의미합니다."

완승은 시 추리 중인 설록의 손가락을 넋을 잃고 바라보았다. 단지 노 하사가 남긴 시 한 편을 보여 주었을 뿐이다. 하지만 설록은 그 속에 담긴 노 하사의 심리를 읽어 내고 있었다. 반신반의했던 완승의 생각이 확신으로 완전히 바뀌었다. 이 사람은 진짜, 탐정이다.

"3연을 살펴보면 노 하사가 아직도 상황 파악을 하지 못해 혼란스러워하고 있다는 걸 알 수 있습니다. '바다'에는 '꽃'이 피지 않는 게 당연한데 그걸 서글퍼하고 있죠. 시리게 아파하기도 합니다. 이것은 아직 자신이 겪은 세계에 대해 받아들이지 못하는 나비의 어리석음, 아니 뭐랄까요, 순수함이라고 표현해야 할까요. 아무튼 자신에게 주어진 상황에 대해 완전한 이해에 도달하지 못한 것이 분명해 보입니다. 제겐 여기에서 지금 벌어진 좌절을 받아들이지 못하는 노 하사의 상태가 보이는군요."

설록이 천천히 고개를 들며 말했다.

"이 시를 토대로 봤을 때, 노 하사는 군 생활 이외에 다른 큰 걱정거리가 생긴 게 아닌가 싶습니다. 아무리 노 하사가 훌륭한 군인이라고 하더라도 그건 어디까지나 군대라는 세계 안에서만 한정된 것이죠. 그 세계를 벗어나면 그저 이 시대를 살아가는 한 명의 젊은이에 지나지 않습니다."

"그 걱정거리란 게 뭘까요?"

"글쎄요. 그건 본인에게 물어보십시오."

"대체 무슨 말씀이신지 모르겠네요. 저는 지금 노 하사를 찾으러 왔습니다만. 연락도 안 되는 사람에게 어떻게 물어보란 말씀인가요?"

완승이 어처구니없는 표정으로 말하자 설록이 미소를 지었다.

"곧 돌아올 테니까요. 여기 보시죠."

설록이 '공주처럼 지쳐서 돌아온다'라는 구절을 손가락으로 짚었다.

"예전처럼 자신감에 찬 당당한 모습과는 조금 달라져 있을지는 모르겠지만, 아무튼 그는 돌아올 겁니다. 의뢰인께서는 노 하사를 꽤 아끼는 것 같으니 아마 의뢰인께서 물어보시면 사정을 얘기해 줄 겁니다. 전역한 지 얼마 되지 않으신 의뢰인께서 해 줄 수 있는 조언이 있지 않을까요?"

완승은 설록에게 자신이 군인이었다는 것을 밝힌 적이 없었다. 이 사람은 도대체 어떤 능력을 지니고 있기에 자신에 대해 속속들이 알고 있는 것인가. 완승의 머릿속에서 무수한 생각이 떠올랐지만, 무슨 질문부터 해야 할지 판단이 서지 않아 그저 입을 벌린 채 설록을 쳐다보고만 있었다.

"그걸 어떻게 알았냐는 표정이군요. 의뢰인분의 가운뎃손가락에 난 반지 자국을 보고 알았습니다. 전체적으로 피부가 그을린 걸 보면 햇빛에 노출이 많이 되는 직업일 가능성이 있는데, 유독 그 부분만은 하얗더군요. 자국을 보니 크기가 큰 편인데 일반적으로 남자가 그런 반지를 끼는 일은 매우 드물죠. 아마도 장교나 부사관이 임관 기념으로 제작하는 임관 반지가 아니었나 추측했을 뿐입니다. 선명한 자국으로 보건대 반지를 뺀 지 얼마 되지 않았고, 그렇다면 얼마 전에 전역한 것이겠지요."

설록이 웃으며 말했다.

"아무튼, 조만간 연락이 올 겁니다. 잘 챙겨 봐 주십시오."

"그래서? 진짜 연락이 왔어?"

마스터가 호기심 어린 눈빛으로 물었다.

"네, 선생님 말씀대로 사흘 뒤에 연락이 왔어요. 부대로 복귀하고 있다고. 어머니께서 집을 계약했는데, 글쎄 그게 사기였대요. 어머니 걱정할까 봐 말도 못 하고 혼자 전전긍긍하며 사기꾼 잡으러 다니다가 부대 복귀가 늦어진 거죠. 네가 어떻게 사기꾼을 잡겠다고 부대 복귀도 안 했냐고 윽박질렀더니,

너무 분해서 눈이 돌았다네요. 젊은 혈기에 직접 나서면 경찰보다 더 빨리 잡을 수 있을 줄 알았대요."

"저런……. 그래서 잡혔어?"

"네, 한참 지나서요. 안타깝게도 피해금은 못 받았대요. 아무튼 그날 새파랗게 질린 찬식이 얼굴이 아직도 생각나네요. 군 생활만 충실하게 했던 놈이라 바깥일에는 어두웠던 거죠. '공주'였던 거예요. 「바다와 나비」에 나오는 공주."

안타까움의 한숨을 짓던 마스터가 갑자기 테이블을 탁 치며 물었다.

"그건 그렇고, 그 사건이랑 완승 씨가 설 탐정이랑 일하게 된 거랑 어떤 관계가 있는데?"

"아, 그걸 말씀해 달라고 하셨죠?"

마스터가 다시 격렬하게 고개를 끄덕였다.

노찬식이 돌아온 후 완승은 이 사실을 알리기 위해 다시 설록의 사무소에 찾아갔다. 실은 그것은 핑계에 지나지 않았다. 완승의 진짜 목적은 지금껏 본 적 없는 능력을 보여 준 설록이라는 사람을 다시 한번 만나 보는 것이었다. 실종자가 남긴 시 한 편으로 그의 삶과 심리, 행방을 추측하는 설록의 능력에 완전히 매료된 것이다. 늘 의뢰인을 맞이할 준비를 하는 탐정답게 완승의 갑작스러운 방문에도 설록은 친절하게 맞아 주었다. 완승은 설록의 말대로 노찬식이 돌아왔다는 얘기와 함께 그의 사정에 대해서도 간략하게 전했다.

"안타까운 일이군요."

관자놀이에 왼손 검지를 대고 완승의 이야기에 귀 기울이던 설록이 자세를 곧추세웠다.

"그런데 말입니다, 완승 씨."

그러고는 손을 비비며 물었다.

"새로 시작한 바리스타 일은 잘되고 있습니까?"

완승이 깜짝 놀라서 물었다.

"바리스타 일은 한다는 건 어떻게 아셨습니까?"

"간단합니다. 완승 씨에게서 풍기는 아주 진한 커피 향기 때문이죠. 사람의 후각은 쉽게 피로해지니 완승 씨 본인은 인지하지 못하겠지만 말입니다. 여기저기 덴 자국은 새로운 장비가 손에 맞지 않아 생긴 상처일 테고요. 게다가 사무소에 들어와서 창밖으로 보이는 '서문커피' 쪽을 응시하고 있군요. 저 가게는 좋은 커피를 파는 상점으로 바리스타 사이에서는 꽤 유명한 걸로 알고 있습니다만."

완승은 손의 상처를 바라본 후 어깨를 으쓱하며 말했다.

"탐정님 앞에 서면 완전히 발가벗겨진 기분이군요."

설록은 특유의 미소를 지으며 응접실 안쪽을 손가락으로 가리켰다.

"저 안쪽에 꽤 괜찮은 주방이 마련되어 있습니다. 아마 웬만한 카페보다 나을 겁니다. 근데 내가 워낙 음료 제조에는 소질이 없어서."

완승은 어리둥절한 표정으로 설록의 말을 듣고 있었다.

"내게 카페인은 필수품이죠. 하루에 두 잔은 꼭 마셔야 합니다. 완승 씨 같은 순수한 눈으로 시를 읽을 줄 아는 사람이 내린 커피를 마실 수 있다면 영광일 겁니다. 나는 주인을 기다리고 있는 저 주방의 새 주인이 완승 씨가 되었으면 하는데, 어때요? 나랑 같이 일해 볼 생각……."

"있습니다. 당연히!"

"그때부터 저기서 일하게 된 거야? 바리스타로?"

미소를 띤 채 내 얘기에 귀를 기울이고 있었던 마스터가 말했다.

"네, 처음에는 바리스타로 취업했는데, 거처까지 사무소 2층으로 옮기고 나서부터는 이 일 저 일 하다 보니 이제 제 일이 뭔지도 잘 모르겠어요."

내가 양팔을 벌리고 어깨를 으쓱하며 웃었더니 마스터도

따라 미소 지었다. 그러고는 따뜻한 커피 한 잔을 내놓으며 말했다.

"새로 들어온 게이샤 커피. 이거 귀한 커피인 건 알지? 재밌는 얘길 들려준 삯을 치르는 거야."

나는 커피를 건네받고 신중하게 한 모금 마셨다. 풍부한 향과 다채로운 맛. 신의 커피라 불리는 파나마산 커피의 맛을 보니 별거 아닌 이야기 삯치고는 너무 과하다는 생각이 들 정도로 황홀했다. 그러는 동안, 마스터가 들릴 듯 말 듯 한 소리로 혼잣말을 했다.

"까칠한 사람이 용케 먼저 제안했네. 마음에 쏙 들었나 봐."

너무 작은 소리라 확실치는 않지만 대강 이런 말이었다. 되물어 확인하고 싶었지만 그러지는 못했다. 그걸 물으면 다시는 서문커피에 오지 못할 것만 같은, 출처를 알 수 없는 느낌이 들었달까. 아니면 노련한 탐정과 지내다 보면 자연스레 얻게 되는 직감이라고나 할까. 아니, 어쩌면 그때 마스터의 눈에 감돌던 아련함이 내 질문을 막았는지도.

"드디어 왔군. 한참을 기다렸네."

사무소로 들어서자 어느새 돌아온 선생님이 달뜬 표정으로 나를 맞았다. 그러나 선생님의 눈길이 내가 아닌, 들고 있던 커피 쪽으로 쏠린 것을 보니 선생님이 기다린 건 내가 아닌 커피임이 분명했다. 저 과장된 몸짓과 초조한 말투. 카페인 금단 현상이 발동한 것이다.

"커피 못 드셨어요?"

"아, 그랬다네. 아침 이후로 한 잔도 못 마셨어."

"금방 내려 드릴게요. 좋은 커피를 좀 받아 왔거든요."

"고맙네."

나는 서둘러 마스터가 챙겨 준 게이샤 커피를 내렸다. 한사코 사양하는데도 굳이 챙겨 가라던 마스터의 성화에 못 이겨 조금 받아 왔는데, 그러길 잘했다 싶었다.

"이제야 좀 낫군."

"마스터가 맛 평가를 부탁하던데요?"

침착함을 되찾은 선생님이 살짝 웃으며 말했다.

"자네가 내린 커피면 다 맛있던데. 내가 커피 맛을 잘 모른다는 건 자네도 잘 알고 있지 않은가. 커피에 관한 평가는 자네에게 맡기겠네."

오랜만에 들어 보는 깔끔한 칭찬이 나쁘지 않다. 나는 조용히 웃으며 남은 커피를 찻잔에 따라서 선생님 맞은편에 앉았다.

생각해 보면 이렇게 선생님과 같이 응접실 소파에 가만히 앉아 커피를 마시고, 그러다 시를 읽고, 의뢰인의 사건을 연구하는 일. 내겐 이 모든 일상이 아직도 진행 중인 하나의 사건인 것만 같다. 나는 때로는 지루하고 때로는 어렵고 때로는 흥미로운 이 사건이 영원히 해결되지 않길 바라며 창을 바라본다. 창밖에는 하얀 꽃들이 만발한 이팝나무가 노을빛을 받아 붉게 물들고 있었다.

작가의 말

지금까지 내가 학생들에게 시를 소개하는 방식은 크게 두 가지 정도로 간추릴 수 있을 듯하다. 이성에 기반한 읽기와 감성에 초점을 맞춘 읽기. 이성적 시 읽기 교육에서는 논리적인 맥락을 바탕으로 시를 분석하는 법을 가르친다. 교과서에 실린 작품을 설명할 때 주로 사용하는 방식으로, 수능 문제에서도 대개는 이 방식을 활용된다. 감성적 시 교육은 감성을 활용하여 작품에 감응하도록 이끈다. 학교에서는 시를 읽고 감동적인 시구를 찾아본다거나 유사한 경험이 있으면 발표해 보세요, 하는 식으로 수업에 활용된다.

전혀 달라 보이는 시 교육의 방향이지만 궁극적으로는 한 곳에서 만난다. 논리적인 읽기가 기반이 되어야 오독(예컨대 주어와 목적어를 혼동하거나 수식의 대상을 잘못 지정하는 경우) 없이 시를 읽을 수 있을 테고, 그래야 비로소 가슴으로 시를 받아들일 수 있을 테니까. 그래서 교과서의 학습 활동은 대개 '이성적 시 읽기 → 감성적 시 읽기'의 순으로 구성되어 있고 그것을 온전히 거쳤을 때 마침내 시를 감상했다고 여긴다.

설록은 이성적 시 읽기의 (다소 극단적인) 화신이다. 객관적인 시선으로 읽어 낸 결과를 의뢰인에게 제공하면 의뢰인들은 작품에 자신만의 감성을 입혀 시를 온전히 받아들인다. 그러니까 이 책의 이야기들은 우리가 시를 읽고, 생각하고, 시구나 시적 표현에 감탄하고, 다시 생각하다가 마침내 시를 받아들이는 과정, 즉 시를 감상하는 일련의 과정을 형상화한 것이라고 할 수 있겠다.

책 내용의 일부를 담은 브런치북 소개글에 적어 둔 것처럼 이 책을 시를 재미있게 공부하고 싶은 청소년, 시를 어려워하는 자녀를 둔 학부모들이 읽어 주신다면 더없는 영광이겠다. 하지만 무엇보다도 시를 읽고 공부했던 모든 이들에게 다시금 시를 읽는 즐거움을 선사할 수 있다면, 그래서 더 많은 독자에게 시를 즐길 기회를 제공할 수 있다면, 그것만으로도 설록과 완승의 소명은 다한 것이라고 감히 생각한다.

시를 읽는 사람이 점차 희귀해지는 세상이라지만 시의 매력을 알고 흠뻑 즐기는 눈 밝은 사람은 여전히 존재한다. 그런 분들을 보며 가끔 생각한다. 누구나 노래방 애창곡 하나쯤은 가지고 있듯이 모든 사람이 시 한 편 정도는 가슴에 품고 있는 세상이 있다면 어떤 모습일까. 우리가 노래로 과거를 추억하는 것처럼 시어에 가슴 아파하고 화자에 감정을 이입하고 시구에 영향을 받는 세계. 이런 빈약한 상상력의 세계를 기반으로 하다 보니 시 해석에 다소 무리가 발생했을 수 있겠다는 생각이 든다. 이게 다 시를 가까이해 주십사 하는 작가의 부탁이니 살짝 눈감아 주시길.

아빠 책이 나오면 나보다 더 좋아해 주는 우리 딸 개똥. 그리고 '우리 설록이'라 부르며 애착을 보여 준 아내. 그들의 사랑이 아니었다면 이 책을 쓸 수 있었을까. 늘 고맙고 사랑합니다. 저작권 문제로 출간에 어려움이 예상됨에도 과감하게 원고를 선택해 주신 안녕로빈 전연휘 대표님, 모자란 원고를 책답게 만져 주신 황명숙 편집자님께 감사의 말씀을 드린다.

마지막으로,

이 시대의 명작을 함부로 해체하고 서툴게 조립한 것에 대해 저 위대한 시인들께 진심으로 송구하다는 말씀을 드려야 할 것 같다. 앞으로 더 열심히 읽고, 가르치고, 쓰겠습니다.

시 쓰기 수업이 한창인 교실에서
이락

이 책에 실린 시의 출처

「우리가 물이 되어」, 강은교, 『우리가 물이 되어』, 문학사상사, 1987
「추천사」, 서정주, 『서정주 시선』, 정음사, 1956
「빈집」, 기형도, 『입 속의 검은 잎』, 문학과지성사, 1989
「감자 먹는 사람들 – 삽질 소리」, 정진규, 『시집 반·고호』, 탑출판사, 1987
「고향길」, 신경림, 『신경림 시전집』, 창비, 2004
「한계령을 위한 연가」, 문정희, 『지금 장미를 따라』, 민음사, 2016
「사무원」, 김기택, 『사무원』, 창비, 1999
「땅끝」, 나희덕, 『그 말이 잎을 물들였다』, 창비, 1994
「독을 차고」, 김영랑, 『영랑 시집』, 시문학사, 1935
「간」, 윤동주, 『하늘과 바람과 별과 시』, 정음사, 1977
「바다와 나비」, 김기림, 『바다와 나비』, 신문화연구소, 1946

시 탐정 사무소 ①

1판 1쇄 인쇄 2023년 9월 10일
1판 3쇄 발행 2025년10월 25일

글 이락
편집 전연휘, 황명숙 **디자인** 원상희 **마케팅** 양경희
펴낸이 전연휘 **펴낸곳** 안녕로빈 **출판등록** 2018년 3월 20일(제 2018-000022호)

주소 서울시 광진구 아차산로 69길 29
전화 02-458-7307 **팩스** 02-6442-7347 **전자우편** robinbooks@naver.com
홈페이지 hellorobin.co.kr **인스타그램** @hellorobin_books

ISBN 979-11-91942-27-9 44810
ISBN 979-11-91942-26-2 (세트)

○ 본 도서는 카카오임팩트의 출간 지원금을 받아 만들어졌습니다.

시 탐정 사무소 ②

이락 추리소설

← 울음은 금이 될 것이다

시 탐정 사무소 ②

이락 추리소설

안녕로빈

차례

작가의 말

사례 1.

최근 가수 김동률의 「사랑한다 말해도」를 들었다. 세상에, 첫 구절부터 가슴을 파고든다.

난 네 앞에 서 있어
너는 생각에 또 잠겨 있네
함께 있어 더 외로운 나
어쩌다 이렇게

와, '함께 있어 더 외로운 나'란다. 김동률 이 양반은 뭔 놈의 가사를 이렇게 공감되게 쓰나. 이건 완전 20년 전 내 얘기 아닌가. 어쩌면 18년 전? 아니, 16년 전인가? 왜 이런 노래를 불러서 기억에도 가물가물한 과거를 다시 떠오르게 만드나. 왜 가만있는 사람을 아프게 하나. 대체 내게 왜 이러는 건가.

여기까지 읽은 여러분은 대강 이런 물음을 가졌을 것이다.

"그때 무슨 일이 있었기에 그러는 거야?"

이 처연한 가사를 잘 알고 있는 독자라면 이것보다 좀 더 구체적인 질문을 할 수도 있을 것이다, 이렇게.

"당신, 대체 20년 전 혹은 18년 아니면 16년 전, 대체 어떻게 '차인' 거요?"

사례 2.

A라는 사람이 윤동주의 「쉽게 씌어진 시」를 읽고 "이건 완전 내 얘기다."라는 반응을 보인다. 이 반응을 들은 B, C, D는 시의 내용을 살펴보고 나서 A가 어떤 삶을 살았는지 궁금해하고, 추측하고, 공감한다.

여러분이 지금 읽고 있는 이 책 속 세계에서는 '사례 2'와 같은 일이 벌어진다. 한 의뢰인이 시 속에 담긴 사연을 추리해 달라며 탐정 사무소를 찾아온다. 그러면 시 탐정 설록이 시에 담긴 사연을 읽어 내고 답을 내어 준다. 단지 '사례 1'의

'노래'를 '사례 2'에서는 '시'로 바꾸었을 뿐인데 급격하게 비현실적인 세계가 되어 버린 것만 같다. "요즘 누가 시를 읽고 그런답니까?" 하는 반응이 들리는 것도 같고.

『시 탐정 사무소』를 처음 세상에 내놨을 때 가장 우려했던 게 이거였다. 독자들이 황당하다면 황당하달 수도 있는 이 세계관에 아무도 공감하지 못하면 어쩌나 하는 걱정! 하지만 감사하게도 많은 독자가 소설적 설정을 흔쾌히 받아들여 주었다. 심지어 다음 이야기를 기대한다는 반응도 꽤 있었다. 설록과 완승의 두 번째 이야기가 세상에 나올 수 있던 건 모두 독자들의 성원 덕분이다. 이 단순하지만 낭만적이고 비현실적이지만 운치 있는 세계 속에서 펼쳐지는 이야기에 공감해 준 모든 분들께 이 자리를 빌려 감사의 말씀을 전한다.

두 번째 책이 나오기까지 응원과 격려를 아끼지 않은 대표님과 편집자님. 더불어 내 모든 글의 첫 번째 독자가 되어주는 아내와 아빠 책이 나오면 여기저기 소문내기 바쁜 우리

동네 꼬마 마케터 딸에게도 감사의 인사를 전한다. 모두 사랑합니다.

특별히 인사를 해야 할 사람이 있다. 설록과 완승이라는 등장인물의 이름에서 눈치챘겠지만, 이 이야기 속 설정의 일정 부분은 코난 도일 경께 빚을 지고 있다. 감사…… 참, 영국 분이니까, Thank you very much, Sir.

마지막으로 덧붙여 드리는 말씀. 혹시나 이 책에 나오는 시 중 마음에 드는 작품이 있다면 시집을 구해 읽어 보는 걸 권한다. 도서관에서 찾아도 좋고 서점에서 구입해 보면 더 좋겠다. 그러면 이 땅에서 살아가는 재능 있는 시인들이 조금 더 힘을 내어 펜을 쥘 수 있을 테니까.

늘 즐거우시길,

이락

일러두기

1. 수록된 시는 해당 작품이 수록된 시집이나 전집을 원본으로 삼아 원문을 살려 싣는 것을 원칙으로 하였습니다.

2. 표기는 원문에 따르는 것을 원칙으로 하되 맞춤법과 띄어쓰기의 경우, 최대한 현행 표기법에 따랐습니다.

1화.

명태

「북어」, 최승호

명태

문상이 사무소의 문을 두드린 건 일주일 전이었다. 통이 큰 짙은 청바지와 깔끔한 스니커즈, 빈티지 재킷의 조화가 멋스러웠다. 반듯한 헤어스타일과 날카로운 눈빛 때문에 일면 냉정해 보이는 측면이 있었지만, 모나지 않은 뿔테 안경 때문인지, 동글동글한 체형 때문인지 선한 인상을 풍기는 남성이었다.

"기자님께서 여기는 어쩐 일이신지?"

선생님의 물음에 문상은 깜짝 놀란 듯 눈을 동그랗게 뜨며 자신이 기자인 걸 어떻게 알았냐고 되물었다.

선생님이 미소를 지었다.

"그거야 간단한 일입니다. 신고 있으신 스니커즈는 밑창이 지나치게 닳아 있습니다. 깔끔한 갑피에 비하면 말이죠. 신발을 구입한 지 얼마 되지 않았는데도 밑창이 그 정도라면 여기저기 가야 할 곳이 많은 직업이라고 생각했지요. 약간 구부정한 자세나 거북목은 책상에 오래 앉아 일하는, 그러니까 컴퓨터로 일하는 직종일 가능성이 크다는 뜻이 아니겠습니까. 서로 상충하는 두 특징을 모두 지닌 직종 중 가장 쉽게 떠올릴 수 있는 직업이 기자입니다. 오른쪽 재킷 속 불룩한 포켓에는, 펜이 두어 개 같이 꽂혀 있는 걸로 봐서 휴대전화는 아닐 테고, 혹시 기자 수첩이 아닌지요? 두께도 그 정도로 보이고요."

"과연 명탐정이십니다. 이거 놀랍군요."

"아닙니다. 간단한 일이지요."

문상의 반응에 만족스러운 미소를 머금은 채 선생님이 응접실로 자리를 안내했다. 내가 마침 막 추출한 커피를 내놓자, 자기는 하루에 커피 서너 잔을 마시는 커피광인데 이런 좋은 커피는 처음 먹는다며 문상은 연신 감탄했다. 리액션이 좋은 사람이네. 그의 적극적인 반응 덕에 훈훈한 분위기에서 의뢰에 관한 대화를 시작할 수 있었다.

"제가 찾아온 건 제 선배 때문입니다."

문상과 같은 현실일보에서 일했던 오연철은 문상의 대학 선배로 본래 문화부 기자였다고 했다. 그런데 갑자기 본사 산하 인터넷 신문사로 발령을 받는 통에 18년 차 문화부 기자가 졸지에 인터넷 신문사 초임 기자가 되어 버리는 일이 생겼다.

"처음에는 선배가 무슨 사고를 친 줄 알았죠. 뭐, 어디 가서 사고 칠 사람은 아니긴 한데, 이쪽 일 하다 보면 '이 사람은 어떻다.' 하고 단정 짓는 게 의미가 없더라고요. 그래서 내가 모르는 뭔가가 있나 보다 했어요."

"사고를 치면 인터넷 신문사로 발령을 내는 경우가 있나 보군요?"

내 물음에 문상은 현실일보 인터넷 신문사는 취재보다는 주로 다른 기사를 인용, 발췌하거나 연합뉴스 기사를 그대로 가져온다고 했다. 인쇄 신문 매출이 급감되자, 클릭을 유도해 조회 수를 높이는 것으로 하락한 수익을 만회하려는 시도도 서슴지 않는다고. 그러다 보니 그런 일에 익숙하지 않은 중견 기자 대부분은 얼마 못 버티고 옷을 벗는다고 했다. 오연철 역시 같은 길을 걸었다.

"선배가 특종을 많이 했거든요. 예전부터 집요한 면이 있었어요. 대학 신문사에서 일할 때는 대학 직원 채용 비리를 파헤쳐서 총장을 사퇴시켰었죠. 평생 취재에 목숨을 걸었던 양반이 남의 기사나 긁어다 붙이고 있었으니, 참아 내기 힘들었겠다는 생각은 들어요. 기자로서 자괴감 비슷한 걸 느끼지 않았을까요? 제가 궁금한 건 선배가 대체 어떤 사고를 쳤기에

잘나가던 문화부 기자를 갑자기 그곳으로 발령을 냈는가 하는 거예요."

얘기를 듣던 선생님이 손을 비비며 말했다.

"그렇다면 의뢰하시는 건 오연철 기자님이 어떤 연유로 인터넷 신문사로 발령이 나게 되었는가…… 인 겁니까?"

"네, 맞습니다."

"그런 건 본인에게 물어보시는 편이 훨씬 빠를 텐데요."

문상이 한숨을 크게 한 번 쉬더니 곤란한 표정을 지었다.

"물어봤더랬죠. 하지만 도무지 말을 하지 않습니다. 회사를 관두고는 늘 술에 절어 있으니, 제대로 된 대화를 할 기회도 없고요. 여태 결혼도 안 해 챙겨 줄 가족도 없는데, 이러다 알코올 의존자가 되거나 아니면 더 심한 일을 당할지도 모른다고 생각하니……."

"걱정이 많으시겠군요."

"네, 제게는 각별한 선배거든요. 엄혹했던 기자 준비생 시절을 이겨 낼 수 있었던 건 다 선배 덕분입니다. 가끔 밥도 사주고 공부도 챙겨 봐줬죠. 그렇게 듬직했던 형이었는데 일을 관두고 저렇게 망가지는 걸 보고 있자니 마음이 영 착잡합니다."

깍지를 낀 채 양손 엄지를 문지르며 문상의 말을 듣고 있던 선생님이 말했다.

"문 기자님, 아시다시피 저는 시 탐정입니다. 사건을 해결하기 위해서는 의뢰하신 사건과 관련된 시 작품이 필요하죠. 오 기자님이 평소에 좋아하던 작품이건 시인이건 시와 관련된 어떤 정보라도 좋습니다."

"네, 그렇지 않아도 그걸 찾아보려고 했는데 쉽지 않았습니다. 선배가 국문과 출신이라 좋아하는 시가 워낙 많았습니다. 단서가 될 만한 작품을 찾았다면 좋았을 텐데."

시를 단서로 사건을 해결하는 시 탐정으로서 이런 의뢰는 가장 까다로운 축에 속했다. 대개 좋아하는 시나 시인이 한정되어 있기에 단서의 범위를 좁혀 나가는 게 어렵지 않았지만, 시를 많이 읽는 사람에 대한 사건 의뢰는 사정이 달랐다. 이런 경우에는 단서가 될 시의 범위가 넓어서 특정한 시와 사건 사이의 관련성이 입증되기 전까지는 천하의 설록 탐정이라 해도 애를 먹을 수밖에 없었다. 최근에 일어난 최민우 시인이나 박명호 문학 평론가의 사건이 미결로 남은 이유도 그 때문이었다.

그때, 문상이 다시 입을 열었다.

"이 말이 도움이 될지는 모르겠는데……."

미간을 잔뜩 찌푸리며 관자놀이를 매만지고 있던 선생님

이 문상 쪽으로 몸을 기울였다.

"선배가 이상한 말을 한 적이 있습니다. 한 달 전쯤인가? 선배와 선술집에 갔습니다. 곧 쓰러질 것 같은 허름한 가게인데, 선배의 오랜 단골집이라 저도 잘 아는 곳이죠. 선배가 인터넷 신문사에 발령 났다는 걸 저한테 말한 곳도, 그만둔 걸 얘기한 곳도 거깁니다. 회사를 그만두고 나서 저녁은 대부분 그 술집에서 해결한다고 들었습니다. 그러고는 술에 절어서 나오고요. 선배를 만난 그날도 약속 시간보다 먼저 도착해서 혼자 소주를 마시고 있더라고요. 왜 혼자 그러고 있나 물으니까 불쾌한 얼굴로 다짜고짜 이러더라고요. 너도 북어냐?"

"북어요?"

생각지도 못했던 엉뚱한 단어의 등장에 놀라서 내가 눈을 동그랗게 뜨며 되물었다. 선생님은 흥미로워하는 표정을 지으며 문상의 말에 귀를 기울였다. 선생님의 구미를 당긴 것이 틀림없었다.

"네, 북어요. 먹태 대가리를 손가락으로 딱딱 치면서 '너도 북어냐?' 하더군요."

"다른 말은 없었습니까?"

"그 말만 계속 반복했습니다. 좀 취했었거든요."

"이후에는 그와 관련된 이야기를 한 적은 없고요?"

"네."

"그날 오 기자님과는 무슨 용건으로 만나신 겁니까?"

"뭐, 오 선배랑은 특별한 용무가 없어도 봅니다만, 그날은 선배가 먼저 만나자고 했었죠. 무슨 일이냐니까 얼굴 보고 얘기하자더니 북어 얘기만 주야장천 반복하고는 끝나 버렸어요. 그 이후로는 특별히 말은 하지 않더라고요."

"어쩌면……."

선생님이 미소를 지었다.

"쉽게 문제가 풀릴지도 모르겠군요."

"무슨 말씀인지요?"

문상이 의아한 듯 물었다.

"일단 만나 봐야겠습니다, 오 기자님을."

문상이 말했던 선술집은 통문시장 서쪽 귀퉁이 골목에 있는 허름한 가게였다. 짝이 맞지 않는 의자가 놓인 낡은 테이블 다섯 개가 적당한 간격을 두고 있었고, 벽에 걸린 조그마한 텔레비전에는 지역의 맛집 정보를 전하는 프로그램이 방영되고 있었다. 저녁 시간임에도 손님이 한 테이블밖에 없는 걸 보니, 적어도 이 집은 저 티브이 프로그램에 소개되지는 않았겠다는 생각이 들었다.

가게의 유일한 손님은 입구에서 가장 먼 쪽 테이블에 출입구와는 등을 지고 혼자 앉아 있는 남자였다. 약간 구부정한 자세로 기본 찬을 안주 삼아 소주를 입에 털어 넣고 있었는데, 테이블 위 소주병에 남은 소주량으로 봐서 이미 반병은 족히 마신 듯 보였다.

우리는 천천히 그가 앉은 테이블로 다가갔다.

"오 기자님?"

소주잔에 소주를 따르다 말고 남자가 고개를 들었다. 푸석한 피부에 눈그늘이 심하게 드리워져 있었다.

"저를 아십니까?"

선생님이 건넨 명함을 살펴본 오 기자가 선생님을 한 번 올려다보고는 옆에 빈 의자를 가리켰다. 낡은 등산 재킷의 오른쪽 주머니가 작은 수첩만 한 두께로 불룩 솟아 있었다.

"설록 탐정님을 이렇게 뵙게 될 줄은 몰랐네요."

"저를 아신다니 영광입니다."

"알다마다요. 저 이래 봬도 대학에서 시 공부했던 몸입니다. 시를 다루는 탐정님을 모를 리가 있나요. 한잔하시죠."

오 기자가 테이블 위에 엎어 놓은 소주잔을 집어 선생님 앞에 놓고 소주를 따르려 하자, 선생님이 고개를 저었다.

"아닙니다. 일 때문에 온 거라서."

"일? 무슨 일 말씀이죠?"

"문상 기자에게 의뢰를 받았습니다. 오 기자님이 여기에 계실 거라고 하더군요."

오 기자가 의아한 눈초리로 우리를 바라보았다.

"상이가 의뢰를요? 무슨 일로……."

"걱정이 많으신 거 같더군요. 존경하는 선배가 망가지는 모습 때문에."

오 기자가 "망가졌다라."라고 중얼거리며 피식 웃었다. 자조 섞인 쓴웃음이었다.

"뭐, 술 마실 거 아니면 볼일 보시죠. 드릴 말씀도 없는데."

그러고는 소주를 입에 털어 넣었다.

냉소적인 오 기자의 태도에 대화가 끊어졌다. 작은 공간에 감도는 불편한 기운을 이기지 못한 내가 미리 준비해 온 시집을 테이블 위에 올렸다.

"시를 공부하셨으니 이 시집, 아시겠지요?"

그러나 오 기자는 우리 쪽으로 눈길을 주지 않은 채 시큰둥했다. 문상의 의뢰로 찾아왔다는 말이 오 기자의 심기를 건드렸고, 그것이 우리를 대하는 그의 태도가 변한 이유임이 틀림없었다.

"『대설주의보』입니다, 최승호 시인의."

내 말에 오연철 기자가 힐끔 시집을 쳐다보았다. '최승호' 시인의 이름에 반응할 것이라는 선생님의 예측이 맞았다. 이어 선생님이 말했다.

"낭독 어떠십니까?"

"지금 무슨……."

오 기자가 어이없다는 표정으로 쏘아붙였다.

"뜬금없이 찾아와서 의뢰라는 둥 낭독이라는 둥 뭐 하자는 겁니까?"

"이 친구 시 낭독은 아주 수준급이지요. 술 마시면서 듣기에 웬만한 음악보다 나을 겁니다. 저 티브이 프로그램과는 비교할 수도 없고요. 게다가……."

선생님이 마침 안주로 나온 먹태를 가리켰다.

"저도 '북어'를 좋아하거든요."

'북어'라는 말에 움찔한 오 기자가 결국 마음대로 하라는 식으로 손을 휘휘 저었다.

나는 선생님의 고갯짓을 신호로 천천히, 최대한 감정을 절제한 채로 시를 읽어 나갔다.

북어

최승호

밤의 식료품 가게
케케묵은 먼지 속에
죽어서 하루 더 손때 묻고
터무니없이 하루 더 기다리는
북어들,
북어들의 일 개 분대가
나란히 꼬챙이에 꿰어져 있었다.
나는 죽음이 꿰뚫은 대가리를 말한 셈이다.
한 쾌의 혀가
자갈처럼 죄다 딱딱했다.
나는 말의 변비증을 앓는 사람들과
무덤 속의 벙어리를 말한 셈이다.
말라붙고 짜부라진 눈,
북어들의 빳빳한 지느러미.
막대기 같은 생각
빛나지 않는 막대기 같은 사람들이

가슴에 싱싱한 지느러미를 달고
헤엄쳐 갈 데 없는 사람들이
불쌍하다고 생각하는 순간,
느닷없이
북어들이 커다랗게 입을 벌리고
거봐, 너도 북어지 너도 북어지 너도 북어지
귀가 먹먹하도록 부르짖고 있었다.

"부드러웠을 겁니다."

선생님이 손가락으로 먹태 주둥이 쪽을 가리켰다.

"이렇게 '말라붙고 짜부라'져 딱딱해지기 전까지는."

오 기자가 가만히 지켜보고 있었다. 선생님이 이번에는 먹태 대가리 쪽을 들고 말했다.

"'말의 변비증', '무덤 속의 벙어리' 이건 모두 말과 관련되어 있지요. 기자님의 사정과 유사합니다. 말해야 할 것이 있으나 말하지 못하죠. 변비이거나 죽음이라거나 혹은!"

선생님이 먹태를 접시 위에 다시 놓고는 손을 털었다.

"회사의 외압 때문이라거나."

오 기자는 먹태 대가리를 가만히 바라보며 오른손 엄지와 검지 끝마디를 비볐다.

"오 기자님께서는 투철한 기자 정신으로 무장한 분이라 들었습니다. 하지만 어떠한 이유에서인지 현실일보로부터 배척을 당했지요. 저로서는 정확한 이유를 알 수 없었으나 이 작품을 통해 추리한 결과, 신문사의 외압으로 기자님은 '말의 변비증을 앓는 사람'이 되어 버린 게 아닐까 판단합니다. 그리고 저는……."

선생님이 시집 속의 '죽음을 꿰뚫은 대가리'와 '무덤 속의 벙어리'를 순서대로 짚었다.

"이런 표현이 오 기자님이 술로 자기 몸을 망가뜨리고 있는 것과 관련 있는 단서라 보고 있습니다. 제가 보기엔 오 기자님은 이미 자신이 죽었다고 인지하고 있는 상태 같습니다. 기자로서 말하지 못하면 죽은 것과 다름없다, 이런 인식이라고 할까요?"

별다른 대꾸 없이 이야기를 듣고 있던 오 기자가 쓴웃음을 지었다.

"명성대로 대단하시네요. 시 한 편을 가지고 그런 것까지 알아채시다니."

오 기자는 소주 한 잔을 입에 털어 넣고 먹태 조각을 씹어 삼켰다. 그리고는 무언가 결심한 듯 한숨을 뱉고는 입을 열었다.

"가하재 선생 아시죠?"

대한민국 현대사를 관통하며 시대정신을 이끌어 낸 우리나라를 대표하는 시인. 노벨 문학상 발표 시기만 되면 늘 호사가들의 입에 오르내리는 그를 모를 리 없었다.

"문학계에선 노벨 문학상 발표 시기쯤에 가 선생의 시 세계를 조명하고 보도하는 게 연례행사처럼 됐어요. 우리나라 소설 장르에서 한 차례 노벨 문학상 수상자가 나왔으니, 다음 두 번째 수상 소식은 시 장르에서 나왔으면 하는 바람도 있었지요. 가 선생이 현실일보 신춘문예 출신인 만큼 우리 문화부에서는 매년 큰 공을 들여 기획 기사를 준비했습니다. 그런데 지난번 취재는 여느 때와는 분위기가 달랐습니다. 작가들 사이에서 어떤 소문이 돌더군요. 가하재 시인의 성 추문 이야기였죠."

오 기자가 취재할 당시, 문인들 사이에서 가하재 시인과 관련한 성 추문이 급격하게 퍼지고 있었다고 했다. 그 기행이 도무지 입에 담을 수 없는 수준이라 기자들끼리는 긴가민가했지만, 오 기자의 취재에 따르면 작가들 사이에서는 이미 널리 알려진 사실이었다. 다만 문학계의 거두인 가 시인의 눈 밖에 나면 문학판에서 발붙이기 쉽지 않았기 때문에 다들 쉬쉬했을 뿐. 그러나 몇몇 용기 있는, 그 용기 때문에 은퇴 절차를 밟아야 했던 작가들이 재야에서 조금씩 목소리를 내기 시작했고, 그것이 오 기자의 귀에까지 닿게 된 것이었다.

"취재도 어려웠지만 더 큰 문제는 데스크 통과였습니다."

그러면서 오 기자는 소주잔을 또 한 번 비웠다.

"데스크에서 기사를 막았군요."

내가 그의 빈 잔에 소주를 따르며 호응하자 오 기자가 고개를 끄덕였다.

"가 시인의 추문이 새어 나가는 순간, 우리나라 두 번째 노벨 문학상은 물 건너가는 거라더군요. 가 시인의 노벨 문학상 수상을 위해서 우리나라가 그리고 우리 신문사가 그간에 들인 공이 얼만 줄 아냐고, 국민 여론은, 정치인들의 입은 어떻게 할 거냐고 윽박질렀습니다. 광고가 떨어져 나가는 게 가장 걱정이었겠죠. 그래도 고집을 꺾질 않으니까 이튿날 바로 책상이 빠졌습니다. 그러고는 인터넷 신문사로 발령해 버리더군요. 입을 막았을 뿐만 아니라 팔다리도 잘라 버린 겁니다. 뭐, 그래서 이 꼴입니다."

오 기자가 쓴웃음을 지으며 또 한 잔의 술을 털어 넣었다. 우리는 한참을 그렇게 아무 말 없었다. 텔레비전의 맛집 정보 프로그램은 이제 뉴스로 바뀌어 있었다.

저녁 시간이 되었는데도 손님은 우리밖에 없어서 이 가게를 어떻게 유지하는지 궁금해하고 있던 차에 오 기자가 일어났다. 취기는 있어 보였으나 심하지는 않았다. 오 기자와 함께 가게를 나온 나와 선생님은 그가 걸어가는 뒷모습을 가만히 지켜보았다.

오늘 들은 오 기자의 사정을 문상 기자에게 알리는 것이 옳은 일일까. 지금껏 오 기자가 문상에게 자세한 사정을 말하지 않은 건 아끼는 후배가 자신과 같은 전철을 밟을 위험에 내몰리는 걸 우려해서가 아니었을까. 그렇다면 우리는 문상의 의뢰를 포기해야 할까. 혼란스러웠다.

"말해야지. 오 기자가 굳이 우리에게 사정을 털어놓은 의도가 뭐라고 생각하나?"

선생님이 마치 내 속마음을 들여다본 듯 단호한 어조로 말했다. 도대체 선생님은 어떻게 내 마음을 꿰뚫어 보는 거지?

"오 기자에게 '북어'는 '기자'라네. 단순히 직종을 일컫는다기보다는 회의감이 내포된 의미라고 할 수 있겠지. 기자란 대중의 알권리를 위해 움직이는 사람이긴 하지만 그들도 역시 이 사회를 살아가는 소시민 중 하나일세. 감당하기 어려운 외압이 들어오면 본분을 저버릴 수밖에 없는 현실에 노출되기 마련이지. 그런 현실에 맞닥뜨린 오 기자가 느꼈을 회의감이 그가 「북어」라는 시에 빠지게 된 원인일 거야."

"그럴 거면 처음부터 문상 기자에게 진상을 밝히고 어떻게 생각하냐고 직설적으로 물어볼 수도 있었잖아요. 왜 굳이 시 속 언어를 빌려서 질문했을까요?"

"아마 모든 사정을 말로 다 얘기하고 싶지는 않았을 거야. 여기를 보게."

선생님이 시집을 펼쳐서 「북어」를 보여 주었다.

"여기 보이는 '가슴에 싱싱한 지느러미를 달고/ 헤엄쳐 갈 데 없는 사람들'은 앞의 행에 '북어들의 빳빳한 지느러미/ 막대기 같은 생각/ 빛나지 않는 막대기 같은 사람들'보다는 상태가 좀 나아 보이지 않나? 후자는 지느러미가 빳빳한데 전자는 그래도 싱싱하잖아. 둘 다 북어라는 면에서는 크게 다르지 않지만."

그러고는 시집을 덮은 후 턱을 문지르며 말을 이었다.

"막대기 같은 사람들, 그러니까 가하재의 성 추문을 알고도 덮으려고 했던 인간들이나, 싱싱한 지느러미와 같은 취재 열정으로 진실을 세상에 알리려다가 헤엄쳐 갈 데를 잃어버린 자신이나 결국엔 '같은 북어'라고 생각한 거야. 둘 다 진실을 밝히지 못하는 건 마찬가지니까. 오 기자가 문 기자에게 사실을 알려 봐야 둘 중 하나야. 자신처럼 되든가, 아니면 자신을 억압하는 신문사처럼 되든가."

"그렇다면 굳이 알리고 싶지 않은 걸 왜 우리에게는 털어놓았을까요? 문상 기자가 우리 의뢰인이라는 걸 들었으니, 이 얘기가 문상 기자한테 전해질 걸 알 텐데요."

"그럼에도 불구하고, 문 기자로부터 '아니다'라는 대답을 듣고 싶었던 거지."

선생님은 나지막한, 그러나 확신에 찬 어조였다.

"'아니다'라니요? 그게 무슨 말씀인지?"

"'너도 북어냐?'라고 물었던 거 말일세. 오 기자는 듣고 싶었을 거야. 문 기자가 본인은 북어가 아니라고 대답하는 걸 말이야. 하지만 직접적으로 물을 용기는 없었던 거지. 그래서 우리에게 떠넘긴 거네. 우리가 물어봐 줘야 하지 않겠나. 단!"

선생님이 통문시장의 건어물 가게에 걸린 북어쾌를 만지작거리며 말했다.

"오 기자보다는 조금 더 직설적으로."

사건을 해결했다고 통보하자 문상 기자가 곧장 달려왔다.

선생님은 가하재 시인의 성 추문을 보도하려다 퇴직하게 된 오 기자의 사정에 대해, 그리고 그 사건으로 인해 갖게 된 기자로서의 자괴감과 회의감에 대해 담담하게 이야기했다.

가 시인의 추문에 대해 놀란 반응을 보이던 문상은 오 기자의 취재를 막은 현실일보의 횡포에 대해서는 "우리 신문사에서라면 충분히 일어날 수 있는 일이죠."라고 수긍했다.

문상이 돌아간 후 커피를 건네며 선생님에게 물었다.

"신문사의 입장을 이해한다라……, 어떤 의미로 받아들여야 할까요?"

그러나 선생님은 알 수 없는 표정을 지으며 커피를 마실 뿐이었다.

사건을 해결한 지 몇 달이 지났을 무렵, 전화 한 통을 받았다. 현실일보에서 나와 새로운 신문사를 설립했다는 문상 기자의 전화였다.

"대형 신문사는 이래저래 눈치를 볼 게 많죠. 잃을 게 많으니까. 하지만 작은 신문사라면 외압에서 비교적 자유로울 수 있겠더라고요. 우리는 탐사 보도를 전문으로 하는 신문사입니다. 탐사 보도는 나름 탄탄한 독자층이 있어서 운영에 별문제는 없을 것 같아요. 당연히 연철 선배랑 같이죠. 설득이 어렵지는 않았습니다. '난 북어 될 생각 없는데, 선배는요?'라고 하니 바로 넘어오더라고요. 하하."

이 소식을 출장 갔다 돌아온 선생님한테 전했다. 선생님은 말없이 고개를 끄덕였다.

"그 다 쓰러져 가던 선술집 기억하시죠? 오 기자 단골집이라던. 그 가게를 인수해서 리모델링했다고 합니다. 어쩐지 그 날도 우리 말고는 손님이 없더라니, 덕분에 아주 저렴하게 인수할 수 있었다고 하더라고요."

"그래, 잘됐군. 신문사 이름은 뭐라던가?"

"'뉴스 폴락(pollack)'이라고 하던데요. 신문사 이름치고는 특이하죠?"

"오호, 명태라, 괜찮은 이름이군."

선생님이 기분 좋은 미소로 커피 한 모금을 마시고 말을 이었다.

"죽은 명태는 어떻게 말리냐에 따라 다양한 이름으로 불리지. 생태, 동태, 건태, 황태, 먹태 그리고 북어 같은 이름으로 말이야. 그 이름이 어떻든 생명을 잃었다는 측면에서 보면 크게 다르지 않지. 근데 그 북어가 다시 생명을 얻어 명태가 되었다고 하니 궁금해지는군. 앞으로 두 기자의 가슴께에 담긴 기자 수첩에 무엇이 적힐지 말이야."

2화.

똑같은 부자(父子)

「성탄제」, 김종길

똑같은 부자(父子)

"이거 봐. 이 시가 남겨져 있었단 말이지."

현종이 휴대전화 화면으로 시가 인쇄된 엽서를 찍은 사진을 보여 주었다.

'현종탐정사무소'의 소장인 현종은 종종 선생님에게 도움을 청하기 위해 우리 사무소를 방문한다. 그는 천재적인 선생님과 달리 평범한 탐정이었으므로 시와 관련 없는, 그러나 경찰 인력을 동원하기는 어려운 사건들, 예컨대 돈을 떼어먹고 달아난 사람을 찾는 일이나 잃어버린 고양이를 찾거나 하는 크고 작은 의뢰를 도맡았다. 그중에서도 이 사무소만의 특화 분야가 있었으니, 바로 불륜의 증거를 찾아내는 일. 이번 건도 남편의 외도를 의심하는 아내의 의뢰라고 했다.

"책상에 시 한 편 있는 게 무슨 대수인가?"

선생님이 뜨뜻미지근한 반응을 보이자, 마음이 조급해진 현종이 목소리를 높였다.

"아, 이 사람아. 명색이 시 탐정이란 사람이 시 한 편이 대수라니! 자, 들어 보게. 아무리 시 한 편쯤 가슴에 품고 사는 세상이라지만, 아내 말에 따르면 그 남편은 평생 책이라는 건 모르고 살아온 사람이래. 그런 남편 책상 위에서 이 시가 발견되었단 말이지."

"거참, 어느 날 갑자기 시에 관심을 가질 수도 있는 일 아닌가. 시라는 건 언제 어떻게 만날지 모르는 일이라네."

"이렇게 감이 없어서야, 원. 아무튼 설록 자넨 연애 쪽으로는 영 젬병이야."

현종이 피식 웃으며 말을 이었다.

"그러니까 말이야, 갑자기 시를 읽게 된 건 어째서일까. 누군가의 영향을 받은 게 아닌가. 그러면 그 누군가는 누군가? 혹시 다른 여성이 아닌가. 그렇다면 이 시는 외도의 증거가 아닐까? 이런 식의 접근이 필요한 거야. 어때, 이 정도면 의심할 만하지?"

모르긴 몰라도 현종의 추리가 선생님의 흥미를 끌어내는 데 실패한 건 확실한 듯싶다. 선생님은 무심한 표정으로 내 생각은 어떤지 물었다.

의뢰인의 남편, 최대식은 '미스터테일러'라는 맞춤 양복점의 사장이자 디자이너이다. 집에서 버스로 세 정거장 떨어진 거리인데 매일 30분을 걸어서 출퇴근한다. 영업시간은 월요일부터 토요일 오전 11시부터 오후 8시까지. 잔업이 있거나 손님의 방문 예약이 있으면 늦어질 수 있지만 그런 일은 드물고, 대개는 8시에 문을 닫는다. 그런데 최근 퇴근이 늦어지는 일이 잦아졌다고 했다.

"얼마 정도 늦어졌다던가요?"

내가 물었다.

"그게 좀 애매하긴 한데, 한 시간 정도야."

"한 시간 늦었다고 남편의 외도를 의심하는 건 좀……."

현종이 "그치?" 하면서 이마를 긁었다.

"안 그래도 내가 그렇게 말했지. 근데 의뢰인이 정색하는 거야. 8시 30분에 집에 도착해 티브이를 보면서 맥주 한 잔으로 하루를 마무리하는 것이 남편의 루틴이라고. 무려 30년 동안 단 한 번도 어긴 적이 없대요, 글쎄."

"30년이나요?"

내 말에 현종이 고개를 끄덕였다.

"스무 살부터 거기서 일했는데 잡일부터 시작해 결국 디자인 기술까지 배웠대. 그러다 20년 전에 가게를 인수했어. 전

주인이 은퇴하면서 가게를 넘겼다고 하더라고. 사람이 성실하니까 믿고 맡겨도 되겠다는 판단이 들었나 봐. 그 전 주인 양반이 지금의 장인이고."

현종이 "딸에 이어서 가게까지 맡긴 거지." 하면서 웃었다.

"아무튼 워낙 철두철미한 사람이라 납품 기일 하나는 어떤 일이 있어도 맞춘대. 무뚝뚝하고 고지식해 보여도 옷 하나는 기가 막히더군."

"만나 봤나?"

선생님의 물음에 현종은 양복 재킷의 깃을 두 번 끌어당겼다.

"이거 거기서 맞춘 거야. 어때, 괜찮지?"

최대식을 미행하던 중에 (현종의 말에 따르면) 사소한 실수로 그에게 들킨 것을 무마하기 위해서 어쩔 수 없이 손님으로 위장해 양복점에 들어갔다가 맞춘 정장이, 현종은 아주 마음에 든다고 했다.

"그 순발력, 탐정이니까 망정이지 다른 곳에 썼으면 어쩔 뻔했나."

선생님의 지적에 현종이 고민하는 척 손가락으로 눈썹을 문지르고는 내 쪽을 바라보았다.

"이 친구 말은 칭찬인지 욕인지 알 수가 없단 말이야. 안 그래, 완승 씨?"

나는 강한 긍정의 뜻을 담아 고개를 끄덕여 대답했다.

한 달간의 미행(현종은 '수사'라고 해 달라고 했지만)으로 알아낸 것은 최대식이 월요일, 수요일, 토요일에 양복점과 집 사이에 있는 '인더가든'이라는 커피숍에 들러 한 시간가량을 보낸다는 것이다. 만나는 사람도, 특별히 대화를 나누는 사람도 없이 디카페인 커피를 한 잔 시키고는 앉아 있다가 집으로 간다는 것이다.

"다른 요일은?"

"다른 요일은 곧장 집으로 퇴근하지."

"그러니까……."

선생님이 미간을 찌푸렸다. 뭔가 마음에 들지 않는 거겠지.

"자네의 그 미행……, 자네의 주장대로라면……, 수사 결과에 따르면."

"이봐, 내 수사를 수사라고 부르는 게 그렇게 아니꼬운 일인가?"

현종이 못마땅한 표정으로 선생님에게 손가락질하며 불만을 표했다. 선생님이 몇 번 헛기침을 하고 나서 말을 이었다.

"인더가든이라는 커피숍에 가는 날 이외에는 집으로 간다고 하니 별다른 혐의가 있을 리 없고, 아내가 의심했던 한 시간이라는 시간 동안 한 일이라고는 기껏해야 커피 마시는 것뿐이지 않은가. 그렇다면 문제는."

"그래, 문제는 바로."

현종이 딱, 하고 손가락을 튕기며 선생님의 말을 가로챘다.

"왜 그 많은 메뉴 중에 하필이면 디카페인 커피를 마셨냐는 거지."

나는 머리가 지끈거렸다. 이 사람, 어떻게 탐정이 된 거지? 선생님도 이 작자를 얼른 집에 보내 버리고 싶다는 표정으로 미간 사이의 주름을 쓰다듬고 있었다.

"아니죠, 탐정님. 여기서 가장 중요한 문제는, 도대체 무슨 이유로 최대식 씨가 커피숍을 갔느냐예요. 30년 동안의 루틴을 깨고서 말이죠. 그리고."

나는 현종의 말을 받아쓰던 수첩을 펴 들었다.

"왜 하필 월, 수, 토요일에만 갔는지도요."

현종이 "그거라면 거의 풀었지."라며 여유 있는 표정을 지어 보였다.

"야구 중계 때문이야. 의뢰인에 따르면 남편은 야구광이라고 했어. 퇴근 후 루틴이 티브이를 보는 거라고 했잖아? 야구 시즌이면 늘 야구 중계를 본다는 거야. 근데 지금 야구 시즌이지. 다른 요일에는 야구 중계를 봐야 해서 커피숍을 들를 여유가 없었던 거야. 하지만 야구 경기가 없는 날인 월요일은 상관없지. 주말인 토요일은 어차피 양복점에 있을 시간에 경기가 열린다고. 그러면 일을 마치고 커피숍에 들를 여유가 생기지."

현종은 "어때, 내 실력이?" 하고 묻는 듯 의기양양한 표정이었지만, 선생님은 창밖으로 보이는 이팝나무를 응시한 채 물었다.

"그렇다면 수요일은?"

"그건 아직 미스테리야."라며 현종이 별일 아니라는 듯 공중에 손을 휘휘 저었다.

"그건 큰 문제는 아니니 차츰 생각해 보기로 하지 뭐."

아니다. 아주 큰 문제다. 이 사람은 진심으로 자신의 추리를 확신하고 있는 걸까?

"종업원이랑은 얘기를 나눠 봤겠지? 아니면 손님이라도."

선생님이 여전히 창밖으로 시선을 고정한 채 물었다. 애초에 현종에 대한 기대치가 높지 않은 건 알고 있었지만, 오늘은 그 실망의 정도가 더 큰 것 같다.

"종업원이랑 섣불리 대화하다가는 신분이 노출될 수 있네. 우리 같은 직종은 기밀 유지가 가장 중요하단 말이야."

현종이 어처구니없다는 표정을 지었다. 그놈의 기밀 유지하다가 사건도 기밀로 남겠네요, 라고 생각하던 순간 선생님이 테이블 쪽으로 몸을 당겼다.

“시를 다시 보여 줘 보게.”

선생님이 건네받은 휴대전화 속의 시를 한 번 훑어 읽더니 현종에게 돌려주었다.

“이거 재밌을 것 같군. 얼마를 받았나, 의뢰비는?”

현종이 알려 준 액수를 선생님이 몇 번 반복하여 말하며 의심쩍어하자, 현종은 결국 실제 의뢰비를 털어놓고 말았다. 처음 금액보다 세 배는 많았다. 형편없는 실력으로도 탐정 일을 계속할 수 있는 건 이런 뻔뻔함 때문인가.

“7 대 3으로 하지. 물론 내가 7이네.”

현종이 어이없다는 듯 헛웃음을 쳤다.

“무슨 소리야. 이건 내 사건이라고. 내가 7이라면 몰라도.”

선생님이 소파 깊숙이 등을 기대며 말했다.

“완승 군, 곧 의뢰인 도착할 시간이 되지 않았나?”

그러자 현종이 고개를 숙이며 말했다.

“자네가 4, 내가 6.”

“내가 장담하는데 이 사건.”

선생님이 커피 한 모금을 마신 후 말을 이었다.

“자네 혼자서는 절대 해결 못 해.”

그 말에 현종이 크게 한숨을 쉬었다.

"5 대 5, 이거도 안 받으면 나 그냥 갈 거야."

선생님이 팔을 벌리며 어깨를 으쓱했다.

"어쩔 수 없군. 조심히 가시게. 배웅은 하지 않겠네."

그런 다음 능청스럽게 시집을 펴 들자, 화가 난 현종이 벌떡 일어나 사무소 출입구 쪽으로 성큼성큼 걸어갔다. 출입문을 잡고 한참을 서 있던 현종의 뒷모습에서 중얼거리는 듯한 소리가 나더니(지금 생각해 보니 욕이었던 것 같기도 하고), 우리 쪽을 향해 소리쳤다.

"빌어먹을. 그래 네가 7 먹어라!"

선생님이 씨익 미소를 짓고서는 나에게 말했다.

"인더가든 커피 맛 좀 보고 오겠나, 완승 군?"

우리 사무소에서 멀지 않은 곳에는 유명한 카페가 즐비한 커피 거리가 조성되어 있다. 이게 다 사무소와 인접한 '서문커피' 덕분인데, 질 좋은 원두를 값싸게 납품받을 수 있다는 소문이 퍼지면서 이제 막 영업을 시작하려는 새내기 바리스타들이 하나둘씩 모여들었기 때문이다.

인더가든도 그 커피 거리에 있었다. 정갈하게 가드닝된 입구에서부터 식물 관련 소품으로 꾸민 인테리어, 가게 한쪽에 판매하고 있는 가드닝 관련 서적과 식물을 배경으로 한 엽서 등을 통해 인더가든이라는 이름의 연유를 직관적으로 알 수 있었다. 가게 중앙을 차지하고 있는 자작나무가 은은한 조명과 어울려 아늑한 느낌을 주었다. 꽤 넓은 공간에 손님이 꽉 들어차 있었다. 외진 골목길에 있어서 지나가다 들르기에는 쉽지 않은 위치였는데도 이런 걸 보면, 손님들로부터 좋은 평판을 받는 커피숍임은 틀림없어 보였다. 정신없는 중에도 능숙하게 에스프레소 추출기를 다루는 걸 보면 저 바리스타, 보통 솜씨는 아니다.

가게 구석에 있는 빈자리에 앉아 바리스타에게 여유가 생기길 기다렸다가 카운터로 다가가 커피를 주문했다.

"이 카페 사장님이신가요? 저, 실례가 안 된다면 얘기를 좀 나누고 싶은데요."

커피를 건네던 바리스타가 나를 바라보았다. 선명한 이목구비에 선한 눈빛을 지닌 미인이었다.

"무슨 일이시죠?"

명함을 내밀면서 나는 그녀에게 월요일, 수요일, 토요일 저녁 8시 30분에 근무하는 바리스타가 누구인지 물었다.

"제가 근무하는 시간인데요. 무슨 일이 있나요?"

그녀가 당황한 표정으로 물었다.

"특별한 일은 아니고요. 혹시 사장님이 출근하지 않는 시간엔 누가 일하는지 알 수 있을까요?"

그녀는 남편과 함께 운영하고 있으며 둘이 겹치지 않게 번갈아 가며 가게에 나온다고 했다. 아직 부모의 보살핌이 필요한 아들 때문이었다.

"혹시……."

그녀가 망설이며 말을 꺼냈다.

"말씀하신 월, 수, 토요일 8시 30분에 오시는 남자분 때문인가요?"

"그 남자분, 알고 계시는군요?"

"네, 딱히 대화를 나눈 적은 없지만 늘 같은 시간에 오셔서 기억이 나요. 늦은 시간에 카페인을 드시면 잠을 못 주무신다고 항상 디카페인 커피를 주문하셨죠. 설마, 그분에게 무슨 일이라도 생긴 건가요?"

"아, 실은……."

갑작스러운 질문에 적잖이 당황한 나는 어색한 말을 뱉어냈다.

"여기 커피가 너무 맛있다고, 꼭 마셔 보라고 하셔서요. 그리고 간 김에 커피 원두가 뭔지도 좀 알아보라고. 그분이 이런 걸 잘 물어보지 못하는 성격이시라."

내 멍청한 말에도 그녀는 별 의심 없이 그런 거라면 안심이라며 커피에 대해 친절히 알려 주었다. 실은 그녀의 말이 제대로 귀에 들어오지 않았는데, 별 필요도 없는 디카페인 커피 원두를 사게 된 연유를 선생님에게 어떻게 설명해야 할지 고민이다.

"아, 이건 서비스입니다. 하나 뽑아 가세요."

정신을 차리고 보니 그녀의 손이 카운터 앞에 놓인 엽서를 가리키고 있는 장면이 눈에 들어왔다. 식물이 그려진 바탕에 시가 적힌 엽서. 그건 현종이 우리에게 보여 준 사진 속 엽서와 같은 것이었다.

사무소로 돌아와 선생님에게 인더가든에서의 일에 대해(디카페인 커피 원두 얘기는 빼고) 말했다. 가만히 보고를 듣고 있던 선생님은 현종에게 전화를 걸어 의뢰인과 함께 사무소에 들르라고 했다.

"사건을 해결하셨다고 들었습니다."

의뢰인 백연정 씨는 단아한 인상의 중년 여성이었다. 그 태도 또한 무척 침착해서 남편의 외도를 의심하는 아내라고는 믿기지 않았다.

그녀의 맞은편에 앉은 선생님이 차를 권하며 말했다.

"제가 판단하기로는 이렇습니다."

"그 커피숍 종업원 맞지?"

"커피숍 종업원이요?"

연정이 깜짝 놀라자, 현종이 의기양양한 표정으로 두 손을 모아 엄지끼리 맞비볐다.

"네, 거기 종업원과 눈이 맞은 겁니다. 그렇지 않고서는 남편분이 주기적으로 커피숍에 들른 게 설명이 안 돼요. 물론 이쪽에 앉아 있는 설록 탐정이 그 근거를 알려 줄 겁니다."

현종의 말을 무시한 채 선생님이 몸을 앞으로 당기며 말했다.

"외도가 아닌 건 알고 있으셨지요?"

그러자 연정이 안도의 미소를 지었다.

"다행이네요, 탐정님께서 알아주셔서. 방금 현 탐정님 말씀을 듣고 의뢰를 포기해야 하나 진지하게 생각했답니다."

현종의 표정이 못 먹을 것을 씹은 사람처럼 일그러졌다.

"그럼 처음부터 외도를 의심한 게 아니었단 말씀입니까?"

"애초에 남편의 외도를 의심했다고 한 적 없습니다. 남편이 무슨 일을 하는지 알아봐 달라고 했을 뿐이죠. 외도라는 말은…… 탐정님이 먼저 꺼내신 걸로 기억하는데……."

"아니, 그건, 정황상 외도가, 아니, 제 경험과 육감으로 말씀드린……."

횡설수설하는 현종의 말을 끊고 선생님이 물었다.

"의뢰인께서는 자녀가 어떻게 되시지요?"

그러자 연정이 잠시 멈칫하더니 차 한 모금을 마셨다.

"아들 하나 있습니다. 지금은 연락이 되질 않지만."

그 말을 들은 선생님이 "아들이었군."이라고 작게 중얼거리고는 커피 한 모금을 마셨다.

"언제부터 연락이 끊긴 겁니까?"

"햇수로 11년 됐습니다."

아들 무현은 학창 시절 학교에서 손꼽히는 우등생이었다. 남편 최대식은 그런 아들에게 기대를 걸었다. 기술로 먹고사는 자신과는 달리 아들은 공부로 성공하기를 그는 바랐다. 자신이 너무 고생스러운 삶을 살았다고 생각했기 때문이다.

"고생이 많았던 건 사실이에요. 우리 아버지가 엄하신 분이라서요. 본래도 혹독하게 대했는데 제가 그 사람이랑 사귀는 걸 알고는 더 심하게 대했나 보더라고요. 그때는 잘 몰랐어요. 남편이 워낙 말수가 없어서 그런 걸 시시콜콜하게 말하는 사람이 아니거든요, 그때나 지금이나."

"그런데도 결혼은 허락하셨군요."

내가 물었다.

"제가 고집을 좀 부렸죠. 자식 이기는 부모는 없다잖아요. 그런 면에서 우리 아버지는 그래도 평범한 축에 속하죠, 남편

보다는. 우리 집 양반은 자식을 이겨 먹으려고 해요."

아들은 자신처럼 고생하지 않기를 바라던 꿈은 무난히 이루어질 수 있으리라 대식은 믿었다. 무현이 그림을 한다고 하기 전까지는. 무현은 고등학생 때부터 그림에 빠져 공부를 등한시하더니 결국 예술대학에 시험을 쳤고, 가고 싶거든 부자의 연을 끊고 가라는 아버지의 말에 집을 나간 후부터 지금까지 연락이 되지 않는다는 거였다.

"둘 다 똑같아요. 융통성이라고는 없어. 다시는 돌아올 생각 하지 말라는 말을 곧이곧대로 듣고 지금껏 한 번도 안 나타난 아들놈이나, 진짜로 연을 끊고 사는 그 아비나. 에휴, 내가 지지리 복도 없지."

연정이 고개를 절레절레 흔들고 나서 잠시 멍하니 있더니, 문득 정신이 든 듯 눈에 초점을 맞췄다.

"어머, 주책맞게 옛날 기억에 빠져 버렸네요."

연정은 현종에게 사건을 의뢰한 건 남편에게 무슨 일이 있는 건 아닌가 걱정되어서라고 했다. 자신이 알고 있는 남편은 특별한 이유 없이 퇴근 시간을 어기는 사람이 아닌데 무슨 이유로 그러는 건지 궁금했던 것이다.

"워낙 말수가 적은 사람이라 물어봐도 통 말을 안 해요. 늘 혼자서 걱정을 짊어지죠."

연정의 말을 조용히 듣고 있던 선생님이 왼쪽 입꼬리를 살짝 올리는 특유의 미소를 지으며 말했다.

"이걸로 사건은 다 해결되었습니다."

그러고는 연정을 보며 말했다.

"내일 오후 8시에 미스터테일러에서 뵙는 건 어떻습니까? 남편분과 함께 이야기를 나누고 싶습니다."

옆에서 고개를 끄덕이고 있던 현종에게 선생님이 한마디 던졌다.

"내일 자넨 올 필요가 없어. 대신 부탁이 있네."

오랜 세월을 지나온 미스터테일러는 예상과는 달리 그저 낡은 가게는 아니었다. 현대적인 소품들이 오래된 가구와 어울려 빈티지한 느낌을 자아냈다. 예컨대 세월을 고스란히 머금고 있는 원목으로 짜인 옷감 걸개와 서랍장이 최신식 재봉틀과 대비를 이루며 감각적인 분위기를 만들어 내는 식이었다. 가게 인테리어에 대해 칭찬하자 최대식 씨가 연정 쪽을 바라보았다.

"아내가 그쪽으로 감각이 있어요."

우리가 연정과 함께 미스터테일러에 들어섰을 때 보였던 당혹스러움이 어느 정도 진정이 된 듯했다.

선생님이 "그렇군요." 하고 고개를 끄덕이고 나서 말했다.

"아드님이 어머니의 감각을 물려받았나 봅니다."

연정이 당혹감과 놀라움을 담은 눈으로 물었다.

"우리 아들 소식을 들은 게 있으신 건가요?"

연정의 목소리가 조금 떨렸다.

"네, 그런 것 같습니다. 물론 여기 계시는."

선생님이 손바닥을 펼쳐 대식 쪽을 가리켰다.

"남편분이 더 잘 아시겠지만요."

대식은 두 손을 주무르고 있을 뿐 입을 열지 않았다. 연정이 무슨 말이라도 해 보라며 다그쳤지만, 여전히 아무 말이 없었다.

"이 시, 알고 계시죠?"

선생님이 주머니에서 엽서를 꺼내 테이블 위에 내려놓았다. 인더가든에서 제작한 엽서였다.

대식이 고개를 끄덕였다.

"완승 군, 읽어 주겠나?"

성탄제

김종길

어두운 방 안엔
바알간 숯불이 피고,
외로이 늙으신 할머니가
애처러히 잦아지는 어린 목숨을 지키고 계시었다.

이윽고 눈 속을
아버지가 약을 가지고 돌아오시었다.

아 아버지가 눈을 헤치고 따오신
그 붉은 산수유 열매—

나는 한 마리 어린 짐생,
젊은 아버지의 서느런 옷자락에
열로 상기한 볼을 말없이 부비는 것이었다.

이따금 뒷문을 눈이 치고 있었다.

그날 밤이 어쩌면 성탄제의 밤이었을지도 모른다.

어느새 나도
그때의 아버지만큼 나이를 먹었다.

옛것이란 거의 찾아볼 길 없는
성탄제 가까운 도시에는
이제 반가운 그 옛날의 것이 내리는데,

서러운 서른 살 나의 이마에
불현듯 아버지의 서느런 옷자락을 느끼는 것은,

눈 속에 따 오신 산수유 붉은 알알이
아직도 내 혈액 속에 녹아 흐르는 까닭일까.

내 낭독이 끝나자, 선생님이 입을 열었다.

"시 속의 화자는 어릴 적에 고열을 앓았던 걸로 보이네요. '애처러히 잦아지는 어린 목숨'이라는 표현을 보니 상태가 꽤 심각했던 것으로 추측됩니다. 그런데 아버지가 눈을 헤치고 산수유 열매를 구해 오죠. 아버지의 '옷자락'이 '서느런' 이유는 추위 때문입니다. 산수유 열매는 고열에 약효가 있는 것으로 알려져 있습니다. 아버지는 '한 마리 어린 짐생', 즉 연약한 존재인 아들을 위해 혹한을 뚫고 약을 구해 온 것입니다."

연정이 남편 쪽을 바라보았다.

"혹시 당신, 그때 일을……."

대식이 테이블을 짚으며 연정을 바라보았다.

"당신, 구연석이라고 알지?"

"세한은행 지점장?"

대식이 맞아, 하고 고개를 끄덕였다.

대식은 미스터테일러의 오랜 단골손님인 구연석으로부터 최근에 딸이 결혼했다는 이야기를 들었다. 대식이 결혼식 소식을 왜 알리지 않았냐고 서운해하자, 구연석은 가족끼리 단출하게 식을 올렸다고 했다. 딸이 이미 아이를 낳아 살고 있었기 때문이다. 이런저런 이야기를 나누다가 대식은 문득 묘한 의구심이 생겼다. 구연석의 사위 이야기가 왠지 모르게 기시감이 들었던 것이다. 차마 이름을 묻지 못한 건, 아무리 단골이라지만 남의 집 사위 이름을 묻는 게 실례라고 생각해서였다. 대신 대식은 구연석의 딸네가 한다는 커피숍을 찾아가 보기로 마음을 먹었다.

"먼발치서 가게에서 일하고 있는 아들놈을 봤습니다. 세월이 꽤 지났지만 알아볼 수 있었죠. 분명히 무현이었습니다."

"먼발치서라……, 그렇다면 아드님과 이야기를 나눈 건 아니군요."

대식이 고개를 끄덕이자 연정이 한숨을 푹 쉬며 자기 가슴을 쳤다.

"아니, 아들을 보고도 그냥 아무 말 없이 왔단 말이야? 어이구, 이 답답한 양반아."

그러더니 대식의 팔을 잡아 일으켜 세우려 했다.

"갑시다."

"어딜 가?"

"어디냐니, 아들한테지."

"아, 가만히 좀 있어 봐."

두 사람은 실랑이를 벌이다가 결국 다시 자리에 앉았다.

선생님이 물었다.

"궁금한 게 있습니다. 아까 시를 해독할 때 의뢰인께서 '그때 일을…….'이라고 말씀하셨는데, 그게 무슨 일인지 알 수 있을까요?"

"무현이가 어렸을 때 열병을 크게 앓은 적이 있었어요. 주말인 데다 폭설이 내려서 병원이나 약국은 문을 닫았고, 집에

약은 없고. 발만 동동 구르고 있던 차에 남편이 문을 연 한약방이 있다는 사실을 알고는 약을 구해 왔어요. 그 먼 거리를 걸어서. 그렇게나 아들을 아끼던 양반이 무슨 마음으로 10년을 넘게 연을 끊고 살았는지 모르겠어요."

"강하게 크길 바랐습니다."

대식이 손깍지를 낀 채 테이블에 놓인 엽서를 바라보며 말했다.

"그놈이 원체 몸이 약했습니다. 그래서 잔병치레가 많았죠. 어렵게 얻은 자식이라 제 엄마가 오냐오냐한 것도 있었고. 그래서 저는 좀 엄하게 대했습니다. 그러다가 고집이 생겨 말을 듣지 않는 날이 오더군요. 갑자기 화가라니. 예술가로서 성공하려면 더 독해져야 한다고 생각했습니다. 온실 안 화초처럼 자라서는 안 된다, 악착같이 해야 밥벌이를 할 수 있으리라 생각했어요. 제가 그렇게 살았으니까. 그래서 더 모질게 했습니다. 찾아오지 말라고. 물론 그땐 이렇게 오랫동안 보지 못할 줄은 몰랐지만요."

연정이 고개를 절레절레 흔들었다.

"똑같아서 그래, 둘이 똑같아서."

그 말에 대식이 쓴웃음을 지었다.

"최근에야 아들놈의 소식을 알았습니다. 나도 지금 아내처럼 당장 달려가고 싶었죠. 하지만 확신이 없었어요. 그 애가 나를 어떻게 생각할지, 원망하지는 않을지. 만날 용기가 생기지 않더군요."

"그럼 도대체 왜 거길 간 거야? 만나지도 않을 거면서. 며느리 보러 간 거야?"

"…… 잘 모르겠어. 마음의 준비가 필요했는지도 모르지."

대식이 머리를 긁적였다.

"가신 이유야 어떻든, 아드님이 아버지를 원망하지 않을까 걱정이라면 그건 크게 염려하실 필요가 없겠습니다."

선생님이 엽서를 들어 보였다.

"이건 여기 있는 제 제자가 인더가든에서 받아 온 엽서입니다. 선생님도 거기 엽서 한 장을 가지고 계실 거예요. 디자인은 다양했지만 엽서 속에 담긴 시는 모두 같다더군요. 김종길의 「성탄제」. 자신의 실제 경험을 담은 시를 골라 엽서에 넣은 것이지요. 게다가."

선생님이 엽서 속 시 구절 '그때의 아버지만큼 나이를 먹었다' 부분을 손으로 짚었다.

"시간이 흘러 아드님이 최대식 씨만큼 나이를 먹었습니다. 올해 서른이 되었겠군요. '서러운 서른 살'이라는 표현을 보니 살면서 아픔이나 시련은 겪을 만큼 겪은 것 같습니다. 여기를 주목해 보시죠. '눈 속에 따 오신 산수유 붉은 알알이/ 아직도 내 혈액 속에 녹아 흐르는 까닭일까'."

선생님 설명에 부부의 시선이 엽서 쪽으로 모였다.

"'산수유 붉은 알알'은 아들을 생각하는 아버지의 마음입니다. 폭설을 헤치고 약을 구해 오는 부성애. 그것이 '내 혈액 속에 녹아 흐'른다고 인식하고 있다는 것은……."

"제 마음을 알고 있다…… 는 말인 건가요?"

선생님이 미소를 지으며 고개를 끄덕였다.

대식의 눈이 서서히 붉어지며 촉촉한 눈물이 고였다.

"이상하지 않습니까? 아버지의 가게와 그리 멀지 않은 곳에 커피숍을 차리고, 굳이 아버지의 사랑을 그리워하는 이야기가 담긴 시를 엽서로 제작해서 팔고 있다는 사실이 말이죠. 자, 이제 서로의 마음을 확인했으니 두 분, 아드님을 만나러 갈 시간인 것 같습니다."

인더가든에서는 무뚝뚝한 아버지와 아들의 상봉이 이루어지고 있다. 대식은 아들의 어깨를 몇 번 툭툭 치고는 고개를 끄덕였고, 무현은 어색하게 웃는다. 아직 민망한 듯, 어색한 듯 둘은 서로의 눈을 쳐다보지 못한다. 그와 달리 연정은 아들을 얼싸안고 펑펑 울다가, 다정한 눈빛으로 며느리를 바라보고 손을 쓰다듬거나 하면서 마음 가는 대로 반가움을 드러내고 있다.

인더가든 건너편 길가에서 의뢰인 가족의 상봉을 바라보던 선생님이 현종에게 말했다.

"시간 맞춰 잘 데려왔군, 현 탐정."

그러자 현종이 대답했다.

"인더가든 여사장님이 눈치가 빠르더라고. 몇 번 얘기가 오가지도 않았는데 그 손님이랑 자기 남편이 무슨 관계인지 물었어. 완승 씨가 다녀간 후로 가만히 생각해 봤더니 그 손님이랑 남편이 닮았다는 걸 깨달았다면서. 자네 말을 전하기도 전에 남편을 불러내더군. 어때? 감 좋지?"

선생님이 픽 웃으며 대꾸했다.

"현직 탐정보다 낫군그래."

"그러게나 말이야."

현종이 생각없이 고개를 끄덕이다가 말고, 자기더러 감 떨어지는 현직 탐정이라고 말한 거냐는 듯 손가락을 자기 쪽으로 가리키며 나를 바라보았다. 나는 고개를 격하게 끄덕임으로써 강한 긍정의 뜻을 전했다.

어색한 손놀림으로 손자를 안아 보는 할아버지가 보인다. 아들 내외는 불안한 표정으로 그 모습을 지켜보고, 옆에서 아이를 추슬러 주는 할머니의 잔소리가 이어진다. 그 덕인지 다행히 손자가 무사히 할아버지 품에 안긴다. 붉은 산수유 열매가 삼대째 녹아 흐르는 걸 목격하는 순간이다.

3화.

과거를 묻고

「성탄제」, 오장환

과거를 묻고

용천고시원 301호 앞에 도착하자 한 사내가 안에서 나와 우리에게 다가왔다.

"무슨 일이시죠?"

탄탄하게 마른 몸매에 눈빛이 날카로워 냉정한 인상을 풍기는 남자였다. 선생님이 명함을 건넸다.

"아, 설록 탐정님이시군요."

그의 손이 눈앞에 불쑥 나타났다.

"오경철 팀장님을 모시고 있는 권경찬입니다."

처음과 달리 서글서글한 말투였다. 눈빛도 한결 부드럽게 변했다.

"오 팀장님께 말씀 들었습니다. 일찍 오셨군요."

권 형사가 방 안으로 우리를 안내했다. 침대와 책상 하나,

붙박이 옷장 하나가 전부인 두 평 남짓한 방이었다. 무언가를 들일 공간이 부족해서 그런지 단출했다.

“말씀 들으셨겠지만, 젊은 여성 한 명이 살고 있었습니다. ‘송연재’라는 여대생. 서문대학교 사회복지학과 3학년이고 친구가 실종 신고를 했습니다. 거의 매일 통화하는 사이인데 며칠 동안 연락이 없어서 와 봤더니 아무도 없었다고 하더군요. 친구 말로는 송연재 학생은 아르바이트하는 학교 앞 편의점과 학교만 왔다 갔다 했다고 합니다. 달리 갈 만한 곳도 없다고 했습니다. 그럴 처지가 아닐 거라고.”

“그럴 처지요?”

선생님이 물었다.

“네, 저희가 좀 알아봤는데, 여기서 어머니와 단둘이 살고 있었습니다. 가정 형편이 그리 좋은 편은 아니었고요. 그런데 얼마 전 어머니가 사망했습니다.”

문제는 어머니가 사채를 가지고 있었던 것. 어머니가 사고로 다쳐서 일을 쉬게 된 탓에 모자란 생활비를 충당하기 위해 급전을 빌려 쓴 것이었다.

“은행권 대출이 다 막히다 보니 어쩔 수 없이 사채를 쓰게 된 것 같습니다. 그렇다고 큰돈은 아니었는데 워낙 이자가 높으니까 그게 원금의 세 배가 넘는 금액이 되었다고 하네요.”

아무리 고리라고는 하지만 일 년 사이에 원금의 세 배가 된다고? 이건 좀 악질 아닌가. 찌푸린 미간을 문지르고 있는 걸 보니 선생님도 영 마음에 들지 않는 눈치였다.

"송연재 씨의 실종과 사채업자와의 관련성에 대해 수사하고 있다고 들었습니다만."

선생님 말에 권 형사가 고개를 끄덕였다.

"302호에 사는 남자가 말해 준 사실인데, 일주일 전에 험상궂은 남자 둘이 301호 앞에서 소리치는 걸 들었답니다. 더 이상 못 기다린다. 일주일 내로 안 갚으면 각오하라, 뭐 이런 식의 협박이었다고 합니다. 워낙 시끄럽게 떠들어서 본인 말고도 들은 사람이 더 있을 거라고 하더군요. 실제로 몇 명 더 있었고요."

"어제가 딱 일주일 되는 날……."

"그렇습니다. 저희는 일단 이 두 남자를 의심하고 있습니다. 건물 내부에는 CCTV가 없지만 건물 앞 도로에 카메라가 설치되어 있어서 두 남자의 신원을 확보할 수 있었습니다. 지금 오 팀장님이 우리 팀원과 함께 둘의 행방을 쫓고 있습니다. 그래서 제가 여기로 나오게 된 거고요."

선생님이 턱을 만지작거렸다.

"여기에서 발견된 게 있다고 들었습니다."

그 말을 들은 권 형사가 "그게……." 하면서 재킷 주머니에서 종이 한 장을 꺼냈다.

성탄제

오장환

산 밑까지 내려온 어두운 숲에
몰이꾼의 날카로운 소리는 들려오고,
쫓기는 사슴이
눈 위에 흘린 따뜻한 핏방울.

골짜기와 비탈을 따라 내리며
넓은 언덕에
밤 이슥히 횃불은 꺼지지 않는다.

뭇짐승들의 등 뒤를 쫓아
며칠씩 산속에 잠자는 포수와 사냥개,
나어린 사슴은 보았다.

오늘도 몰이꾼이 메고 오는
표범과 늑대.

어미의 상처를 입에 대고 핥으며
어린 사슴이 생각하는 것
그는
어두운 골짝에 밤에도 잠들 줄 모르며 솟는 샘과
깊은 골을 넘어 눈 속에 하얀 꽃 피는 약초.

아슬한 참으로 아슬한 곳에서 쇠북 소리 울린다.
죽은 이로 하여금
죽는 이를 묻게 하라.

길이 돌아가는 사슴의
두 뺨에는
맑은 이슬이 내리고
눈 위엔 아직도 따뜻한 핏방울…….

"저기 책상 위에서 발견했습니다."

권 형사가 전공 서적 두 권과 펼쳐진 성경책, 몇 가지 필기구와 기초화장품 몇 개가 놓인 책상을 가리켰다.

"여기 이 부분은 어떻게 된 겁니까?"

선생님이 '죽은 이로 하여금/ 죽는 이를 묻게 하라' 구절을 가리켰다. 그 문장에만 붉은 펜으로 줄이 그어져 있었다.

"저희가 발견할 때부터 밑줄이 있었습니다. 뭔가 중요한 부분일까 싶어서 살펴봤지만, 이런 건 저희 능력 밖이라서요. 그래서 오 팀장님이 설록 탐정님께 연락하신 겁니다. 이쪽 방면에서는 최고라며 저더러 최대한 협조하라고 당부하셨고요. 이전에도 도움을 많이 받았다고 하셨습니다."

선생님이 가볍게 고개를 끄덕이고는 책상 앞으로 다가가 책상 위에 놓인 필기구를 살펴보았다.

"완승 군, 이리 와서 자네가 한 번 봐 보게. 밑줄 친 펜이 여기 이 펜과 같은지 말이야."

그러면서 선생님은 책상 위에 놓인 성경책 쪽으로 시선을 돌려 펼쳐진 페이지 앞뒤 몇 장을 들춰 보았다.

"선생님, 이 펜은 아닌 것 같습니다."

내 대꾸에 선생님은 여전히 성경책에 눈을 고정한 채로 말했다.

"내가 보기에도 그렇네. 그렇다면 틀림없겠군, 저건."

선생님이 권 형사 쪽으로 시선을 돌렸다.

"다른 사람이 그은 겁니다."

"그렇지만 송연재 씨가 여기에 없는 펜으로 그은 것일 수도 있지 않습니까?"

권 형사가 의아한 표정으로 물었다.

"여기를 보시지요."

선생님이 펼쳐진 성경책을 손가락으로 짚었다. 거기에도 줄이 그어져 있었다. 하지만 시에서 쓰인 것과 다른 펜으로 그은 것이 틀림없었다. 얇은 형광펜으로 그은 것이었는데, 이것은 책상에 놓인 형광펜의 두께와 일치했다.

"책상에 놓인 펜과 같은 걸로 봐서 이 밑줄은 송연재 씨가 직접 그은 것으로 보입니다. 물론 펜의 지문은 차후에 권 형사님께서 확인해 주실 거라 믿습니다. 그러면 조금 더 확실해지겠지요."

"네, 그건 염려 마십시오. 그나저나."

권 형사가 시와 성경책을 번갈아 보며 말했다.

"시에서 줄 그어진 부분과 성경책에 밑줄 친 부분이 비슷한 느낌이 드는군요."

"아, 읽어 보셨군요."

선생님이 손가락을 튕기며 반색했다.

"작품 속 구절이 성경을 인용한 것이기 때문입니다. '예수께서 이르시되 죽은 자들이 그들의 죽은 자들을 장사하게 하고 너는 나를 따르라 하시니라' 마태복음 8장 22절이죠. 제 생각에 송연재 씨는 누군가로부터 이 시를 건네받은 것으로 보입니다. 그리고 밑줄 그은 부분을 해독하기 위해 성경책을 찾았죠. 이것이 성경 구절이라는 사실을 아는 걸 보면 송연재 씨는 독실한 기독교인인 것으로 보입니다. 그리고 이 시를 건네준 사람은 그 사실을 잘 알고 있는 사람이고요."

"네, 송연재 씨가 독실한 기독교인이라는 것은 신고한 친구로부터 확인한 사실입니다. 교회 친구라고 하더라고요."

수사에 착수한 지 얼마 되지도 않았을 텐데 꽤 많은 정보를 입수해 놓고 있었다. 이 권경찬이라는 형사, 부지런한걸. 과연 발로 뛰며 수사한다는 오경철 팀장의 수사 철학을 이어받은 직속 후배다웠다.

"누구한테서 받았을까요?"

"아직 알 수 없지만, 곧 알아내겠습니다. 최대한 이른 시일 내에요. 그나저나."

그러고는 선생님이 턱을 쓸어내리며 물었다.

"사망하셨다는 송연재 씨 모친 성함을 알 수 있을까요?"

권 형사가 고개를 갸우뚱거리며 이름을 가르쳐 주었다.

"그런데 그건 왜……."

선생님이 손바닥을 맞부딪쳐 딱, 하는 소리를 냈다.

"제 수사에 꼭 필요한 정보입니다."

그런 다음 나에게 다가와 속삭이듯 말했다.

"양 검사를 한번 만나야겠네. 커피나 한잔하러 사무실에 들르라고 전해 주게."

"오랜만이네요, 여기. 한 번은 다시 와야지 했는데……."

수혁이 커피를 받으며 말했다.

"시간 참 빠르다, 그렇죠?"

내가 답하자 수혁이 "그러게요." 하면서 웃었다.

악덕 사채업자 양덕출의 아들이자 양덕출의 장부를 훔쳐 피해자들을 구원한 수혁이 그의 목표대로 검사가 되었다는 사실은 진작부터 알고 있었다. 그러나 검사가 됨으로써 아버지에게 죗값을 치르게 하겠다는 그의 궁극적인 목표는 결국 이루지 못하게 되었다. 양덕출이 갑작스럽게 사망했기 때문이다.

"그래, 일은 계획대로 잘 처리되고 있는 건가?"

책장 쪽에서 무언가를 찾던 선생님이 자리에 앉으며 물

었다.

"지금 하나둘씩 정리하고 있는데 완전히 마무리되기까지는 시간이 걸릴 것 같습니다."

양덕출의 사망으로 이후 일당들은 여러 패거리로 나뉘어 주도권을 차지하기 위한 다툼을 벌이기 시작했다. 이에 수혁이 직접 나서서 MH저축은행 내 불법 자금 리스트를 확보하고 이를 활용하여 잔당을 잡아들일 작업을 하고 있었다.

"생각보다 쉽지 않네요."

수혁이 커피잔을 내려놓으며 쓴웃음을 짓자, 선생님이 손바닥을 비비면서 말했다.

"그렇겠지, 그렇게 바쁜 와중에 피해자들까지 챙기려면 말이야."

그러자 수혁이 놀란 눈으로 선생님을 빤히 쳐다보았다.

"아, 그렇게 보지 말게. 우연히 알게 되었을 뿐이야."

선생님이 테이블 위에 시집 한 권을 놓았다. 오장환의 『병든 서울』이었다.

"「성탄제」라는 시, 아마 잘 알 걸세. 그리고."

선생님은 왼쪽 검지로 관자놀이를 매만졌다.

"송연재 씨도."

"하아! 무슨 말씀이세요, 탐정님. 저 시 같은 거 잘 모르는 거 아시잖습니까. 송연재도 누구인지 모르고요."

수혁이 손을 저으며 부정했지만 그 모습이 몹시 어색했다.

"그렇게 말할 줄 알았네."

선생님이 시집을 들고 「성탄제」를 펼쳤다.

"내가 나름대로 해독을 해 보겠네. 자세한 이야기는 해독한 후에 나누자고. 듣고 있다가 혹시 문제가 있거나 다른 의견이 있으면 이야기해 주게."

선생님의 오른손 검지가 1연을 짚었다.

"여기는 '몰이꾼'에게 쫓기는 '사슴'이 등장하네. '핏방울'을 흘렸다고 했으니 상처를 입었음이 틀림없네. 2연을 보면 몰이꾼의 추적이 밤늦게까지 이어지고 있음을 알 수 있네. '횃불은 꺼지지 않는다'를 통해 확실히 알 수 있지. 3연에서 몰이꾼의 정체가 드러나네. 바로 '포수'와 '사냥개'지. 이들은 먹이사슬의 정점이야. 육식동물인 '표범'이나 '늑대'도 이들에게는 사냥감에 불과하다네."

수혁은 초조한 듯 손톱의 거스러미를 뜯었다.

잠시 숨을 고른 선생님이 시 해독을 계속했다. 4연의 '어미의 상처'라는 시어는 1연의 '핏방울'이 어미 사슴으로부터 나온 것임을 말해 준다. 어린 사슴은 '잠들 줄 모르며 솟는 샘'과 '약초'를 생각한다. 샘과 약초. 이것은 어미의 치유를 바라는 어린 사슴의 꿈이라고 생각할 수 있다. 이때 '쇠북 소리'가 울린다. 그런 후에 제시되는 묵직한 한마디.

"'죽은 이로 하여금/ 죽는 이를 묻게 하라'라는 말. 수혁 군, 이게 무슨 의미인지는 아주 잘 알고 있을 걸세. 자기 부모의 장사를 지낸 후 따라가겠다던 제자에게 예수가 던진 '죽은 자들이 그들의 죽은 자들을 장사하게 하고 너는 나를 따르라.'라는 마태복음 8장 22절을 변용한 것이지. 이걸 일상의 언어로 바꿔서 해독해 본다면, 어미의 죽음은 잊고 새 삶을 찾으라는 말로 읽히네. 이건 송연재 씨에게 자네가 해 주고 싶은, 아니 해야 할 말이었겠지. 안 그런가?"

선생님이 시집을 덮어 수혁에게 건네주었다. 시집을 받아 든 수혁은 고개를 숙이고 한참을 가만히 앉아 있더니 크게 한숨을 내쉰 후 입을 열었다.

"그때 제가 드린 장부, 기억하시죠?"

수혁은 양덕출의 사무실 금고에서 빼돌린 양덕출의 고객 장부와 현금을 선생님에게 맡긴 바가 있었다. 장부는 사무소에 보관되어 있고, 그때 받은 현금은 선생님이 직접 HJ그룹의 장학재단에 기부했다. 물론 익명으로.

"지금에서야 말씀드리는 거지만 탐정님께 건네드리기 전, 장부에 적힌 피해자 리스트를 따로 정리해 두었습니다. 나중에 어떻게든 보상을 해 주고 싶었거든요. 구체적으로 어떻게 보상할지는 모르겠지만, 어쨌거나 제가 평생 짊어지고 가야 하는 부채라고 생각합니다. 고작 탐정님께 넘겨드리는 걸로 '모든 게 끝났다.'라고 해 버리는 건 아니라는 생각이 들었죠."

선생님이 커피 한 모금을 마시며 수혁의 다음 말을 기다렸다.

"봉사 활동을 하던 교회의 목사님으로부터 연재의 사정을 들었습니다. 어머니의 사채를 떠안게 되었다고요. 신자가 어린 나이에 그런 처지에 놓이니 답답하고 안타까운 마음에 저에게 털어놓으신 거죠. 법적으로 도울 방법을 이래저래 알아봤습니다만 당장 해결하기는 힘들겠더라고요. 저도 한창 바빴고. 어쩔 수 없다고 생각하는 찰나였는데, 번뜩 드는 생각이 있어서 피해자 리스트를 살펴봤습니다."

"혹시 MH저축은행의……."

내 말에 수혁이 고개를 끄덕였다.

"네, 연재 어머니가 쓴 사채는 MH저축은행 것이었습니다. 이걸 알고 나니 가만히 있을 수 없었습니다. 특히나 아버지의 사망 후 잔당들이 어떤 일을 벌일지 예측조차 힘든 상황이라 연재의 안전도 확신하기 힘들었습니다."

"그래서 송연재 씨를 사라지게 한 거였군."

선생님의 말에 수혁이 뒤통수를 두세 번 쓸어내렸다.

"목사님께 부탁드려 「성탄제」에 밑줄을 그어 연재에게 건넸습니다. 선박 티켓도 함께요. 성경을 잘 알고 있는 연재는 밑줄 친 부분이 마태복음을 변용한 거라는 걸 금방 알아챌 테고, 제 의도도 쉽게 파악하리라 생각했습니다. 말씀하신 대로 '죽은 이로 하여금/ 죽는 이를 묻게 하라'는 마태복음 8장 22절을 변용한 겁니다. 그리고 이어지는 23절은 '배에 오르시매 제자들이 따랐더니'로 시작합니다. 이걸 통해 어머니의 빚에서 벗어나 새 삶을 살고 싶다면 배를 타라는 메시지를 전하려고 한 겁니다."

수혁이 진행하고 있는 양덕출의 잔당에 대한 검거가 성공적으로 마무리된다면 자연스럽게 송연재의 부채 문제도 해결될 수 있었다. 하지만 수혁 생각에 문제는 시간이었다. 이들을 완전히 처단하기 위해서는 아무래도 시간이 필요한데 그렇게 놔두자니 연재에게 미칠 또 다른 화를 예측하기 어려웠다. 이런 이유로 수혁은 자기가 사건을 완전히 해결할 때까지 송연재를 육지와 왕래가 드문 섬마을로 몰래 이주시키는 방안을 생각해 낸 것이다. 갑자기 세상에서 완전히 사라짐으로써 시간을 버는 작전이었다. 교회와 결연한 섬마을로 봉사를 다녀온 경험이 있던 터라 연재로서도 이 계획에 동조하는 데에 거부감이 적으리라는 확신이 있었다고 했다.

"완벽하게 숨겼다고 생각했는데, 탐정님께서 관여하실 줄은 몰랐네요. 탐정님은 못 속이겠어요."

"아닐세, 자네가 피해자 리스트를 만들어 둔 건 정말이지 전혀 몰랐다네."

선생님이 몸을 뒤로 빼고 소파에 등을 기대며 미소를 지었다.

"경찰에 알리실 생각입니까?"

수혁이 묻자 선생님이 턱을 몇 번 문지른 후 부드럽게 말했다.

"자네도 알다시피 나는 형사가 아니라네. 내가 정의라고 생각하는 방향으로 수사를 진행할 수도 있고, 진실을 밝힐 필요가 없다는 판단이 들면 굳이 밝히지 않아도 될 자유도 가지고 있다는 말이야. 내 판단에 이번 사건은 자네 계획대로 실종으로 처리하는 게 결과적으로 이득이라는 생각이 드네. 송연재 씨 실종 사건 덕분에 고시원에 찾아온 일당에 대한 오경철 팀장의 추적이 시작됐지. 이제 그쪽은 경찰력에 맡길 수 있게 됐고 자네는 지금 진행하고 있는 일에 조금 더 집중할 수 있게 되었네. 진실을 숨겨 두는 것이 좀 더 정의로운 결과가 나올 것 같다는 생각이 들기도 하고 말이야."

그런 뒤 커피 한 모금을 마시고는 아, 하는 탄성을 살짝 뱉고 나서 말을 이었다.

"살짝 기시감이 드는데, 혹시 지난번에도 내가 자네에게 이것과 비슷한 말을 했던가?"

가만히 고개를 끄덕이고 있는 수혁의 입가에 살짝 미소가 번졌다.

11월 말부터 이른 눈이 내리기 시작하더니 이번 달에는 눈이 더 잦아졌다. 일기 예보로는 오후부터 눈이 내릴 예정이라고 했는데, 성미 급한 눈송이들은 이미 땅으로의 유영을 시작하고 있었다. 며칠째 내린 눈이 거리마다 소복이 쌓여 연말 분위기를 물씬 풍겼다. 사무소에 울리는 크리스마스 재즈에 귀를 기울이며 나는 입구 쪽에 쌓인 눈을 쓸었다. 오늘 사무소를 방문할 손님을 맞이할 준비를 해야 했기 때문이다. 이번 달 초를 기점으로 양덕출 불법 자금 관련자들을 모두 기소함으로써 부친과 관련한 사건이 일단락된 걸 기념하여 수혁이 사무소를 방문할 예정이었다.

마침 저 멀리서 수혁으로 보이는 남성이 시야에 들어왔다.

"선생님, 온 것 같습니다!"

내 목소리를 들은 선생님이 출입구 바깥으로 나와 섰다.

멀리서 수혁이 우리를 향해 반갑게 손을 흔들었다. 옆에서 나란히 걷던 여성도 걸음을 멈추고 꾸벅 고개를 숙였다.

선생님은 흐뭇한 표정으로 그 모습을 지켜보았다.

"어찌 되었든 저 둘은 '죽은 이로 하여금/ 죽는 이를 묻게' 하는 데 성공한 것 같군. 「성탄제」의 구절이라네. 기억하고 있지, 완승 군?"

시선을 수혁과 연재 쪽으로 고정한 채 나에게 물었다.

"네, 마태복음 8장 22절이었죠?"

선생님 곁에 서서 빗자루에 몸을 기댄 채 둘의 모습을 바라보며 내가 대답했다.

"기억하고 있군. 혹시 그거 아나? 이어지는 23절부터는 다른 이야기가 이어진다네. 예수와 함께 배를 탄 제자들이 심한 풍랑으로 고통스러워하지. 그러자 자고 있던 예수가 일어나 바다를 꾸짖어 파도를 잠재웠다는 이야기일세."

"기적 같은 장면이군요."

선생님이 턱짓으로 이쪽으로 다가오는 두 사람을 가리켰다.

"그렇지? 저 둘처럼 말이야."

그랬다. 지금 내 눈앞에는 가해자의 아들과 피해자의 딸이 손을 맞잡은, 마치 기적과 같은 장면이 펼쳐지고 있었다. 나는 성글게 내려앉는 눈 사이로 보이는 아름다운 두 사람을 가만히 지켜보며, 앞으로 둘에게 펼쳐질 삶은 성탄절같이 행복하기를 기도하는 마음으로 크게 손을 흔들어 주었다.

4화.

금이 될 테지

「꽃을 위한 서시」, 김춘수 / 「길」, 윤동주

금이 될 테지

"선생님, 아직이신가요? 약속 시간 다 되어 갑니다."

완승이 휴대전화에 대고 다급한 목소리로 물었다. 완승이 말한 약속이란 시 탐정 사무소에서 주기적으로 참여하는 관계 회복 프로그램 신청자가 방문하기로 한 일을 말하는 것이다.

"갑자기 비가 이렇게나 쏟아질 줄은 몰랐군그래. 제시간에 도착하는 건 무리겠어."

약속을 못 지킨다는 말에 어울리지 않는 평온한 말투였다.

"곧 있으면 도착할 텐데, 어쩌죠?"

"어쩔 수 없지. 자네가 좀 맡아 주게."

"네? 제가요?"

"응, 그렇지 않아도 조만간 이 프로그램을 자네에게 맡기려고 했어. 잘됐지 뭔가. 별문제 없을 걸세. 그럼 부탁하네."

완승이 채 대답도 하기도 전에 전화가 끊겼다.

애초부터 이럴 생각이었던 걸까. 완승으로서는 그렇지 않아도 밀려드는 사건 의뢰로 바쁜 나날을 보내고 있는 설록이 관계 회복 프로그램 봉사만은 꾸준히 참여하는 이유를 알 수 없었다. 설록은 "결국 우리 사무소 홍보가 될 것 아닌가."라고 말해 왔지만, 그가 사무소 홍보에는 관심이 털끝만큼도 없다는 걸 아는 완승은 그건 어디까지나 핑계에 불과하다는 걸 진작 알고 있었다. 오늘에서야 비로소 완승은 이 프로그램을 통해 자기를 더 성장시키겠다는 설록의 의도를 눈치챈 것이다.

시의 주최로 격월로 운영되는 관계 회복 프로그램은 이렇게 운영된다. 신청자는 관계 회복을 원하는 사람과 관련된 시 한 편을 짤막한 사연과 함께 프로그램 주최 부서로 보낸다. 담당자는 사연의 진정성이나 초청에 응할 수 있는지 등을 고려하여 선별한 사연을 설록에게 보낸다. 그러면 설록은 신청자가 관계를 회복하고 싶어 하는 사람을 사무소로 초청하여 대화를 나누며 둘의 관계 회복을 돕는다. 신청자가 직접 대상자를 만나는 게 아니라 제삼자인 설록이 신청자를 대변하는 방식은 생각보다 효과가 좋았다. 완승도 이 프로그램이 주민들에게 꽤 큰 호응을 얻고 있다는, 그래서 신청자가 점점 늘고 있다는 소식을 프로그램 담당 과장에게서 들은 적이 있었다.

"「꽃을 위한 서시」라……."

커피를 내리면서 따뜻한 차 한 잔을 같이 우려낸 후 응접실 소파에 앉으며 완승이 중얼거렸다. 갑작스럽게 이 프로그램을 맡아 버렸지만 크게 긴장되지는 않았다. 설록과 함께 미리 사연을 검토했기 때문이다. 게다가 완승은 이미 설록이 자리를 비웠을 때 찾아온 의뢰인의 고민을 해결한 경험도 있지 않은가. 이 모두가 설록이 그린 큰 그림이었는지는 모르지만.

일반적으로 존재에 관한 탐구를 다룬 시로 널리 알려진 김춘수 시인의 「꽃을 위한 서시」를 관계 회복 프로그램에서 보게 될 줄은 완승은 생각지도 못했다. 처음 선정 결과를 받아 든 완승이 의외라는 반응을 보이자, 설록은 이렇게 말했었다.

"작가의 손을 떠나는 순간 작품은 더 이상 작가의 것이 아닐세. 작품을 받아들이는 건 독자의 몫이지. 작품을 통해 전하고자 했던 시인의 의도도 분명 중요하지만, 시라는 건 어디까지나 해석의 영역이라는 게 있는 거니까 말이야."

'맞아, 이 신청자는 김춘수 시인의 의도와는 관계없이 이 작품을…….' 하고 완승이 생각하고 있는 그때 딩동, 하고 초인종이 울렸다.

출입문에는 폭우로 온몸이 젖은 소년이 서 있었다. 오른손에 들고 있는 큰 우산도 비를 막는 데는 그다지 도움이 되지는 못한 듯했다. 완승이 미리 준비해 둔 수건을 건네자, 소년은 말없이 꾸벅 고개를 숙이고는 수건을 받아 몸을 닦았다.

"안형석 군 맞죠? 얼른 들어와요."

완승은 소년을 응접실로 안내하고는 차를 데워 새 수건과 함께 소년의 앞에 놓았다. 소년은 다시 한번 고개를 꾸벅 숙였다.

"일단 따뜻한 차 한 잔 들어요."

형석은 갓 변성기가 지난 목소리로 "네."라고 대답하고는 두 손으로 찻잔을 쥐었다.

다소 마른 체형, 180㎝는 되어 보이는 큰 키에 길쭉길쭉한 팔다리. 하지만 어딘가 미숙하고 불균형해 보인다. 코밑에 솜털이 제법 거뭇거뭇한 것이나 드문드문 나 있는 여드름과 흉터. 뭐랄까, 하루하루 달라지는 자기 몸에 한창 적응 중인 사춘기 소년의 전형적인 모습이랄까.

"어머니로부터 프로그램에 관해 말씀을 전해 들었죠?"

완승의 말에 형석은 말없이 고개를 끄덕였다. 형석의 어머니가 이번 프로그램의 신청자였다. 가방에서 주섬주섬 꺼낸 아이패드의 노트 앱을 켜고 애플펜슬을 드는 형석을 보며 요즘 아이들은 다들 저걸 쓰나 보네, 하고 완승은 생각했다.

"프로그램에 대해 들었다면 어떻게 진행되는지는 알고 있을 것 같으니 바로 시작할게요. 사전에 어머니에게 시 한 편을 받았어요."

완승이 시가 적힌 종이 한 장을 테이블 위에 꺼내 보였다. 정갈한 손 글씨로 적힌 「꽃을 위한 서시」였다. 형석이 고개를 내밀어 눈으로 시를 읽었다.

"어때요? 시를 이해하겠어요?"

형석은 천천히 고개를 저었다.

"잘…… 모르겠어요, 지금은."

"그렇다면."

완승이 자세를 고쳐 앉았다.

"내가 도와줄 수 있을 거예요. 여기에 담긴 어머니의 마음을 읽어서 형석 군에게 말해 줄 거예요. 그러면 형석 군이 그것에 대한 생각을 남겨 주면 됩니다. 편지를 써도 좋고, 어머니께 전할 말을 내게 해 줘도 좋아요."

"네, 근데 사진을 좀……."

형석은 아이패드를 들고 테이블 위에 놓인 종이를 향해 사진을 찍는 시늉을 했다. 아, 사진을 찍어서 필기하려는 거구나. 완승은 마음껏 찍으라는 듯 손짓을 했다. 반응이 좀 무뚝뚝하긴 하지만 처음 방문한 공간, 처음 만난 사람이 낯설 텐데도 이 정도 적극성이면 나쁘지 않다.

"내가 먼저 이 시를 읽어 줄 거예요. 시를 눈으로 볼 때와 귀로 들을 때 느낌은 확연히 다르거든요. 형석 군이 시적 의미를 이해하는 데 제 낭독이 도움이 되면 좋겠네요."

말을 마친 완승은 천천히 시를 낭독하기 시작했다.

꽃을 위한 서시

김춘수

나는 시방 위험한 짐승이다.
나의 손이 닿으면 너는
미지의 까마득한 어둠이 된다.

존재의 흔들리는 가지 끝에서
너는 이름도 없이 피었다 진다.
눈시울에 젖어드는 이 무명의 어둠에
추억의 한 접시 불을 밝히고
나는 한밤내 운다.

나의 울음은 차츰 아닌 밤 돌개바람이 되어
탑을 흔들다가
돌에까지 스미면 금(金)이 될 것이다.

……얼굴을 가리운 나의 신부(新婦)여,

형석은 여전히 알 수 없는 표정을 지은 채 아이패드 화면을 바라보고 있었다. 어땠냐는 완승의 물음에 형석은 "음……." 하는 소리와 함께 고개를 갸우뚱했다. 그러고 조금 시간이 지나자 더듬더듬 자기 생각을 말하기 시작했다.

"'울음', '운다' 같은 말이 있으니까 뭔가 슬픔이 느껴져요."

"인상적인 다른 표현은 없나요?"

완승의 물음에 한참 생각하던 형석이 대답했다.

"'위험한 짐승'이요. 이 시는……, 엄마가 골랐다고 했으니까, 그러면 '나'는 엄마일 거잖아요. 엄마가 왜 자기 자신을 위험한 짐승이라고 하는 거지? 이런 생각이 들어요."

완승은 잘하고 있다는 듯 옅은 미소를 지으며 고개를 끄덕였다. 아닌 게 아니라 이렇게 형석처럼 시에 관한 인상이나 나름의 감상을 어떻게든 풀어내 주면 프로그램을 진행하는 데 도움이 된다. 완승은 손으로 더 이야기해 보라는 제스처를 취하며 형석을 격려했다. 잠시 생각에 잠긴 듯 머뭇거리던 형석이 "여기……." 하면서 다시 입을 뗐다.

"1연에서 '나의 손이 닿으면 너는/ 미지의 까마득한 어둠이 된다'라는 부분도……, '나'가 엄마라면 '너'는 제가 되는 걸 텐데. 엄마의 손이 닿으면 제가 '어둠'이 된다는 것도 이해가 안 돼요."

"평소 어머니랑 관계가 안 좋았나요?"

완승이 곧장 손을 저었다.

"아, 오해하지는 말고요. 이 프로그램 목적이 관계 회복이다 보니 별다른 의도 없이 질문하는 거예요."

조심스럽게 묻는 완승의 말에 형석은 고개를 저었다.

"저는 괜찮아요. 엄마는 뭔가 문제를 느끼고 있는 것 같지만."

"어떤 문제요?"

"글쎄요."

형석이 머리를 긁적였다.

"아마 제가 달라진 것 때문이 아닐까요?"

"어떤 면이 달라졌을까요?"

형석은 난감한 표정을 지은 채 오른손 검지로 뺨을 몇 번 긁었다.

"제가 예전보다 말수가 없어졌어요. 요즘 들어 엄마랑 대화를 거의 안 했거든요. 엄마가 싫어서 그러는 건 아니고요. 그냥 귀찮아서……."

"그냥 귀찮아서 엄마랑 말을 하지 않는다?"

그러자 형석이 당황한 듯한 표정을 지었다.

"아뇨. 말이 이상하게 나왔는데 귀찮아서가 아니라, 아, 이걸 뭐라고 말해야 하지?"

형석은 자신의 감정을 표현할 적확한 단어가 떠오르지 않아 답답해하는 눈치였다.

"엄마한테 이것저것 말할 나이는 지난 것 아닌가 하는 생각 때문에?"

도움을 줄 요량으로 툭 던진 완승의 말에 형식은 천천히 고개를 주억이는 것으로 반응했다.

"비, 비슷한 것 같아요."

완승이 자세를 고쳐 앉았다.

"말해 줘서 고마워요. 지금부터 철저하게 형석 군의 어머니 입장에서 시를 풀어낼 거예요. 준비됐나요?"

형석이 애플펜슬을 꼭 쥔 채 고개를 끄덕였다.

"형석 군이 생각한 대로 '나'를 어머니라고 하죠. '너'는 형석 군이고요. '미지의 까마득한 어둠'은 '나', 즉 어머니가 알 수 없는 영역이에요. 그렇다면 '나의 손이 닿으면 너는/ 미지의 까마득한 어둠이 된다'는 것은 '내가 알려고 하면 할수록 아들은 더 알 수 없게 되어 버린다.'라고 생각하는 어머니의 마음이 반영된 것이라고 볼 수 있겠죠. 본인이 알려고 할수록 더 멀어진다, 이런 이유로 자기 자신을 '위험한 짐승'이라 여긴 거겠죠."

형석은 아이패드에 쓴 '위험한 짐승' 주위에 반복해서 동그라미를 그렸다.

"2연에서는 형석 군이 슬퍼 보인다고 했던 시어 '운다'에 주목해 보죠. '나'는 '무명의 어둠'에 '불을 밝히고' '한밤내' 울어요. 무명의 어둠이란 '너', 즉 형석 군에 대해서 모르는 상태를 말한다고 했었고, '불'은 어둠을 밝히는 존재죠. 따라서 어둠에 불을 밝힌다는 것은 형석 군의 어머니가 예전과 달라진 아들에 대해 알기 위해서 애를 쓰는 행위로 볼 수 있죠."

"그러면 여기 '운다'라는 건……, 그 과정이 그만큼 어렵다는 걸 의미하는 건가요?"

형석의 물음에 완승이 어깨를 살짝 들어 올렸다 내렸다.

"그럴 수도 있지만 나는 여기의 울음을 그렇게 단순하게 생각해서는 안 된다고 봐요. 형석 군이 말한 것처럼 울음은 슬픔일 수도 있고 힘든 과정을 겪는 고통인 것은 분명해요. 하지만 그것보다 더 중요한 게 있죠."

완승은 3연을 짚으며 말했다.

"'나의 울음'은 결국 '금이 될 것이다'라는 거예요."

형석은 알아들었다는 듯이 고개를 끄덕이며 패드에 무언가를 적고는 그걸 보면서 말했다.

"방금 '울음'은 저를 알기 위한 엄마의 노력이라고 하셨는데, 이것이 '금'이 된다는 건…… 결국에는 모든 게 잘 해결될 거라고 생각한다는 말인 거죠?"

"오, 맞습니다. 형석 군 어머니는 그렇게 믿고 계신 것 같군요. 비록 아직은 형석 군이 '얼굴을 가리운' 것처럼 보이지만 말이죠."

완승이 미소를 지으며 형석을 바라보았다. 마침 고개를 들었다가 완승과 눈이 마주친 형석은 쑥스러운 듯 황망히 화면으로 다시 시선을 돌렸다. 완승은 부드러운 시선으로 형석을 바라보며 말했다.

"형석 군의 어머니는 아마도 사춘기 아들에게 불어닥친 변화의 바람에 아직 적응하지 못하신 걸로 보여요. 최근 형석 군과 소원해졌다고 생각한 것도 이거랑 관련 있을 거예요. 몸은 몰라보게 성장했고 예전과 달리 부쩍 무뚝뚝해진 아들에게 적응하기가 힘들었겠죠. 먼저 다가가려고 해도 쉽지 않았을 겁니다. '나의 손이 닿으면 너는/ 미지의 까마득한 어둠이 된다'라고 여기고 있으니까요. 그래도 다행인 건, 다가가는 걸 포기하지 않았다는 거예요. 이 프로그램을 신청하신 걸 보면 확신할 수 있죠."

그 말에 형석은 고개를 숙인 채 한참을 아무 말 없이 앉아 있었다.

"그래서, 그 친구가 어제 이걸 남기고 갔다고?"

내게서 건네받은 시 한 편을 들고 선생님이 말했다. 다른 손에는 커피잔을 쥔 채였다.

"네, 엄마 마음은 잘 알겠는데 직접 말하기는 왠지 쑥스럽다고 이걸 대신 전해 달래요."

"다른 얘기는 없고?"

내가 고개를 저었다.

"별다른 설명 없이 「꽃을 위한 서시」만 읽고 제가 자기 어머니 마음을 읽어 낼 수 있다는 걸 확인했으니, 이 시를 읽고 자기 마음을 알아내는 건 일도 아닐 거라고 하더군요. 똘똘한 건지, 당돌한 건지."

"사춘기 소년의 넘치는 자의식을 무시하지 말라고."

선생님이 크게 웃었다. 그러고는 손에 쥔 종이를 테이블 위에 놓고 커피 한 모금을 마시고 나서 말을 이었다.

"자, 슬슬 마무리할 때가 된 것 같네. 신청자분을 사무소로 모셔 보세."

며칠 후 신청자 안혜정 씨가 사무소로 방문했다. 혜정은 40대 후반 정도로 보이는 깔끔한 인상의 여성이었다. 전체적인 이목구비와 풍기는 분위기가 형석과 매우 닮았다. 170㎝는 되어 보이는 키 역시도 형석에게 영향을 주었을 것이다. 인테리어 회사에서 디자이너로 일하는 혜정은 새로 받은 의뢰 때문에 한창 바쁜 시기였지만, 아들의 답을 듣기 위해 급히 일정을 조율했다고 했다.

선생님은 혜정을 자리에 안내하고서는 관계 회복 프로그램이나 그녀의 직장에 관한 이야기 등과 같은 가벼운 잡담을 나누었다. 혜정의 직업이 직업인지라 짧은 시간 동안 사무소의 인테리어와 관련된 다양한 얘기가 오갔다.

커피 한 모금을 마신 혜정이 커피잔을 테이블 위에 놓자 선생님이 설명을 시작했다.

"이미 완승 군에게서 말씀은 들으셨겠지요. 아드님을 여기로 초청하여 안혜정 님이 주신 시와 메시지를 전했습니다. 아드님이 대답 대신 시 한 편을 남기고 갔다더군요. 이런 반응은 흔하지 않은데, 아주 똑똑한 아드님을 두셨습니다."

"그냥 말로 했으면 될 일을. 번거롭게 해드려서 죄송해요. 한창 사춘기라 좀 제멋대로일 때가 있어요."

혜정이 겸연쩍어하자, 선생님이 부드러운 미소로 답했다.

"제멋대로라기보다는 아마 직접 말하기 쑥스러워서 그랬던 모양입니다. 저희는 상관없습니다. 시를 해독하는 게 우리 일 아닙니까. 이런 일에는 익숙하답니다."

그러고는 나에게 시선을 돌려 테이블 쪽으로 눈짓했다. 나는 윤동주의 『하늘과 바람과 별과 시』를 꺼내어 테이블 위에 올려두고는 말했다.

"형석 군은 엄마에게 하고 싶은 말이 윤동주의 「길」에 있다고 제게 말했습니다. 한번 읽어 보시겠습니까?"

내가 윤동주의 「길」이 실린 페이지를 펼쳐서 혜정에게 건넸다. 책을 건네받은 그녀는 그것이 마치 형석이 쓴 시인 양 한참 동안 읽었다. 그러면 아들의 마음을 읽어 낼 수 있으리라 믿는 것처럼.

길

윤동주

잃어버렸습니다.
무얼 어디다 잃었는지 몰라
두 손이 주머니를 더듬어
길에 나아갑니다.

돌과 돌과 돌이 끝없이 연달아
길은 돌담을 끼고 갑니다.

담은 쇠문을 굳게 닫아
길 위에 긴 그림자를 드리우고

길은 아침에서 저녁으로
저녁에서 아침으로 통했습니다.

돌담을 더듬어 눈물짓다
쳐다보면 하늘은 부끄럽게 푸릅니다.

풀 한 포기 없는 이 길을 걷는 것은
담 저쪽에 내가 남아 있는 까닭이고,

내가 사는 것은, 다만,
잃은 것을 찾는 까닭입니다.

"뭘 잃어버렸을까요, 우리 형석이는?"

시집을 돌려주며 혜정이 물었다.

"한마디로 얘기하자면."

선생님이 관자놀이를 매만지며 말을 이었다.

"자아입니다."

"자아…… 요?"

혜정은 이해하지 못했다는 표정으로 선생님의 말을 반복했다.

"네, 자기 자신 말입니다."

선생님이 시집을 펼치고는 설명을 시작했다.

"시 속의 화자는 '길'을 걷고 있습니다. '아침에서 저녁으로/ 저녁에서 아침으로 통'하는, 다시 말해 끝이 없는 길입니다. 이 길을 왜 걷고 있냐면……, 여기 보실까요. '풀 한 포기

없는 이 길을 걷는 것은'."

선생님이 손가락으로 6연과 7연을 두르는 원을 두어 번 그린 후 톡톡 두드렸다.

"'담 저쪽에 내가 남아 있는 까닭', '잃은 것을 찾는 까닭', 어머!"

혜정이 무언가를 깨달았다는 듯 감탄사를 내뱉었다.

"역시, 벌써 이해하셨나 보군요. 「꽃을 위한 서시」로 신청했을 때부터 시를 보는 신청자분의 안목을 알아보았지요. 아무튼, 3연에서 보듯이 '담'은 '쇠문으로 굳게' 닫혀 있는 상황입니다. 그런데도 화자는 담 넘는 걸 포기하지 않고 계속 길을 거닐지요. 찾을 수 있을지 없을지 확신도 없는 상황에서도 자아를 찾는 걸 포기하지 않고 있습니다. 이건……."

선생님은 옅은 미소를 지은 채 턱을 만지작거리며 말을 이었다.

"사춘기 소년의 자아 찾기 과정과 닮아 있지 않습니까?"

무뚝뚝한 표정과 모호한 태도. 그날 형석은 전형적인 사춘기 소년의 모습이었다. 하지만 조금만 생각해 보면 그걸 형석의 진심으로 오해해서는 안 된다는 걸 알 수 있다. 그는 엄마가 신청한 프로그램에 응하기 위해 비가 억수로 쏟아지는 날에 혼자서 사무소로 찾아왔다. 거기에 더해 시 한 편을 건네며 자신의 마음을 표현해 보이기도 했다. 말이 아닌 행동으로 보여 준 것이다. 성장 과정에서 필연적으로 만나는 사춘기라는 길을 묵묵히 걸어가고 있다는 사실을.

"형석이가 아홉 살 때……."

커피잔을 만지작거리며 혜정이 입을 열었다.

"애 아빠가 갑작스럽게 세상을 떠났어요. 혼자 아이를 어떻게 키워야 할지 계속 고민했죠. 아들이라 아빠의 공백이 더 크게 느껴지면 어쩌지, 그래서 잘못 크면 나중에 애 아빠를 어떻게 보나, 하는 생각에 늘 마음 졸였어요."

커피잔을 쥐고 있는 혜정의 손이 가늘게 떨렸다.

"그래도 건실하게 잘 컸던걸요."

내 말에 혜정이 미소를 지었다.

"고맙습니다. 어렸을 때부터 또래 아이들보다 성숙한 면이 있었어요. 애교도 많이 부리고 조잘조잘 쉴 새 없이 말을 걸어줬죠. 엄마 걱정에 일부러 더 그랬던 거 아니었을까 싶은데, 어쨌든 덕분에 애 아빠의 빈자리를 천천히 잊을 수 있었습니다. 그런데 형석이가 사춘기에 들어서면서부터 달라지기 시작하더라고요. 부쩍 말수도 줄고, 왠지 저랑 거리를 두는 것 같고. 예전처럼 가까이 다가가면 예민하게 굴기도 하고요. 사춘기가 되면 다들 그렇게 된다고 듣긴 했지만, 막상 내 아들이 이러니 잘 받아들여지지 않더라고요."

"제가 육아 전문가는 아니지만……."

선생님이 웃으며 말했다.

"형석 군에게 헤맬 시간을 좀 주시는 게 좋을 것 같습니다."

"헤맬 시간……."

"안혜정 님도 예전과 달라진 아드님의 모습에 당황스러우시겠지만, 가장 당황스러운 사람은 실은 형석 군 본인 아니겠습니까?"

말없이 고개를 끄덕이던 혜정은 매만지던 커피잔을 보며 물었다.

"어떻게 해야 할까요, 저는?"

"곁에서 기다려야겠지요. 굳게 닫힌 문은 누구도 열어 줄 수 없다는 거 잘 아시지 않습니까? 결국 본인이 열어야 하죠. 돌담을 끼고 돌고 있는 아이에게 어른이 해 줄 수 있는 일이란 그저 가만히 지켜보는 수밖엔 없습니다. 안혜정 님이 보내주신 「꽃을 위한 서시」에는 이런 구절이 있었죠. '나의 울음은 차츰 아닌 밤 돌개바람이 되어/ 탑을 흔들다가/ 돌에까지 스미면 금이 될 것이다' 저 역시도 그렇게 생각합니다. 언젠간 금이 될 거라 믿고 기다리는 거지요."

말을 마친 선생님은 커피잔에 남은 커피를 마신 후 혜정을 향해 따뜻한 미소를 지어 보였다.

“이걸로 둘 사이가 더 가까워질까요?”

내 물음에 팔짱을 끼고 출입문에 몸을 기댄 채, 사무소를 나가는 혜정의 뒷모습을 바라보던 선생님이 “글쎄.” 하면서 손가락으로 자기 머리를 톡톡 두드렸다.

“뇌 문제니까.”

“예?”

“사춘기 말이야, 그 원인을 사회학적으로나 심리학적으로 해석하지만, 내가 볼 때 사춘기는 생리학적 현상이야. 테스토스테론은 과도하게 분비되고 감정을 관장하는 변연계는 폭발적으로 성장하지. 그에 비해 감정 변화를 억제하는 전두엽과 전전두엽의 성장은 더디네. 그러니 그 나이 때 아이들이 충동적이고 감정적인 상태가 되는 거야. 뭐, 달리 어쩌겠나. 잘 견뎌어나가길 기다리는 수밖에.”

그 얘기를 듣고 있자니 피식, 하고 웃음이 났다.

“왜 그러나?”

“아닙니다. 선생님은 참 이성적인 분이시다, 이런 생각이 들어서요.”

“그 말, 칭찬은 아닌 거지?”

낯익은 그 말을, 다른 사람이 아닌 선생님이 하는 이 낯선 상황이 재미있어서 우리는 오랜만에 함께 소리 내어 웃었다.

5화.

해바라기 살인 사건

「해바라기의 비명」, 함형수

해바라기 살인 사건

작은 공간을 가득 메우고 있는 물감 냄새가 코를 자극한다. 곳곳에 물감이 묻은 이젤, 바닥에 널브러져 있는 비닐과 수건, 다양한 크기의 붓과 물통 그리고 구석에 아무렇게나 놓여 있는 대용량 물감. 이곳이 화가의 작업실이라는 것을 실감케 한다. 내 키를 훌쩍 넘을 만큼 거대한 캔버스에 담긴 그림들이 방을 빼곡하게 채우고 있다. 모두 해바라기를 그린 그림이다. 캔버스가 다 담지 못할 만큼 크게 그려진 것도 있고 원경으로 바라본 꽃밭을 그린 것도 있다.

선생님은 작업실 오른쪽에 놓인 작품들에 눈을 떼지 못했다. 그림이 꽤 마음이 드는지 허리를 구부정하게 숙인 채 연신 "이야!" 하는 감탄사를 내뱉었다. 이곳이 사건 현장임을 깜빡 잊은 듯 그림 감상에 열을 올렸다. 선명한 색감과 거칠지만 경쾌한 붓질. 확실히 선생님 취향이다.

반면 내게는 그림들이 죄다 비슷비슷하게만 보였던 터라 선생님과 달리 무덤덤했다. 살짝 다른 느낌이라는 생각이 들긴 했지만 확신할 순 없었다. 아니, 어쩌면 다르다고 느낀 것 자체가 그림보다는 그걸 감탄하며 보고 있는 선생님 반응에 영향을 받은 것인지도 모른다. 미술에 조예가 깊은 선생님 수준이라면 몰라도 나 같은 문외한은 알아차리기 힘든 정도의 미묘한 차이가 아닐까.

한참 작업실을 둘러보던 선생님이 다시 그림 쪽으로 시선을 던진 채 말했다.

"완승 군, 우리나라 풍수에서 해바라기 그림에 어떤 의미를 부여하는지 알고 있나?"

물론 알고 있다. 재물운. 그래서 이사 선물로 자주 사용된다는 것, 이 때문에 우리가 해바라기 그림을 쉽게 접할 수 있다는 사실도 익히 알고 있다. 이렇게 대답하자 오른쪽 벽을 가리키며 선생님이 말을 이었다.

"이쪽 그림들은 단순한 선물용 그림이 아닐세. 이 화가 이름이 뭐라고 했지?"

'임다성'. 전날 의뢰인에게 들었던 이름이다. 내 대답을 들은 선생님이 창밖을 바라보며 찌푸린 미간을 만지작거렸다.

"유망한 화가인데 안타깝게 되었군."

의뢰인이 사무소를 방문한 것은 어제 일이었다. 자신을 미술 컬렉터 이호택이라 밝힌 이 남자는 임다성 화가의 죽음에 석연치 않은 부분이 있다면서 우리를 찾아왔다. 그는 사망한 임다성의 후견인으로, 경제적인 부분을 지원함으로써 화가의 작품 활동을 후원해 왔다고 설명했다. 잘 차려입은 고급 슈트와 액세서리, 깔끔하게 정돈한 턱수염이 고급스러운 인상을 주는 남자였다. 아직 젊은데 화가의 후견인으로 활동하고 있는 걸로 봐서 꽤 성공적인 경력을 쌓고 있는 컬렉터임이 틀림없어 보였다.

"경찰 측에서는 자살이라고 했습니다만 제가 생각하기로 그럴 이유가 없습니다."

이호택이 답답한 듯한 표정으로 말을 이었다.

"당장 한 달 후에 첫 개인전이 열릴 예정이었거든요."

설득력 있는 말이다. 곧 있을 전시회를 앞두고 스스로 목숨을 끊었다? 일반적인 상식으로 이해하기 어렵다. 그것도 첫 개인전이라면 더더욱 그렇다.

"경찰도 이 사실을 알고 있겠지요?"

"물론입니다. 이미 진술했으니까요."

말이 이어질수록 의뢰인의 목소리가 더 떨렸다. 약간 흥분한 것 같았다.

"경찰은 타살이라고 볼 여지가 없다고 했습니다. 주변인 조사를 했는데 혐의가 있을 만한 사람이 없다고 합니다. 하지만 그건 다 헛소리예요. 경찰은 임 화가의 작업 노트에서 발견한 시 한 편을 자살의 증거라고 생각하고 있습니다. 그러니까 애초에 다른 가능성은 염두에 두질 않는 거예요."

"시라고요?"

선생님이 소파에 등을 기대며 손깍지를 낀 손을 허벅지 위에 올렸다. 구미가 당기는지 입꼬리가 살짝 올라간 것 같다. 천천히 손을 풀고 이호택을 가리키며 말했다.

"완승 군, 우리 의뢰인에게 마실 것을 좀 가져다드리게. 지금은 커피보다는 물 한 잔이 필요하신 것 같군."

이호택이 내가 내온 물을 달게 마셨다. 흥분이 조금 가라앉은 기색이었다.

"자, 천천히 이야기를 나눠 보시죠."

선생님이 이호택 쪽으로 몸을 당겼다.

"혹시 어떤 시였는지 말해 주실 수 있습니까?"

그가 고개를 끄덕였다.

"네, 함형수의 「해바라기의 비명」입니다."

"아, 기억하고 계시는군요."

"그렇습니다. 좋아하는 시거든요. 임 화가도 좋아했었습니다. 그래서 잘 알고 있지요."

선생님이 내 쪽으로 시선을 던지는 바람에 눈이 마주쳤다. '내가 지금 무슨 말을 하고 싶은지 알겠지, 완승 군?' 하는 눈빛이다.

선생님이 늘 하는 말이 있다. 독자에게 시란 음식과 같다. 누구든 자신에게 맞는 음식에 끌리듯이, 자신에게 맞는 시를 만나면 자연스럽게 끌리게 된다. 시에 자기 삶이 녹아 있다는 사실을 무의식적으로 인지하기 때문이다. 그러므로 한 편의 시를 좋아한다는 것은 그 작품 속에서 자기 자신을 만난다는 것이다. 대부분은 그 이유를 깨닫지 못하고서는 이런 반응을 보인다. '왜 그런지는 모르겠지만 이 작품에 끌려요.' 어쩌면 이런 이들을 위해서 우리 같은 시 탐정이 필요한 게 아닐까.

"완승 군, 『시인 부락』이라는 동인지를 찾아봐 주겠나. 계단 바로 옆 책장 5번째 칸에 꽂혀 있다네. 우리가 필요한 건, 창간호일세."

선생님이 말한 대로 『시인 부락』이라는 낡은 책 중 창간호라 적힌 책을 뽑아 들고 선생님에게 건넸다.

"동인지라면서 두 권밖에는 더 없던데요."

선생님이 책장을 넘기며 말했다.

"두 권이지만 '생명파'의 시작을 알리기에는 충분했지. 중요한 건 권수에 있지 않아. 아, 여기 있군. 이거 받게."

그러고는 고개를 한 번 끄덕였다. 낭독을 요청하는 것이리라.

해바라기의 비명(碑銘)

함형수

나의 무덤 앞에는 그 차가운 비(碑)ㅅ돌을 세우지 말라.

나의 무덤 주위에는 그 노오란 해바라기를 심어 달라.

그리고 해바라기의 긴 줄거리 사이로 끝없는 보리밭을 보여 달라.

노오란 해바라기는 늘 태양같이 태양같이 하던 화려한 나의 사랑이라고 생각하라.

푸른 보리밭 사이로 하늘을 쏘는 노고지리가 있거든 아직도 날아오르는 나의 꿈이라고 생각하라.

이호택이 들고 있던 커피잔을 내려놓고는 놀랍다는 듯 두 팔을 벌려 보였다.

"이거, 대단한데요."

뒤이어 고개를 몇 번 흔들었다.

"처음에는 갑자기 웬 낭독인가 싶었는데, 듣다 보니 빠져드는군요. 뭐랄까. 여백이 있다고 할까. 제 감정을 투영할 수 있는 공간이 느껴지네요. 오랜만에 시에 빠져든 시간이었습니다. 짧아서 아쉬울 정도네요."

"가슴으로 읽지 않는 낭독이 이 친구의 장점이죠. 듣는 이로 하여금 작품 자체에 온전히 몰입할 수 있도록 이끌어 주는 낭독이랄까요."

"그렇군요. 다음 전시회에 낭독을 접목해 볼 수 있겠어요. 좋은 낭독 감사합니다."

나는 고개를 끄덕이는 걸로 인사에 답했다.

"자, 사건 이야기로 돌아가죠. 경찰에서 이 시를 자살의 근거로 본 건 아무래도, 제목 때문인 것 같습니다만."

"네, 그렇게 말하더군요. 제목에 비명(碑銘)이 들어가고 '청년 화가 L을 위하여'란 부제가 붙어 있다 보니, 일종의 유서로 남긴 게 아니냐는 논리였습니다."

선생님 미간의 주름이 깊어졌다. 뭔가 석연치 않은 부분이 있다는 뜻일 테다. 그리고 나는 그것이 무엇인지 정확하게 알고 있다. 그건 바로.

"톺아보지 않았군요."

이호택이 무슨 말인지 이해하지 못했다는 듯 의아한 눈빛으로 선생님을 바라보았다. 톺아보다. 험준한 산을 오를 때 틈이 있는 곳마다 모조리 더듬어 뒤지면서 잡을 곳을 찾듯이 제목부터 시어, 시구, 문장부호까지 세세하게 살피는 해독 방식이다. 시어 하나를 허투루 보지 말라는 선생님의 가르침이 집약된 단어랄까.

"제목으로 시를 단정하다니, 여러모로 아쉬운 판단이군요. 담당 형사 이름은 기억하십니까?"

이호택이 지갑에서 무언가를 꺼냈다. 서문서 강력계 연서연 형사의 명함이었다.

"연 형사라……."

연서연 형사라면 현직 형사로는 드물게 시 추리에 진심인 사람이다. 열정에 비해 실력은 영 어설프다는 치명적인 약점이 있긴 하지만, 어쨌든 우리에게 협조적인 편이라 공조를 할 수 있으리라는 판단이 들긴 했다.

관자놀이를 매만지며 선생님이 말했다.

"이 의뢰는 수락하겠습니다. 우린 일단 사건 현장을 살펴

볼 필요가 있겠군요. 곧 연락드리겠습니다. 조금만 기다려 주십시오."

"완승 군, 이 작업실과 「해바라기의 비명」 사이에서 어떤 연관성이 보이지 않나?"

창밖으로 향한 시선을 그대로 유지한 채 선생님이 말했다. 작업실의 주인 임다성이 밖으로 떨어진 창이다.

"살펴보고 있지만 아직 뭘 발견하지는 못했습니다."

내 말을 들은 선생님이 이 작업실에서 제일 큰 캔버스에 그려진 그림 쪽으로 자리를 옮겼다. 그러고는 나를 가까이 불러 세웠다.

"여기 보게."

거대한 해바라기가 서 있는 틈으로 선연한 초록이 펼쳐져 있었다. 해바라기의 강렬한 노랑이 시원하게 펼쳐진 초록빛에 경쾌한 맛을 부여했다. 이 작품에서의 해바라기는 뭐랄까, 화려한 유니폼을 입은 안내원 같다고 할까. 캔버스 중앙에 서서는, 거칠고 자유분방한 붓질로 힘 있게 그려 내려간 초록빛 들판에 자연스럽게 시선이 쏠리도록 유도하고 있었다.

"주인공이 아니군요, 이 해바라기는."

"자네 눈에도 그렇게 보이나? 그리고 여기도 한번 보게."

선생님의 손가락을 따라가자 하늘에 찍힌 자그마한 점이 하나 보였다.

"어때? 이게 뭐로 보이나?"

워낙 작아서 언뜻 보면 실수로 찍힌 것 아닌가 싶었지만 자세히 보니 날개 형상이 보였다.

"이건……."

선생님이 고개를 끄덕였다.

"종달새일 확률이 높지. '푸른 보리밭 사이로 하늘을 쏘는 노고지리가 있거든 아직도 날아오르는 나의 꿈이라고 생각하라'의 노고지리 말일세."

그러고는 다른 작품들을 쭉 둘러보았다.

"비단 이 작품뿐만 아니라 다른 그림도 마찬가질세. 해바라기를 그리고 있으나 주인공은 아니야. 단지 다른 것들을 빛내기 위한 수단으로서만 작용하고 있다네. 해바라기를 위한 그림이 아니지. 반면에 이쪽 그림을 한번 보게."

선생님이 반대편에 놓인 작품 쪽으로 자리를 옮겼다.

"이쪽의 그림들은 해바라기가 주인공이네. 명암과 채도, 위치가 오로지 해바라기를 돋보이게 하는 데 주안점을 두고 있어. 작업 방식은 크게 다르지 않지만 대상을 다루는 방식은 확연히 다르다네."

"과연 그렇군요."

바로 옆에서 들린 말소리에 깜짝 놀라 돌아보니, 연서연 형사가 그림 쪽으로 시선을 고정한 채 고개를 끄덕이고 있었다. 큰 키에 마른 편이지만 탄탄해 보이는 체형, 쇼트커트와 스포티한 옷차림까지. 현장을 누비는 전형적인 형사의 모습을 갖춘 여성이다. 그나저나 가까이 다가올 때까지 인기척을 못 느끼다니. 내가 둔해진 걸까, 아니면 이 여성의 특별한 능력일까.

"역시 대단하십니다, 설 탐정님. 그림에까지 조예가 깊으시다니, 미처 몰랐습니다."

선생님의 도움으로 사건을 해결한 경찰은 대부분 선생님한테 호의적이지만 특히나 이 사람은, 다시 한번 말하지만 시 추리에 진심이라서 선생님에게 무한 신뢰를 보이는 경찰이다. 시 추리를 할 때마다 헛다리를 짚는 치명적인 약점에도 불구하고 경감으로 승진할 수 있었던 것은 선생님의 도움으로 굵직한 사건 두 건을 해결한 덕분이었다. 그러니 당연히 선생님에게 친절할 수밖에. 이렇게 우리끼리 현장을 마음껏 드나들 수 있는 것도 바로 연 형사의 협조 덕분이었다.

"승진 축하합니다, 연 반장님."

선생님의 인사에 연 형사가 겸연쩍은 미소를 띠며 새로 만든 명함을 건넸다. 형사도 명함을 만드나, 하는 생각이 들었지만 선생님이 곧바로 화제를 돌리는 바람에 우리의 대화는 사건으로 들어갔다.

"3일 전 새벽 4시 30분, 주민으로부터 신고 전화를 받았습니다. 남성 한 명이 길가에 쓰러져 있다는 신고였는데, 조사 결과 6층 높이 건물에서 추락한 것이었습니다. 사망 추정 시각은 전날 밤 11시 30분경입니다. 워낙 인적이 드문 동네라 새벽녘에야 발견된 것 같습니다. 말씀드렸다시피 저는 이 사건을 임다성 화가의 자살로 보고 있습니다. 지금까지 수사 결과 타살로 추정되는 어떠한 증거나 관련된 인물을 찾을 수 없었기 때문입니다. 그리고 결정적인 건."

연 반장의 입가에 자신감 넘치는 미소가 번졌다.

"그의 노트에서 「해바라기의 비명」이라는 시가 발견되었기 때문입니다."

그녀가 무언가를 가져오라는 듯한 손짓을 하자, 옆의 형사가 임다성의 노트를 가져왔다. 화가가 생전에 쓰던 작업 노트였다. 노트를 건네받은 연 반장이 그림을 보여 주었다. 마치 「해바라기의 비명」 내용을 그대로 구현한 듯한 스케치에 정갈한 글씨체로 쓴 시 본문이 함께 담겨 있었다. 혹시 이건…….

"저 그림의 스케치 같지?"

선생님이 나와 눈을 마주친 후 턱으로 방금 함께 보았던 그림 쪽을 가리켰다. 이 작업실에서 가장 큰 캔버스에 그려진 바로 그 그림이었다.

"저 초록빛은 보리밭이었군요."

"그림으로 시를 구현하는 것이 작가의 의도였다면 그런 것 같네."

선생님이 연 반장 쪽으로 시선을 돌리며 말했다.

"그러니까, 임 화가가 자살했다는 결정적 증거를 이 시로 보시는군요. 연 반장님의 시 추리를 한번 들어 보고 싶습니다만."

"저야 영광이죠. 저쪽으로 가실까요?"

연 반장이 임다성의 그림 곁으로 걸어갔다.

"설 탐정님 앞에서 시 추리를 하려니 몹시 긴장되는군요. 혹시나 문제가 있으면 말씀해 주세요. 화자는 '나의 무덤' 앞에 '차가운 비ㅅ돌' 대신 '노오란 해바라기'를 심어 달라고 합니다. 무덤을 말하는 것 자체가 유언의 형식을 취한 것이라고 볼 수 있습니다. 처음엔 왜 굳이 '해바라기'일까 생각했지만, 작업실을 가득 메운 작품들을 보고 의문이 풀렸죠. 해바라기에 대한 작가의 마음은 집착에 가깝습니다. 그러니 죽어서도 해바라기 옆에 있고 싶다, 뭐 이런 거겠죠."

연 반장이 선생님의 표정을 살피느라 말을 멈추자, 선생님이 계속하라는 듯 손바닥으로 연 반장을 가리켰다.

"임다성 화가가 창밖으로 몸을 던진 것은 '노고지리'와 연관이 있습니다. 여기 보시죠."

연 반장이 임다성의 노트에서 '푸른 보리밭 사이로 하늘을 쏘는 노고지리가 있거든 아직도 날아오르는 나의 꿈이라고 생각하라'는 시구를 손가락으로 짚어 보여 주었다.

"날아오르고 싶으나 날지 못하는 현실을 비관해서 투신이라는 극단적인 방식을 선택한 것으로 저희는 추측하고 있습니다."

그렇지만 이호택의 말에 따르면 임다성은 첫 개인전을 앞두고 있었다. 작업실을 보니 전시회에 내보일 작품도 다 준비된 것 같았다. 그런 그가 지금 이 시점에 자신의 처지를 비관하여 극단적인 선택을 한다는 게 도무지 받아들여지지 않았다.

이런 반응을 연 반장에게 보이자 그녀가 고개를 끄덕였다.

"네, 그 부분은 우리도 살펴보았는데 작가가 생전에 정신과 치료를 받고 있었다는 진료 기록을 확보했습니다. 아, 이호택 씨에게 개인전 관련해서 임 화가가 어떤 생각을 하고 있었는지 이야기 들으신 것 있나요?"

우리가 고개를 가로젓자 "못 들으셨구나." 하며 말을 이었다.

"전시회의 방향에는 의견이 서로 달랐나 봐요. 이호택 씨는 첫 개인전인 만큼 이름을 알리는 정도를 생각한 반면 임화가는 당장 눈에 보이는 성과를 바랐다더군요. 그림이라곤 한 번도 팔린 적 없는 무명작가인데 너무 조급해한 거죠. 그런 극도의 부담감과 정신적 스트레스가 스스로 극단적인 선택을 하도록 부추긴 것은 아닐까, 저는 생각하고 있습니다."

그럴듯하다. 추가 조사도 무리 없이 진행되었다. 연 반장의 장점인 꼼꼼하고 면밀한 수사 방식도 여전했다. 다만 한 가지 걸리는 점은, 본인의 시 추리를 사건 해결의 결정적 실마리로 삼고 있다는 점이랄까. 연 반장의 시 추리 실력을 고려한다면 확실히 이건 좋은 징조가 아니다.

"혹시 이호택 씨 알리바이 확인하셨습니까?"

연 반장의 보고를 가만히 듣고 있던 선생님이 팔짱을 낀 채 턱을 매만지며 물었다.

그러자 연 반장이 의아한 표정을 지으며 대답했다.

"그 시간에 집에서 잤다고 했습니다. 근데, 이호택 씨는 왜……?"

"아무래도 좀 이상해서 말이죠."

선생님이 임다성의 노트를 살펴보며 말했다.

"화자는 자신의 무덤 앞에 '차가운 비ㅅ돌' 대신 '해바라기'를 심어 달라고 합니다. 이 둘은 대비됩니다. 4행에서 '노오란 해바라기는 늘 태양같이 태양같이 하던 화려한 나의 사랑'으로 표현한 걸 보면, '비ㅅ돌'은 차가운 반면 '해바라기'는 태양같이 뜨겁죠. 즉, 차갑게 식어 버린 삶보다 뜨거운 열정을 지향하는 화자의 신념을 드러냈다고 볼 수 있습니다."

선생님이 '그리고 해바라기의 긴 줄거리 사이로 끝없는 보리밭을 보여 달라'라고 적힌 부분을 손으로 짚어 연 반장에게 보여 주었다.

"시야를 가리는 비석과 달리 해바라기는 그 틈 사이로 보리밭을 볼 수 있습니다. 끝없이 펼쳐진 보리밭 사이로 날아오르는 노고지리를 자신의 꿈으로 여겨 달라고 직접적으로 말합니다. 자신의 꿈을 끝없이 펼쳐 보이겠다는 강력한 의지가 엿보이는군요."

선생님이 '의지'를 말할 때 목소리에 힘을 주고 천천히 발음하자 연 반장이 무언가를 알아챈 듯 짝, 하고 손바닥을 맞부딪혔다.

"무슨 말씀인지 알겠어요. 말씀하신 대로라면 이 시는 유언이 아니라 뭐랄까……."

연 반장이 적확한 단어가 생각나지 않는 듯 인상을 쓰자 내가 대신 말했다.

"메시지요?"

그제야 연 반장이 손가락을 튕기며 자기가 그 말을 하려고 했다며 동조했다.

"연 반장님 말대로 이 시는 임 화가의 작품 세계와 철학을 담은 메시지로 보입니다. 뜨거운 열정으로 끝없이 나아가려는 예술혼. 이런 사람이 전시회로 당장 눈에 보이는 성과를 원했다는 건 믿기 어렵군요. 그래서 물은 겁니다. 이호택 씨의 알리바이를요."

"늦은 시간이니 자고 있었다는 것도 무리는 아니지만, 어쨌든 목격자가 없으니 입증은 불가능하겠네요. 근데 만약 이호택 씨 범행이라면 동기가 뭘까요? 아니지, 그것보다 더 근본적인 질문이 있어요. 왜 자살로 결론 날 게 뻔한 사건을 굳이 탐정님께 의뢰해서 위험을 자초했을까요?"

선생님이 관자놀이를 매만지며 말했다.

"일종의 도박이겠죠. 제가 좀 살펴봤는데 우리 의뢰인께서는 젊은 나이에 성공한 컬렉터로 꽤 유명하더군요. 유능한 화가를 모은 매니지먼트 사업체도 운영했었고요. 그가 주최한 전시회는 늘 화제가 됐다고. 작품도 작품이지만 그것보다는 전시회에 그럴듯한 스토리를 만들어서 이슈를 만드는 능력이 탁월하다고 하더군요."

연 반장이 고개를 끄덕이며 음, 하는 감탄사를 내뱉었다.

"그렇다면 탐정님께서는 이번 사건을 그동안 이호택 씨가 해 왔던 전시회 이슈 만들기 작업의 일환이라고 보시는군요?"

"나름대로 수사해 본 결과, 아! 이래 봬도 제가 예술 쪽에 인맥이 있는 편입니다. 아무튼, 이호택 씨가 최근 들어 성과가 영 미진하다고 하더군요. 그것 때문에 매니지먼트 사업도 타격을 입어 손실이 꽤 컸다고 하고. 그런 문제를 만회하기 위한 특별한 이야기가 필요하지 않았을까 합니다. 지금까지 자신이 만들었던 그 어떤 스토리보다 더 자극적인 무언가가 필요하지 않았을까요?"

선생님은 작업실의 정중앙으로 다가가서는 팔을 벌린 채 우리를 향해 돌아섰다.

"제가 선 자리를 기준으로 좌우에 놓인 작품의 경향이 전혀 다르다는 것은 이미 언급했습니다. 기억하시죠?"

연 반장이 무언가에 홀린 듯 고개를 끄덕였다. 그녀의 초롱초롱한 눈빛에는 선생님을 향한 경외감이 한가득 담겨 있었다.

"양쪽 모두 해바라기를 그리고 있지만 분명한 차이가 있습니다. 저쪽이 자연 속에 어우러진 해바라기라면, 이쪽은 오직 해바라기만 집중 조명되어 있는 정물화입니다. 물론 임 작가가 직접 그린 것은 분명해 보입니다만, 적어도 해바라기만을 조명한 그림은 본인이 원해서 그린 건 아닌 것 같습니다. 이런 해바라기 그림은 상업적인 의도가 다분하죠. 임다성 화가는 해바라기를 통해서 '태양같이 태양같이 하던 화려한' 예술혼을 표현하고 싶었던 것이지 돈이 목적은 아니었습니다. 그러니 이쪽 그림 같은 정물화는 상대적으로 적을 수밖에요."

선생님 설명대로 해바라기를 주연으로 내세운 그림들은 해바라기가 자연과 어우러진 그림들에 비해 그 수가 압도적으로 적었다. 아무래도 자신의 의도가 아닌 타인, 그러니까 정확히는 이호택의 입맛대로 그림을 그려야 했으니, 작업 속도가 더뎠던 것이 아닐까.

후원자 이호택은 자신이 원하는 그림은 안 나오고 전시회를 성공시켜야 한다는 압박은 심해지고 하니까, 결국 화가가 살해당했다는 자극적인 스토리를 만들어 자신의 문세를 해결하려고 했다. 설득력 있는 동기이다.

"자, 연 반장님. 제 역할은 여기까지입니다. 우리의 공조는 반장님께서 이호택 씨를 다시 만나 보시는 걸로 마무리하죠."

선생님의 해석에 따라 연 반장은 이호택 사건을 훌륭하게 해결해 냈다. 사건 당일, 작품 문제로 이호택과 임다성이 언쟁을 벌이다가 몸싸움이 벌어져 임다성이 추락하는 불상사가 벌어졌다. 곧바로 현장을 수습한 이호택은 이 사건을 상업적으로 이용할 계획을 세웠다고 한다.

사건을 다 마무리하고, 오랜만에 사무소로 찾아온 연 반장이 이호택 사건에 대한 후일담을 우리에게 들려주었다.

"이슈가 있으면 전시회가 더 잘될 테니까요. 미스테리한 사건에 휘말려 살해된 화가의 유작 특별 전시회. 뭐 그런 거죠. 근데 최초 수사가 너무 빨리 자살로 결론 나려고 하니까 초조했던 겁니다. 언론에 노출되는 시간이 길어야 이슈가 되는데 그러기에는 수사 시간이 너무 짧았으니까요. 게다가 무명 화가의 자살은 자극적인 뉴스가 되지 않는 것도 문제였겠죠. 그래서 여길 찾아온 거래요. 아무래도 자살보다는 타살이 뉴스거리가 된다나."

"아무리 이슈몰이가 급하다고 해도 어떻게 진범이 탐정에게 사건을 의뢰할 수 있는지 이해되지 않네요."

내 반응에 연 반장은 생각보다 더 심각했던 이호택의 상황에 관해 설명했다.

"이슈를 만들어서 작품 가격을 올리는 행위 자체는 미술

시장에서 어느 정도 통용되는 방식이라고 하더군요. 다만 이호택의 경우는 너무 작위적이거나 질 나쁜 이슈를 많이 만드는 바람에 업계에서도 자제하라는 압박이 들어갔다고 합니다. 이호택의 사업이 기울게 된 것도 그런 평판과 관련이 없지 않다는군요."

즉 이호택이 스토리텔링을 위한 악의적인 작업을 진행한 게 이번이 처음이 아니라는 얘기였다. 게다가 작가들과의 갈등도 잦아서 안팎으로 소송이 쌓이고 쌓여 비용을 감당하기 힘든 처지에 놓였다고 한다. 그러다 보니 결국 이런 극단적인 아이디어를 실행하게 된 것이다.

"아무튼 감사합니다. 제 추리대로 밀고 나갔으면 큰일 날 뻔했어요."

선생님이 마시던 커피를 내려놓으며 연 반장에게 미소 지었다.

"아닙니다. 연 반장님 덕분에 해결된 겁니다."

"예? 무슨 말씀인지……?"

"「해바라기의 비명」이라는 제목만을 고려해 자살이라고 결론을 낸 연 반장님의 추리가 없었다면 이호택이 여기 올 일도 없었겠죠. 그러니 공은 연 반장님에게도 있는 것이지요."

연 반장이 나를 바라보며 "이거 칭찬 아니죠?"라고 물었다.

나도 미소를 지은 채 어깨를 한 번 으쓱해 보였다. 음, 이번 건 정말이지 잘 모르겠다.

"늘 잘하고 싶은데 영 부족하네요. 잘 가르쳐 주세요."

연 반장이 멋쩍어하며 말했다.

"언제든 오십시오. 시 추리라면 언제나 환영입니다."

선생님이 소파에 등을 기대며 두 팔을 벌렸다.

"그나저나 저 그림, 꽤 마음에 드셨나 봐요."

연 반장이 2층 복도에 걸린 임 작가의 유작을 가리켰다. 선생님이 연 반장에게 특별히 부탁해서 따로 구매한 것이었다. 제법 큰 금액을 선생님의 사비로 치렀다고 들었다. 단, 판매금은 전액 임다성 화가의 유족에게 돌아가는 것을 조건으로.

선생님은 대답 대신 흐뭇한 미소를 지으며 팔짱을 낀 채 커피잔을 들었다. 그러고는 한동안 작품을 가만 바라보았다. 마치 푸른 보리밭 위로 펼쳐진 하늘로 자유롭게 날아오르는 노고지리를 묵묵히 지켜보고 있는 저 해바라기처럼.

7화.

찬란한 기쁨의 봄

「모란이 피기까지는」, 김영랑

찬란한 기쁨의 봄

시와 관련된 사건을 다룬다는 것은 실은 한 사람의 일상을 만나는 일이다. 시는 생활 속에서 경험하는 개인의 감정을 표현한 문학이기 때문이다. 남들은 경험하지 못한 특수한 경험만이 시의 소재로 활용되는 것은 아니다. 대부분의 시 속에는 그저 그런 일상을 살아가는 장삼이사가 느낄 법한 감정이 반영되어 있다. 문학에 '작품'이라는 걸출한 명칭을 부여해 문학 작품이라고 부르기도 하지만, 결국 사람 사는 이야기라는 점에서는 보통의 이야기와 별만 다르지 않다.

차이점이라면 운율이 있고 함축적인 언어를 사용한다는 점이다. 이런 표현 방식은 다양한 의미로 해석되어 작품을 더 풍부하게 해 주기도 하지만, 작품의 내용을 직관적으로 받아들이기에는 어려운 일도 생길 수 있다. 당연하게도 이것이 큰 문제가 될 리 없다. 오히려 작품 감상의 묘미로 여겨지는 경우가 많으니까.

문제는 시와 사건이 엮일 때 발생한다. 시를 적확하게 해독하여 오독으로 인해 틀어진 방향을 바로잡고 사건 해결에 실마리를 제공하는 우리의 일이 필요한 이유이다. 사건이라고 해서 무거운 의뢰만 들어오는 것은 아니다. 의뢰 건수로 따지자면 일상과 밀접한 의뢰가 압도적으로 많다. 대개 시 속에 숨겨 둔 메시지를 해독해 달라는 것이다. 메시지를 직접적으로 전달하기 곤란한 사람이 시 속에 그 메시지를 숨겨 전하는 일이 빈번히 일어나기 때문이다. 문제는 시를 해독할 수 있는 역량이라는 것이 사람마다 다르다는 것. 우리는 메시지를 주고받는 사람 사이의 간극을 조절함으로써 시가 소통의 매개체로 제대로 활용될 수 있도록 돕는다. 이번 배정택 씨의 의뢰가 바로 그런 사례이다.

정택이 사무소에 방문한 것은 일주일 전이었다. 깔끔한 정장과 심플한 가방을 멋스럽게 매치한 패션 감각이 돋보이는 남성이었다. 키가 큰 편은 아니었으나 전체적인 신체 밸런스와 비율이 좋아서 실제보다 더 커 보였다. 입꼬리가 살짝 올라가 미소를 머금은 듯한 표정은 넘치는 자신감을 담아내기에 충분했다.

"여기가 시 탐정 사무소 맞습니까?"

적당히 굵직하고 선명한 목소리로 인사한 그가 명함을 건넸다. 우리나라 굴지의 식품기업 개발 연구원. 흥미로운 직업이네.

응접실 소파로 안내한 후 조금 전에 내린 에티오피아 커피를 내어놓았다. 감사하다는 인사를 하고 커피를 마신 정택은 첫 모금에 바로 에티오피아 원두임을 알아챘다. 커피 맛에 관해서라면 전혀 관심 없이 카페인 섭취에만 집중하는 사람이랑 오래 같이 살다 보니 커피 맛을 아는 사람을 만나면 무척 반갑다. 딱히 주문할 것이 없어도 '서문커피'에 들러 마스터와 커피를 주제로 대화 나누길 즐기게 된 것도 이런 이유 때문이다. 모든 식품에 관심이 많다는 식품개발 연구원이자 커피광인 의뢰인과의 만남이라 커피 얘기만으로 쉽게 대화의 물꼬를 틀 수 있었다.

"아쉽게도 지금 탐정님께서는 출장 중이라서요. 우선 저에게 의뢰 건에 대해 말씀해 주시면 탐정님께서 검토하신 후 수락 여부를 말씀드릴 겁니다."

"아, 이게 참. 의뢰라고 할 만한 일인지 잘 모르겠어요. 잠시만요."

정택이 가방에서 책 한 권을 꺼냈다. 산뜻한 색감, 거친 붓질로 그려 낸 정감 있는 문양, 간결하고 깔끔한 글씨체로 '永郎詩集'이라고 적힌 제목이 인상적인 표지다.

"『영랑 시집』이라, 김영랑 시집이군요."

"네, 맞습니다. 초판본과 같은 디자인으로 제작된 책이다…… 라고 하더군요. 이 시집을 선물해 준 사람이 그렇게 말했습니다."

"시를 아주 잘 아시는 분인가 보군요?"

"아, 아무래도 네."

그렇게 대답한 정택의 얼굴이 살짝 상기되어 있다. 분명 누군가를 떠올리는 것이었고 그 얼굴은 당연히 그에게 시집을 선물한 사람일 것이다. 얼굴만 떠올려도 볼이 달아오르는 누군가라……. 몹시 부러운(!) 마음을 간신히 억누르며 의뢰 건에 집중했다.

"이 시집과 관련한 의뢰인가요?"

잠시 생각에 빠진 듯 멍하니 시집을 매만지고 있던 그가 내 말에 꿈에서 깬 듯 아, 하는 소리를 내고서는 자세를 고쳐 앉았다.

"이걸 준 사람에 관해 먼저 말씀을 드려야겠죠?"

내가 고개를 저으며 말했다.

"아, 제가 맞혀 보죠. 굳이 초판본과 같은 표지 디자인으로 제작한 시집을 구해 선물한 것만 봐도 시에 대한 이해가 높은 분입니다. 서적을 모으는 취미가 있거나 아니면 서적 관련 일을 하시는 분이겠죠. 그리고."

소파에 등을 기대며 말을 이었다.

"단지 '시집을 건네준 사람'이라는 말만으로도 얼굴이 붉어지더군요. 그렇다는 건 연인일 가능성이 있습니다. 의뢰인께서 이곳을 찾아온 동기는 그 시집 안에 숨겨진 메시지에 대한 호기심이겠죠? 그런 점들로 미루어 보건대 이제 만난 지 얼마 되지 않은 연인 사이가 아닐까, 추측하고 있습니다."

"추측하고 있습니다."라고 말할 때는 약간 선생님 흉내를 낸 것 같다는 걸 인정해야겠다.

"그게……."

그가 두 손을 모은 채 양 엄지를 비볐다.

"실은 아직 사귀는 사이는 아닙니다."

아, 너무 성급했나. 시 속에 메시지를 숨겨 전달할 정도라면 아직 완전히 거리가 좁혀지지 않은 사이일 텐데, 나는 그것을 이제 막 사귄 연인 사이로만 축소해서 생각했다. 이 사실을 선생님이 알았다면 아마도 미간에 주름이 한가득 잡혔겠지. 실망하는 내 표정을 눈치챈 정택이 다른 건 거의 다 완벽하게 맞혔다며 추켜세웠지만, 추측이 틀렸다는 아쉬움은 쉽사리 가라앉지 않았다.

그가 이어 말했다.

"서로 호감이 있는 정도랄까요. 물론 선영 씨 마음까지 알 수야 없지만, 제 직감으로는 적어도 긍정적인 느낌은 있는 정도인 것 같아요."

대형 출판사에서 편집자로 일하는 손선영 씨와는 직장 상사의 소개로 만나 지금껏 좋은 관계로 발전해 가는 중이라고 했다. 하는 일은 서로 다르지만 대화가 잘 통하고 유머 코드도 맞았기 때문에 금세 가까워졌다고.

"둘 다 음식을 좋아해서요. 맛집 찾아 먹으러 다니는 걸 좋아합니다. 그것 외에도 이것저것 공통된 관심사가 많아서 잘 통한다는 느낌이에요. 그런데 문제가 바로 시입니다."

"시요?"

"네, 제가 시에는 영 문외한이거든요. 그런데 선영 씨가 근무하는 출판사가 '기운'입니다. 어디 보자. 저기 있네요. 저 책 중에 선영 씨가 만든 것도 분명히 있을 겁니다."

그가 응접실 책장에 꽂혀 있는 '기운 시인선'을 가리켰다. 멀리서도 눈에 띌 만큼 선명한 원색을 책마다 다채롭게 구성한 감각적인 디자인으로 많은 독자, 특히 젊은 독자들에게 사랑받는 시리즈이다.

“시 전문 출판사의 편집자라니, 전문가이시군요.”

“그러니까, 아까 말씀하실 때 정말 놀랐습니다. 탐정님이 아닌데도 이걸 맞히시다니. 그러면 탐정님은 얼마나 대단하신 건가, 하고요.”

그의 순수한 반응에 나도 모르게 웃음이 났다.

“시 얘기를 할 때면 선영 씨는 눈빛부터가 달라집니다. 정말 푹 빠져 있다는 게 느껴지죠. 실은 여기도 선영 씨가 워낙 자주 말해서 알게 된 거예요. 정말이지, 제가 여기에 올 일이 있을 줄은 몰랐지만요. 더군다나 선영 씨와 관련된 의뢰라고는 더더욱 생각 못 했고요.”

“선영 씨와 관련된 의뢰라, 어떤 거죠?”

“우리나라 사람이라면 웬만하면 아는 시일 겁니다.”

그렇게 말하면서 정택이 시집의 페이지를 넘겼다.

모란이 피기까지는

김영랑

모란이 피기까지는
나는 아직 나의 봄을 기다리고 있을 테요
모란이 뚝뚝 떨어져 버린 날
나는 비로소 봄을 여읜 설움에 잠길 테요
오월 어느 날 그 하루 무덥던 날
떨어져 누운 꽃잎마저 시들어 버리고는
천지에 모란은 자취도 없어지고
뻗쳐오르던 내 보람 서운케 무너졌느니
모란이 지고 말면 그뿐 내 한 해는 다 가고 말아
삼백예순 날 하냥 섭섭해 우옵내다
모란이 피기까지는
나는 아직 기다리고 있을 테요 찬란한 슬픔의 봄을

김영랑의 「모란이 피기까지는」이라. 학창 시절 국어 교과서에 실렸으니 정택 말마따나 우리나라 고등학교를 졸업한 사람이라면 적어도 제목 정도는 들어 봤을 작품이다. 도대체 이 시에 담긴 어떤 사연이 이 남자를 여기까지 오게 한 건가.

"제가 아는 거라고는 이제는 가물가물한 학창 시절 국어 시간의 기억뿐입니다. 김영랑이 일제 강점기에 활동했던 시인이니 '나'가 기다리고 있는 '봄'은 '독립'이다, 뭐 이런 거요."

아, 이 말을 선생님이 들었으면 미간이 깊숙이 찌푸려지는 장면을 목격할 수 있었을 텐데. "일제 강점기라고 어찌 사람들이 같은 생각만, 같은 정서만 품고 살았겠는가. 사람의 감정이라는 건 그리 단순한 것이 아니네. 절망 속에서도 사랑이 피어나고 기쁨 속에서도 생채기는 나는 법이지. 시대적 배경만으로 천편일률적으로 시를 해독하는 건 사람의 다양한 감정을 무시하는 행위라네. 나는 이것이 인간에 대한 일종의 모독과 같다고 생각하네."라고 말씀하시겠지, 아마.

"탐정님께서는 그런 접근을 좋아하지 않으십니다. 그러니 저희 사무소가 의뢰인분께 틀림없이 도움이 될 수 있을 것 같아요. 그런데, 이 시가 선영 씨와 어떤 관련이 있는 거죠?"

"각자 하는 일에 관해 대화를 나누었던 날이었습니다. 선영 씨가 말하길, 자기는 책을 만드는 편집자인데 막상 책이 나오면 그다지 기쁘지 않다는 겁니다. 책을 만드는 과정은 즐겁고 완성품에 대한 기대도 분명히 있는데 책이 출간되면 공허함 같은 게 몰려온다나. 아무튼, 그렇다고 해요. 그런데 저도 마찬가지예요. 새 제품을 개발하는 건 상당히 까다롭고 어려운 일이라서 여러 연구원이 머리를 맞대야만 하거든요. 실패하는 일도 잦고 심지어 출시만 남은 제품이 아예 통째로 엎어지는 일도 있습니다. 그런 어려움을 뚫고 새로운 제품이 나오면 느끼곤 하는 묘한 감정이 있어요. 그걸 뭐라고 말해야 할지 모르겠는데. 아무튼, 우리 둘은 그날 그 감정을 공유했었죠. 거기까지는 좋았는데, 그다음 만남에서 선영 씨가 이 시집을 주는 겁니다. 여기에 우리가 얘기했던 감정이 잘 담겨 있는 것 같으니 한번 읽어 보라는 거였죠. 분명히 저도 좋아할 거라고. 하지만 아까도 말씀드렸듯이 저는 문학에는 문외한이거든요. 특히 시는. 선영 씨와 이 시에 대해 이야기를 더 나누고 싶은데 도무지 읽어 낼 방법이 없습니다. 그래서 이렇게 찾아온 겁니다. 도와주실 수 있을까요?”

그러면서 정택이 겸연쩍은 미소를 지었다.

“음, 의뢰 내용은 호감을 지닌 여성이 건넨 「모란이 피기까지는」에 담긴 메시지를 알고 싶다는 거군요?”

“아, 그렇게 들으니 새삼 별것 아닌 걸로 여기까지 찾아왔나 하는 생각이 드네요.”

말린 입꼬리가 돋보이는 미소가 그를 친절하고 따뜻한 사람으로 보이게 한다. 도회적이고 세련된 스타일 때문에 냉소적일 거라고 생각했는데, 다시 보니 순수하고 유쾌한 사람이었네.

"아닙니다. 저희 탐정님께서는 시와 관련된 의뢰에는 경중이 없다고 생각하는 분이라서요. 사소해 보이더라도 당사자에게는 중요하고 소중한 일일 수 있으니까요."

"그렇게 말씀해 주셔서 감사합니다."

정택은 손을 비비며 나를 바라보았다.

"그러면 의뢰 접수는 된 건가요?"

"네, 그런데……."

「모란이 피기까지는」은 이미 '신동명 자살 미수 사건'에서 선생님이 해독한 작품이 아닌가. 거듭되는 허무함으로 의욕을 잃어버린 신동명 씨가 유서로 남겨 두고 자살을 시도한 사건. 지금은 건강을 회복해 본업으로 복귀했다지만, 그때만 해도 타살이냐 자살이냐를 두고 경찰과 꽤 진하게 신경전을 펼쳤었지. 어쨌든 그 사건에서 배운 게 있으니 내 힘으로 이 작품을 해독해 의뢰인을 도울 수 있지 않을까. 나는 내가 선생님의 제자라는 사실과 이 작품을 통해 사건을 해결했던 경험을 정택에게 밝혔다.

"그러니 제가 조금은 도울 수 있을 것 같은데, 어떠세요?"

혼자 힘으로 야구 선수를 꿈꾸던 강현승 군의 의뢰를 성공적으로 해결한 이후, 선생님의 부재중에 간간이 의뢰를 맡기도 하지만 늘 의뢰인의 반응을 걱정하지 않을 수 없다. 설록 탐정의 해독을 기대하고 온 사람에게 갑자기 제자라는 사람이 불쑥 탐정님 대신 자신이 사건을 맡겠다고 하면 얼마나 난감할까. 그래서 나는 사건의 경중과 경험, 의뢰인의 태도 등을 최대한 신중히 고려하여 조심스럽게 묻는다.

"그래 주시겠어요? 안 그래도 얼떨결에 의뢰는 했지만 다시 방문하지는 못할 것 같다는 생각이 들었거든요. 좀 쑥스러워서. 이렇게 용기를 내었을 때 도와주시면 저는 좋습니다."

아, 다행이다. 흔쾌히 수락하다니, 점점 마음이 가는 사람이군. 자, 그럼 시작해 보자.

"선영 씨가 말씀하신 것처럼 「모란이 피기까지는」은 선영 씨와 정택 씨가 느꼈을 법한 감정이 잘 드러나 있는 작품입니다. 일제 강점기에 활동했던 시인이지만 「모란이 피기까지는」을 쓸 시기의 김영랑 시인은 순수 문학을 지향했습니다. 그러니 작가의 시대적 배경과 연관 지어서는 이 시를 제대로 해독하기는 힘들 겁니다. 우리는 철저하게 시 작품만을 가지고 해독해 보도록 하죠."

내 말에 정택이 고개를 끄덕이고는 자세를 고쳐 앉고 나의 시 추리에 귀를 기울였다.

"'모란이 피기까지는/ 나는 아직 나의 봄을 기다리고 있을 테요'에서 볼 수 있듯이 '봄'은 '모란'이 피는 시기입니다. '기다리고 있을 테요'라는 시어를 통해 봄을 기다리겠다는 강한 의지를 보이고 있습니다. 그런데 이어지는 3행은 이렇습니다. '모란이 뚝뚝 떨어져 버린 날' 모란이 진 장면이 제시되고, 그로 인해 슬픔과 비탄에 빠진 화자의 모습이 '나는 비로소 봄을 여읜 설움에 잠길 테요'로 나타나 있습니다. 여기까지 봤을 때, '봄'은 곧 '모란'이라는 화자의 인식이 드러납니다. 모란이 떨어져 버린 것을 봄을 여의었다고 표현하고 있거든요. 그리고 무더운 오월, 완전히 시든 모란의 모습이 제시됩니다."

"이런 질문을 드려도 될지 모르겠는데."

정택이 고개를 갸우뚱했다.

"오월이라면 아직 봄 아닌가요? 그렇다면 모란이 피는 시기일 테고요. 그런데 왜 모란이 지는 걸로 설정되었는지 모르겠습니다. 오월을 왜 무덥다고 표현한 건지도 모르겠고요."

이전 사건에서 선생님도 오경철 형사에게 같은 질문을 받았었지. 나는 그때의 기억을 떠올려 대답했다.

"그건……, 여기 이 오월은 음력이기 때문이에요."

아, 하는 탄성이 정택의 입에서 조그맣게 나왔다. 그때 오 형사가 내뱉었던 것과 꼭 닮은 탄성이다.

"음력 오월은 대략 유월경이 되겠죠. 여름이라 모란은 집니다. 모란이 져 버리고 난 뒤에 화자의 반응을 한번 보죠. 그는 '내 한 해는 다 가고 말아'라고 말해요. 자신의 일 년이 모두 모란에 달려 있었던 겁니다. 그렇기에 그 모란이 지면 '삼백예순 날' 그러니까 모란이 피지 않는 나머지 날은 슬플 수밖에요."

정택의 표정이 굳었다. 언짢은 게 아니라 무언가에 집중하는 눈빛이었다. 아마도 선영 씨의 말을 되새기며 지금까지 해독한 내용에 대입해 보는 것이리라.

"그런데도 화자는 모란에 대한 집념을 꺾지 않습니다. 그만큼 사랑하는 거겠죠. 그리고 이 시의 하이라이트가 등장합니다. '찬란한 슬픔의 봄'이."

"역설법!"

정택이 외쳤다. 학창 시절 밑줄 긋고 외웠던 기억이 떠오른 것이겠지.

"맞습니다. 문장 안에 발생하는 모순을 활용해 의미를 만들어 내는 역설법을 활용한 부분이죠. 하지만 우리에게는 역설법이라는 용어보다는 이 봄이 왜 찬란한지 그리고 왜 슬픈지를 곱씹어 보는 것이 더 중요해요. 그래야 이 시를 완벽하게 해독할 수 있거든요. 일단 봄이 찬란한 이유는 비교적 파악하기 쉽습니다. 자신이 그토록 아끼는 모란이 피기 때문이죠. 그런데 이 봄이 왜 슬픈가가 문제인데요. 눈치채셨겠지만 결국 모란이 져 버릴 것을 알기 때문이죠. 그러니 화자에게 봄은 모란이 피는 장면을 볼 수 있기에 기쁜 계절이기도 하지만 동시에 모란은 결국 질 수밖에 없는 대상이라는 인식 때문에 슬픈 계절이기도 한 겁니다."

"그토록 기다리던 봄이 왔는데 슬프다……. 선영 씨가 말한 그 감정이 어떤 건지 이제야 감이 오네요."

"……."

정택이 무언가를 깨달았다는 듯 천천히 고개를 두어 번 끄덕이더니 혼자 중얼거렸다.

"새로운 책이 나왔는데도 기쁘지 않다. 왜냐하면 시간이 지나면 결국 그 책은 독자의 기억 속에서 사라져 버리리라는 것을 알기 때문이다. 그렇다면 이건."

그가 무릎을 '탁' 치며 내 쪽으로 시선을 돌렸다.

"자기 직업에 대한 회의감을 말하고 싶었던 게 아닐까요. 그러니까, 정성껏 만든 책이 처음에는 독자들에게 사랑을 받다가 서서히 잊히는 일련의 과정을 여러 번 겪다 보니 작업했던 책이 나와도 별로 기쁘지 않은 거죠. 선영 씨가 말했던 공허함도 이제 이해되네요. 결국 하는 일이 불만족스럽다는 말이었군요. 아, 후련합니다."

그럴듯한 해독이다. 시의 내용을 개인의 일에 적절하게 적용해 냈다. 하지만 이 정도로는 부족하다. 이제 슬슬 마무리할 때가 왔다.

"의뢰인께서도 이런 비슷한 경험이 있으셨다고요?"

"그렇습니다. 새로운 라면 한 종을 개발하려면 생각보다 많은 사람들의 노력이 필요합니다. 그렇게 고생고생해서 세상에 내놓아도 이게 얼마나 살아남을지 알 수가 없어요. 제가 개발에 참여한 라면 중에도 출시 몇 년 만에 생산을 중단한 제품이 수두룩합니다. 그러니 신제품을 출시하는 것 자체로는 큰 감흥이 없어요."

"그러면 신제품 개발 일을 그만두고 싶을 때도 있겠네요?"

정택이 고개를 저었다.

"아니요. 그럴 수는 없죠. 고생스러운 일이지만 새 제품 개발하는 거 자체는 재밌거든요. 또 혹시 모르잖습니까? 제가 50년, 100년 동안 소비되는 스테디셀러 제품을 만들지."

"선영 씨도 같은 마음 아닐까요?"

그가 동그랗게 뜬 눈으로 나를 쳐다봤다.

"새 책이 나오는 게 기쁘지 않아서 자신의 일을 하고 싶지 않다는 그런 말을 하려는 게 아닌 듯해요. 왜냐하면 이 시어

때문이죠."

내가 펜으로 '아직'이라는 시어를 짚었다.

"모란이 지고 나면 일 년이 지나도록 슬플 것을 알면서도 '아직' 기다리겠다고 합니다. '찬란한 슬픔의 봄'을 말이죠. 화자에게 있어서 중요한 것은 '꽃이 피는 순간의 찬란함'이에요. 꽃을 잃은 슬픔이 아니죠. 이것을 토대로 봤을 때 선영 씨는 아마도 이런 생각을 하지 않았을까요? '내가 만든 책이 결국 사라질 운명이라고 해도 계속해서 이 일을 할 거야.' 그리고 그녀는 의뢰인께 묻고 싶었던 것 같아요. 당신이 하고 있는 일, 진심으로 사랑하고 있냐고요. 선영 씨 자신은 사랑하고 있다고 말하고 있거든요, 자기 일을."

"웬 라면을 이렇게나 많이 들였나?"

사무소 출입문 옆에 쌓인 택배 상자를 들여다보며 선생님이 내게 물었다. 내용물에는 '라면'이라고 적혀 있었다. 발신인은 '배정택'. 아, 그 배정택 씨!

"선물인 것 같네요, 지인에게서 온."

택배 상자 안에는 처음 보는 라면이 가득 담겨 있었다. 가만히 지켜보던 선생님이 말했다.

"처음 보는 라면인데?"

"아마 신제품인 것 같네요. 이쪽 업계 사람이거든요."

안으로 들이기 위해 택배 상자를 들면서 내가 물었다.

"드실 거죠? 바로 끓일게요."

"거절할 이유를 딱히 못 찾겠군. 금방 나오겠네."

방으로 들어가는 선생님을 뒤로하고 냄비에 물을 올린다. 그런 다음 벽에 기대어 '기운 시인선'이 열 지어 꽂혀 있는 서재를 가만히 바라본다. 그리고 생각한다. 지금 이 순간에도 자신의 모란이 피기를 기다리고 있을 사람들을. 저 예쁜 시집을 만들기 위해 고군분투하고 있을 손선영 씨 같은, 맛있는 라면을 세상에 내놓기 위해 우여곡절을 겪고 있을 배정택 씨 같은.

그리고 또 생각한다. 이 라면이, 저 시집이, 세상의 곳곳에 뿌리내려 슬픔을 느낄 새도 없이 찬란하게 빛나기를, 찬란한 기쁨의 봄이 되기를.

7화.

도전받은 탐정

「납작납작-박수근 화법을 위하여」, 김혜순

「저녁에」, 김광섭

도전받은 탐정

선생님을 마주한 순간 채민식의 눈빛은 분노와 절망, 자책과 책망이 뒤섞인 감정으로 소용돌이쳤다.

"저 사람이 설록이란 말이오? 오, 이런……."

그렇게 말하고는 자리에 털썩 주저앉아 드러누웠다. 초점을 잃은 그의 눈빛에는 이제 황망함 외에 더 이상 어떤 감정도 들어설 여지가 없어 보였다.

연서연 반장의 갑작스러운 연락을 받고 도착한 범행 현장에서 이런 당혹스러운 일을 맞닥뜨렸지만, 선생님은 그다지 당황하지 않는 것 같았다. 연 반장은 부하 경찰에게 쓰러져 있는 채민식을 병원으로 호송하라고 지시하고는 우리에게 다가왔다.

"설 탐정님을 사칭한 범행이라니, 놀라셨죠?

선생님이 "흡!" 하며 헛기침을 했다.

"박 형사와 통화하면서 대충은 들었습니다만 자세한 이야기는 알지 못합니다. 얘기해 주시겠습니까? 일단은……."

선생님이 주위를 둘러보았다. 주변에는 다양한 크기의 조각 작품이 감각적으로 배치되어 있었고, 벽에는 여러 점의 그림이 걸려 있었다. 그중에는 미술 교본에서나 보던 유명한 작품도 더러 있었다.

"여기가 어디인지부터 들려주시겠습니까?"

연 반장이 고개를 끄덕인 후 천천히 걸었다. 우리는 그녀를 따라 걷기 시작했다.

"이곳은 피해자 채민식 씨 부인이 이사장으로 있는 재단의 미술품 보관실이에요. 재단이 소장한 예술품을 전시하는 전승미술관 아래층입니다. 하지만 실제로는 채민식 씨 개인 소장품을 모아 두는 곳이죠. 위층 미술관 전시실에 전시된 작품과 똑같은 것도 있는데 관리인 말에 따르면 여기 있는 게 진품이랍니다. 전시실에 있는 건 정교하게 제작된 모조품이고요. 이쪽 업계에서는 공공연한 비밀이라고 하더군요. 모조품 없이 이곳에만 보관하고 있는 작품도 있대요. 채민식 씨가 소장 사실을 바깥에 알리고 싶어 하지 않는 작품들이라는데, 이런 일이 발생할 거라고는 예상 못 했겠죠."

걸음을 멈춘 연 반장이 손가락으로 벽을 가리켰다. 대략 가로 30cm, 높이 20cm가량 되는 직사각형 모양이 보였다. 조명 때문에 사각형 안쪽 부분에 비해 바깥이 미세하게 변색되어 흔적이 남아 있었다. 최근까지 그만한 크기의 그림이 걸려 있었다는 뜻이다.

"여기로군요."

선생님의 반응에 연 반장이 "네." 하고 대답하면서 팔짱을 꼈다.

"바로 어제까지만 해도 이 자리에 박수근 화백의 「세 여인」이 걸려 있었죠."

사건 발생 한 달 전, 채민식은 출처를 알 수 없는 익명의 편지를 받게 된다. 그 편지에는 한 편의 시와 함께 "2월 21일에 가져가겠습니다."라는 문장이 쓰여 있었다.

드문드문 세상을 끊어 내어
한 며칠 눌렀다가
벽에 걸어 놓고 바라본다.

흰 하늘과 쭈그린 아낙네 둘이
벽 위에 납작하게 뻗어 있다.
가끔 심심하면
여편네와 아이들도
한 며칠 눌렀다가 벽에 붙여 놓고
하나님 보시기 어떻습니까?
조심스럽게 물어본다.

발바닥도 없이 서성서성.
입술도 없이 슬그머니.
표정도 없이 슬그머니.
그렇게 웃고 나서
피도 눈물도 없이 바짝 마르기.
그리곤 드디어 납작해진
천지 만물을 한 줄에 꿰어 놓고
가이없이 한없이 펄렁펄렁.
하나님, 보시니 마땅합니까?

채민식은 '아직도 이런 시답잖은 장난을 치는 놈이 있나?' 하며 대수롭지 않게 넘겼다. 그러나 편지는 그게 끝이 아니었다. 지금으로부터 보름 전에 똑같은 시가 적힌 편지를 또 받았다. 이번에는 "2월 21일 기억하시죠? 보름 남았습니다."라는 메시지와 함께였다.

그저 장난이라고 보기에는 찝찝한 부분이 없진 않았지만, 요즘 같은 세상에 예고 범행이라니. 진지하게 받아들이는 것도 무리였다. 이런 종류의 시비에 일일이 대응하기에는 채민식은 너무 나이가 많았다. 적당히 무시하는 게 상책이리라.

마지막 메시지가 도착한 것은 일주일 전이었다. 이번에는 시가 아니었다. 특별한 메시지도 없었다. 대신 미술관 지하의 설계도와 미술품 보관실의 작품 배치도였다. 보관실은 외부인의 출입을 철저하게 차단하고 있어서 설계도는 물론 작품 배치에 관한 정보에 아무나 접근할 수 없었다. 그제야 채민식은 이 사안을 진지하게 받아들이기 시작했다.

경찰에 알리려고 했으나 개인 보관실이 외부에 알려질 것이 염려되었다. 소장 여부를 알리지 않으려고 비밀리에 작품을 사들인 노력을 헛수고로 만들고 싶지 않았다. 그의 생각에 경찰이란 본래 부주의한 존재들이었다. 수사 과정에서 어떤 일이 더 알려질지 모른다. 딱히 불법을 저지르고 살진 않았지만 털어서 먼지 안 나는 사람이 어디 있다던가.

채민식은 경찰 대신 사설탐정을 수소문했고 직원으로부터 탐정 한 명을 추천받았다. 시 탐정으로 명성이 있는 자라고 했다. 바로 설록이었다.

채민식은 설록을 불러 자초지종을 이야기했다. 범인으로부터 받은 시를 한참 바라보던 설록이 이렇게 말했다.

"박수근 화백의 그림을 노리고 있군요."

"무슨 근거로 그렇게 말하는 거요?"

설록은 슬쩍 미소를 지으며 말했다.

"간단합니다. 비록 여기에 제목을 쓰진 않았지만 이 작품의 제목이 「납작납작-박수근 화법을 위하여」이죠. 김혜순 시인의 작품인데, 이 정도면 시에도 꽤 일가견이 있는 자라고 할 수 있겠군요."

채민식이 "오호!" 하는 소리를 내뱉고는 신뢰의 눈빛으로 설록을 바라보았다.

"꽤 대담한 놈이군요. 범행을 예고한 것도 모자라서 범행 방법까지 알려 주다니."

"범행 방법이요? 아니, 그걸 알 수 있다는 말입니까?"

놀란 채민식의 반응과는 달리 설록은 별거 아니라는 듯 어깨를 한 번 올렸다 내린 후 말했다.

"여기 근처에 교회가 있습니까?"

채민식이 고개를 끄덕이고는 "있소." 하고 대답했다.

"여기서 50*m* 근방에 교회가 몇 개나 있을까요?"

"글쎄요. 별 관심이 없어서."

설록이 쓴웃음을 지으며 말했다.

"이제부터 관심을 가지셔야 할 겁니다. 범행은 교회를 통해 이루어질 테니까요."

그 말에 채민식의 눈이 커졌다. 설록은 시가 적힌 편지를 채민식 쪽으로 들이댔다.

"여기 '하나님 보시기 어떻습니까?'라는 표현 보이시지요? 부당한 현실에 대한 항변이자 현실 비판적 시구이지만, 이 부분 때문에 일부 기독교 세력에게는 박수근 화백의 작품은 교회의 권위에 대항하는 위험한 예술로 받아들여지고 있습니다. 교회에는 이런 예술의 도전을 좌시하지 않는 극단파가 존재합니다. 이 작품 꽤 고가에 매입하셨겠지요?"

설록이 벽에 걸린 「세 여인」을 가리켰다.

"뭐, 꽤 들었지요."

"이런 자그마한 그림이 고가에 거래된다는 건 박 화백의 작품이 그만큼 희귀하기 때문일 겁니다. 그럼 누가 그의 작품을 희귀하게 만들었을까요."

채민식이 당혹스러운 표정으로 "설마." 하고 중얼거렸다. 설록은 옅은 미소를 지은 채 뒷짐을 지고 미술품 보관실을 걸으며 말했다.

"범행이 예고된 2월 21일. 남은 일주일간 저는 저의 동료들과 함께 이 근방의 교회를 샅샅이 뒤져 실마리를 찾아낼 것입니다. 조금이라도 의심 가는 교회를 중심으로 철저하게 감시하도록 하죠. 물론 이곳의 보안도 신경을 써야 합니다. 2월 20일부터 보관실 보안은 제가 직접 관리하도록 하겠습니다."

"그런데 당일에 그림은 도둑맞았고, 범행을 막겠다고 큰소리쳤던 설록은 온데간데없더라, 그 말씀이세요?"

내가 묻자 연 반장이 "빙고!" 하면서 손가락을 튕긴 후 나를 가리켰다.

"근데 선생님을 보자마자 까무러친 걸 보면……."

"다른 사람이었던 거죠. 본인이 아는 설록이랑 진짜 설 탐정님은. 제가 아무리 말해도 안 믿더니 탐정님을 보자마자 저렇게……, 농락당한 게 확실해지니 꽤 충격을 받았나 봐요. 아무튼 여러모로 탐정님이랑 관련이 있어 보여서 여기까지 모셨어요. 이것도 한번 보실래요?"

연 반장이 휴대전화를 꺼내 조작한 후 화면을 보여 주었다. 종이 같은 무언가를 찍은 사진이었는데 내 쪽에서는 잘 보이지 않았다.

"자요, 받으시고 확대해서 보세요. 원본은 감정 의뢰를 맡긴 상태라 사진으로 보셔야 해요."

휴대전화를 받은 선생님이 화면을 바라보았다. 찡그려진 미간, 동시에 살짝 올라가는 왼쪽 입꼬리. 마음에 썩 들지는 않지만 그 가운데서 흥미로운 부분을 찾은 모양이다.

내용을 다 읽은 선생님이 내게로 휴대전화를 건넸다.

드릴 말씀이 있어 부득이 몇 자 남깁니다.

오늘 일은 박 화백의 출생일을 기념하는 작은 이벤트라 생각해 주십시오.

가져간 그림은 가치 있는 일에 쓰고 돌려놓겠습니다.

늙은이의 보물 창고에서 낡아 가는 것보다는 나을 겁니다.

그리고 설록 탐정님.

본의 아니게 귀한 존함을 빌리게 되어 송구합니다.

제 능력이 미미하여 이 방법 외에는 마땅한 방법이 생각나질 않았습니다. 용서해 주시길.

조만간 뵙겠습니다.

그럼 이만 총총.

류반 드림.

언뜻 예의를 지킨 것 같지만 내용은 꽤 도발적이다. 조만간 뵙겠다는 건, 다시 범행을 저지르겠다는 뜻이겠지?

"가치 있는 일에 쓰겠다는데 그게 어디를 말하는 걸까요?"

연 반장이 선생님에게 물었다.

선생님은 "글쎄요." 하며 손을 뺨에 갖다 댄 채 한참을 고민하고 나서 입을 뗐다.

"제 생각에는, 박수근 화백의 그림 속 메시지를 전하려는 의도를 말하는 것 같습니다."

"메시지요?"

연 반장이 되묻자 선생님이 고개를 끄덕였다.

"우리나라를 대표하는 박 화백의 작품이 도난당한 사건이니 세간의 관심을 자극할 만하지요. 늦어도 내일이면 이 사건의 이모저모가 알려지게 될 겁니다. 도난당한 작품은 무엇인지, 무엇을 그린 것인지, 나아가 박수근이라는 작가의 작품 세계까지도 다시 주목받게 되겠죠. 범행에 쓰인 시도 역시 세상에 알려지겠지요. 사람들은 이 시를 통해 작품 속 메시지를 읽어 내려 할 겁니다."

"시를 통해 메시지를 읽어 낸다라. 그렇다면 탐정님께서는 이미 알아내셨겠군요."

"뭐, 그게 제 일이니까요. 완승 군, 김혜순 시인의 「납작납작-박수근 화법을 위하여」를 찾아 연 반장님께 보여 드리게나."

내가 휴대전화를 꺼내려 주머니에 손을 넣자, 연 반장이 손사래를 치며 본인 전화기를 들어 보였다.

"범죄자가 남긴 편지를 찍어 둔 게 있거든요. 바로 시작하실 거죠?"

어느새 연 반장은 휴대전화를 장착된 펜까지 꺼내 필기할 자세를 취했다. 역시 시 추리에 진심이라니까.

"준비되신 것 같으니 바로 시작하겠습니다. 1연에서 '세상을 끊어 내어/ 한 며칠 눌렀다가/ 벽에 걸어 놓고 바라본다'라는 부분이 보이시죠? 이건 박 화백의 그림을 의미합니다. 그 그림에서 '흰 하늘'과 '아낙네 둘', '여편네와 아이들'이 '납작하게 뻗어 있'죠. 2연에서 보이듯 그들은 '발바닥'도 '입술'도 '표정'도 없습니다. 그저 '바짝' 말라 있죠. 그런 모습을 그려

놓고는 묻습니다. '하나님, 보시니 마땅합니까?'"

그러고는 나를 바라보았다. 이크, 질문이다.

"완승 군, 이 질문은 어떤 의도인 것 같나?"

"이런 현실이 괜찮은지를 묻는 건데……."

다행히 쉬운 질문이네.

"사회를 비판하려는 의도가 있다고 볼 수 있지 않을까요? 가진 것 없는 서민들이 납작하게 눌려 있는, 이런 사회가 괜찮냐고 물어보는 거니까요."

열심히 적으며 듣고 있던 연 반장이 "아!" 하며 탄성을 지르고 우리를 바라봤다.

"채민식 씨의 이야기 속 설록, 그러니까 류반이죠. 아무튼 그놈도 비슷한 이야기를 했었죠. 부당한 현실에 대한 항변이자 현실 비판적 시구라고. 그리고 이렇게 묻는 건 사회의 부정적인 측면을 하나님의 탓으로 돌리는 것이다,로 해석하는 교회의 일부 극단주의자들의 공격 대상이 될 수 있다고 했었고요."

"맞습니다."

"네? 어떤 부분이 맞다는 말씀이세요?"

연 반장이 의아한 표정으로 물었다.

"박 화백의 작품이 그들의 공격 대상이 된 건, 맞습니다."

"그렇다면 작품을 훔친 게 교회 극단파라는 말씀이세요?"

"맞습니다. 그들이 류반과 공모한 거라고 봐야겠지요. 채민식 씨의 직원 중에 류반과 협조한 사람이 있을 겁니다."

"그렇지만 이 방에 출입할 수 있는 직원은 단 몇 명뿐이라고 들었어요. 그들 모두 채민식 씨와 20년 이상 일한 직원이라고 했고요."

선생님이 연 반장을 바라보며 싱긋 웃었다.

"연 반장님, 인간과 다른 동물의 차이점이 뭔지 아십니까?"

"……."

"인간만이 종교를 가질 수 있죠. 종교가 인간에게 미치는 힘은 그 무엇보다 강합니다. 그게 긍정적인 결과를 낳을 수도, 부정적인 결과를 가져올 수도 있지요."

"그럼 류반이 종교를 이용해 이 보관실 직원과 내통했다는 말씀인가요?"

"네, 저는 그렇게 생각하고 있습니다. 직원 중에 극단주의자가 있을 겁니다. 공모자 없이 이 범죄는 성립하기 힘들거든요. 한번 알아보시죠."

그 말을 듣자 연 반장이 부하 경찰을 불러 업무 지시를 내렸다. 보관실의 출입이 허가된 직원에 대해 수사를 착수하겠다는 것이었다. 부하들과 함께 현장을 떠나려던 그녀는 불현

듯 무언가가 생각난 듯 걸음을 멈추더니 다시 우리 쪽으로 다가왔다.

"범인이 자기 이름을 밝힌 건 뭐 때문이라고 생각하세요? 자신감 넘친다고 해야 하나 건방진 것 같기도 하고. 일종의 관종인 걸까요?"

선생님이 웃으며 말했다.

"작품 속 메시지를 전하려고 작품을 훔치는 정도의 인물이라면 당연히 다른 의도도 있을 겁니다. 자신의 존재를 세상에 알리려는 의도랄까요. 이르면 오늘, 적어도 내일쯤이면 대한민국에는 류반이라는 이름을 모르는 사람은 존재하지 않을 겁니다. 어쩌면 메시지를 전하는 것보다는 드러나게 하는 것이 이 일을 벌인 궁극적인 목적일지도 모르겠네요. 어쨌든."

선생님이 손을 비비며 말했다.

"좀 더 지켜보도록 하지요."

살짝 미소 짓는 선생님의 입꼬리에는 약간의 흥분이 감돌고 있었다.

박수근의 그림 「세 여인」 도난 사건이 발생한 지 한 달이 지난 지금까지도 세간은 류반이라는 인물에 관한 이야기로 떠들썩했다. 범행 후 남겨 놓은 편지도 유출되었는데, 그걸 보고 어떤 사람들은 예술의 가치를 지키는 의적이라는 둥 예술을 위해 위험을 감수하는 모험가라는 둥 찬사를 보냈고, 더불어 류반은커녕 공범조차 잡지 못한 무능한 경찰에 대한 비판이 쏟아졌다. 언론에서는 하루가 멀다고 류반의 정체에 대한 추측성 기사를 써 댔고, 자기가 류반이라고 주장하는 사람들의 인터뷰가 실렸다. 물론 모두 사칭인 걸로 밝혀졌지만.

선생님과의 만남 및 대결을 기대하는 부류도 있었다. 선생님을 사칭하여 범행을 저지른 류반의 행동이 마치 선생님에 대한 도전인 양 받아들이는 이들이었다. 그러나 정작 선생님 본인은 류반을 대결 상대로 인식하기보다는 그저 호기심의 대상 정도로 여기는 듯했다.

경찰 수사 결과, 선생님의 추리대로 채민식 씨의 미술품 보관실 직원 중 한 명이 공범인 걸로 확인되었다. 몇 달 전부터 사이비 종교에 빠져들었는데, 종교 단체장으로부터 '예술이라는 미명 아래 우상을 숭배하고 신을 모독하는 세력을 소탕하는 데 협조하라'는 명을 받았다고 했다. 연 반장의 수사 결과, 도난 사건 이후 이 사이비 종교는 흔적도 없이 사라졌는데 여기에도 류반이 연루되었을 가능성이 있는 것으로 본다고 했다. 「세 여인」을 훔치기 위해 몇 달 전부터 치밀하게 준비했던 것이었다. 웬만한 지적 능력이나 주도면밀함이 아니면 엄두도 내지 못할 범죄구나, 하는 생각이 들었다.

잠시 외출한 사이 사무소 앞에 배송된 원두가 놓여 있었다. 사무소 문을 열고 원두 상자를 들어 올리는 순간, 무언가가 툭 하고 떨어졌다. 편지봉투였다. 일단 원두를 주방까지 옮기고 나서 편지를 자세히 살폈다. 봉투 중간에는 우아한 글씨체로 '친애하는 설록 탐정님께'라고 적혀 있었다. 고급 실크 봉투에 찍힌 실링 도장이 고풍스러운 분위기를 자아냈다. '친애하는'이라, 정말 오랜만에 들어 보는 말이네.

그때 선생님이 헐레벌떡 사무소로 들어왔다. 평소에는 서두르는 법이 없는 선생님이 저렇게 조급한 이유는 딱 하나뿐이지. 나는 테이블 위에 편지봉투를 두고 커피 추출기 쪽으로 걸어갔다.

"커피 부탁하네."

새로 들인 원두로 급하게 내린 커피를 응접실 소파에 앉아 손을 비비고 있는 선생님에게 건넸다. 선생님은 커피를 세 모금 연거푸 마시고는 눈을 감고 한참을 움직이지 않았다. 체내에 흐르는 카페인을 확인이라도 하듯이. 이윽고 눈을 뜬 선생님이 테이블 위에 놓인 봉투를 집어 들었다. 평소처럼 느긋해진 걸 보니 카페인은 적당했나 보다. 이리저리 살펴보더니 봉투를 열었다.

"이거 오늘 온 건가?"

"네, 방금 받았습니다. 문 앞에 있더라고요."

편지봉투 속에는 봉투만큼이나 고급스러워 보이는 재질의 편지지 한 장이 들어 있었다. 편지를 읽어 보는 선생님의 표정이 복잡했다. 옅은 미소를 띤 것 같기도 했고, 놀라는 것 같기도 했다. 그러고는 읽어 보라며 나에게 편지를 건넸다. 거기에는 고풍스러운 손 글씨로 시 한 편이 적혀 있었다. 그러나 그보다 먼저 눈에 들어온 것은 '류반' 두 글자였다.

저녁에

김광섭

저렇게 많은 중에서
별 하나가 나를 내려다본다
이렇게 많은 사람 중에서
그 별 하나를 쳐다본다

밤이 깊을수록

별은 밝음 속으로 사라지고,
나는 어둠 속에 사라진다

이렇게 정다운
너 하나 나 하나는
어디서 무엇이 되어
다시 만나랴

내일 만나게 되리라 믿습니다.
이만 총총.

류반 드림.

"선생님, 이건……?"

선생님에겐 내 말을 들을 여유가 없어 보였다. 손바닥을 내밀어 말을 제지하고는 휴대전화를 조작하여 귀에 갖다 댔다.

"연 반장님, 설록입니다."

그러고는 스피커폰을 켜 테이블 위에 올려 두었다.

"김환기 화백의 「어디서 무엇이 되어 다시 만나랴」의 소장자를 찾아야 합니다. 내일 일몰 전까지요."

"네? 뜬금없이 그림이요? 게다가 일몰 전까지라니요."

연 반장은 갑작스러운 선생님의 요구에 놀란 반응이었다.

"류반에게서 메시지가 왔습니다."

"……!"

잠깐의 침묵 속에서 연 반장의 당혹스러움이 느껴졌다.

"메시지에 관해서 말씀해 주실 수 있으세요? 아시다시피 보고를 해야 움직일 수 있는 처지라서요."

선생님은 오늘 받은 편지에 김광섭의 「저녁에」라는 시와 함께 내일 만나게 되리라는 메시지가 함께 적혀 있었다는 사실을 말하면서, 시를 찾아보면서 논의해 보자고 했다.

잠시 후 준비되었다는 연 반장의 말이 들렸다.

"1연의 시적 화자 '나'를 류반으로 봅시다. '저렇게 많은 중에서/ 별 하나'는 저로 보고요. 그러면 '별 하나가 나를 내려다본다'는 제가 류반을 보는 걸로, '그 별 하나를 쳐다본다'는 류반이 저를 바라본다는 걸로 읽힙니다. 지난번 박 화백 사건에서 류반이 남긴 메시지, 기억하시지요?"

"네, 조만간 뵙겠다고."

"기억하고 계시는군요. 바로 그겁니다. 류반이 저를 지목했고 그것 때문에 저는 지금 류반을 쫓고 있습니다. 1연은 그

관계를 말하고 있는 겁니다."

"오, 그게 그렇게 읽히는군요. 이해했어요, 어, 잠깐만요, 탐정님. 제가 지금 2연을 보고 있는데요. 탐정님 말씀대로 '별'을 탐정님으로, '나'를 류반 본인으로 본다면 '밤이 깊을수록/ 별은 밝음 속으로 사라지고,/ 나는 어둠 속에 사라진다'라는 건 둘은 못 만난다는 거 아닌가요? 마지막에 '어디서 무엇이 되어/ 다시 만나랴'라고 묻는 건 일종의 의구심이고요. 우리는 다시 만나지 못한다는 단언이라고 해야 하나?"

"그건 아닙니다. 시의 제목을 한번 보세요."

"시의 제목이요? ……아!"

그렇다. 어둠이 완전히 내려앉기 전, 별과 '나'가 모두 보이는 시간, 저녁! 그래서 선생님이 일몰까지라고 말한 거였군.

"범행이 언제 벌어질지 알 수 없지만 류반은 적어도 일몰 시각 전까지는 현장에서 저를 기다릴 겁니다. 저를 만나든 아니든 그 이후에는 현장을 뜰 테니 내일 일몰 전까지 범행 현장에 도착해야 합니다. 범행 장소는 그림의 소유자와 류반만이 알겠죠. 그러니 소장자를 찾아야 합니다. 제가 말씀드린 걸 잘 정리해서 보고하시면 수사 허가를 받는 건 어렵지 않을 겁니다. 최대한 빨리 움직여 주십시오. 저희 쪽에서도 최대한 알아보겠습니다."

"알겠습니다. 찾으면 곧바로 연락드릴게요."

연 반장이 전화를 끊자 선생님이 자리에서 일어났다.

"잠깐 나갔다 오겠네. 예술계 쪽을 수소문해야겠어. 자네는 현종 탐정에게 연락 좀 해 주게. 내일 오전까지 김환기 화백의 「어디서 무엇이 되어 다시 만나랴」의 소장자를 찾아보라고 하면 되네. 보수는 넉넉하게 준다고 하고."

선생님은 문을 나서면서 이어 말했다.

"커피가 많이 필요할 것 같네. 부탁하네."

"아, 오셨군요. 김형진입니다."

그림 소장자인 김형진은 태연한 표정으로 우리를 맞았다. 밤새도록 진행한 연 반장과의 공조로 오늘 오전에야 김환기 화백의 그림 소유자를 찾을 수 있었다. 하지만 소장자가 있는 곳은 사무소에서 4시간가량 떨어진 곳이어서 이제서야 겨우 도착한 것이었다. 연 반장은 30분 정도 더 걸릴 것 같다고 해서 우리부터 먼저 이곳으로 들어왔다.

이곳은 선박 수리업으로 자수성가한 사업가 김형진이 은퇴를 기념하여 고향에 마련한 별장이라고 했다. 현장에서 오래 근무하면서 예술과는 담을 쌓고 살았지만, 저택의 규모에 어울리는 그림 한 점 정도는 소장하면 좋겠다고 생각하던 차에 한 컬렉터의 제안을 받아 김형진이 김환기 화백의 대표작을 구입한 것이다. 당초에 생각해 두었던 예산을 초과한 액수였지만 대한민국을 대표하는 화가의 작품이라 투자 가치가 높다는 말에 결국 들이기로 결정했다고 한다.

악수를 마친 선생님은 명함을 건넨 후 그림을 볼 수 있도록 안내해 달라고 부탁했다. 김형진은 우리를 그림 쪽으로 안내했다. 이 남자는 인자한 인상의 평범한 60대로 보였으며, 나이에 비해 깨끗한 피부와 건강한 몸매를 유지하고 있었다. 손님맞이가 일상인 듯 갑작스러운 방문에도 머리 손질이 깔끔했고 옷차림도 준수했다.

그림은 계단에서 곧바로 보이는 3층 복도 끝에 걸려 있었다. 옆으로는 습도와 환기 조절을 위해 통창이 나 있었으며, 빛으로부터 보호하기 위해 창에는 자동 커튼 장치가 설치되어 있었다.

"보시다시피 아주 잘 있습니다. 사정은 좀 전에 전화로 들었습니다만 혹시 뭔가 오해가 있었던 건 아닐까요?"

김형진은 손바닥으로 그림을 가리키며 말했다. 좀 전이라고 하면 한 시간이 채 되지 않았을 것이다. 무슨 이유였는지는 모르지만, 선생님은 그림의 소유자를 찾았다는 연 반장에게 절대 소유자에게 미리 연락하지 말고 도착하기 한 시간 전에 전화해서 사정을 이야기하라고 부탁했었다.

어찌 되었든 김형진의 말대로 그림은 제자리에 잘 있었다. 선생님의 기민한 대처로 류반이 손을 쓰기 전에 우리가 당도한 것이리라. 이걸로 끝난 건가?

"네, 잘 있어야 합니다."

선생님이 김형진을 바라보며 말했다. 잘 있어야 한다고? 무슨 말이지?

"네?"

김형진도 당혹스러운 표정을 지었다.

"아직까지는요. 아직은 훔치기 전이니까요. 그렇지 않나, 류반?"

류반이라고? 선생님은 이 자리에 없는 류반을 찾고 있다.

김형진은 주위를 둘러보며 말했다.

"지금 누구한테 하시는 말씀이죠?"

선생님이 매서운 눈초리로 그를 바라보았다.

"물론 당신이지. 이제 어설픈 연기는 그만두게."

선생님이 김형진의 손을 가리키며 말했다.

"평생 선박 수리업을 했다는 사람의 손톱 밑이 그리 깨끗할 리 있나. 그 정도 수준의 변장이라니, 이거 너무 성의 없는 거 아닌가."

김형진이 자기의 손을 살펴보더니 피식, 웃고는 선생님을 바라보았다.

"딱 맞춰 오셨군요. 아슬아슬했습니다."

그는 바깥 풍경이 보이는 통창을 가리키며 말했다. 사위가 어둑해져 가고 있었다.

"악수할 때 보신 건가요? 관찰력이 좋으시군요."

김형진, 아니 류반이 어깨를 으쓱하더니 말을 이었다.

"이렇게 일찍 오실 줄은 몰랐네요. 물론 오실 거라는 건 확신하고 있었지만."

"범행 예고라니, 꽤 대담한 시도를 하는군."

"위험이 따르기는 하지만 대상이 예술품인 만큼 그만한 대우를 해 주어야 하니까요. 이러면 사람들이 더 관심을 가지게 될 테고 이 그림의 가치는 더 올라가겠지요."

"예술품보다 자네의 가치가 더 올라가겠지. 그걸 노린 거 아닌가?"

선생님이 미간을 찌푸리며 물었다. 오른쪽 입꼬리가 살짝 올라간 표정에는 힐난과 비웃음의 의도가 다분했다.

그러자 류반이 능청스러운 표정을 지은 채 손사래를 쳤다.

"이거 왜 이러십니까. 저는 그저 예술이 그 가치를 제대로 인정받기를 바라는 사람 중 하나일 뿐이랍니다."

"그게 뭐든 대중의 관심을 끈 건 성공한 것 같군. 하지만 장난은 여기서 끝이네. 저 그림은 여기에 둬. 그리고 진짜 김형진 씨는 어딨지?"

류반이 웃으며 말했다.

"애초에 이 그림은 탐정님을 뵙기 위해 필요한 미끼였습니다. 혹시나 안 오시면 이거라도 가져가려 했는데, 이렇게 제시간에 와 주셨으니 이제 됐습니다. 김형진 씨는 편안하게 모셨습니다. 제가 가고 나면 살펴봐 주세요."

류반이 "자!"라고 말하며 맞부딪힌 손을 비볐다.

"'밤이 깊을수록/ 별은 밝음 속으로 사라지고,/ 나는 어둠 속에 사라진다.' 초대하지 않은 손님이 곧 도착할 것 같으니 아쉽지만 저는 여기서 사라지겠습니다. 정말이지 반가웠습니다, 설 탐정님. 이렇게 이야기를 나눌 수 있어서 영광이었어요. 그럼, '어디서 무엇이 되어/ 다시' 만나길." 하고는 우리가 미처 조치를 하기도 전에 미리 열어 둔 통창으로 몸을 던졌다. 내가 재빨리 창으로 달려가 아래쪽을 확인했지만 놀랍게도 류반의 흔적은 찾을 수 없었다. 곧바로 아래층으로 내려가 행방을 쫓았지만 족적조차 남아 있지 않았다.

잠시 후 연 반장 일행이 도착해 수색에 동참했음에도 결과는 달라지지 않았다. 단지 저택 지하 와인 저장고에서 잠들어 있는 김형진을 발견했을 뿐이었다. 그는 오늘 오전에 저장고에 내려온 이후의 기억이 없다고 했다. 그렇게 우리는 코앞에서 류반을 놓쳐 버리고 말았다.

김형진의 진술 결과, 그에게 접근하여 김환기 화백의 그림을 사도록 유도한 컬렉터가 류반이었던 것으로 밝혀졌다. 당대 최고의 시 탐정에게 도전을 걸어 오는 대담한 배짱이라니! 범행 준비 과정에서 보였던 치밀성과 과감한 실행력이 뒷받침되기에 시도할 수 있는 게 아닐까.

"네? 네, 알겠습니다."

전화 통화를 마친 선생님이 내게 말했다.

"「세 여인」이 돌아왔다는군."

"네?"

「세 여인」이라면 류반이 훔쳐 간 박수근 화백의 그림이다.

"그럼, 약속대로 돌려준 게 되는 건가요?"

"글쎄……, 그렇다고 봐야겠지?"

"류반이라는 사람, 도대체 정체가 뭘까요?"

"복잡한 인물이라서 가늠이 쉽지 않군. 하지만 확실한 건."

선생님이 관자놀이를 매만지며 말을 이었다.

"우리의 만남이 여기서 끝날 것 같지는 않다는 거지."

그렇게 말하는 선생님의 얼굴에 왼쪽 입꼬리가 올라가는 예의 미소가 떠올랐다. 이것은 매우 강한 흥미와 호기심이 동했다는 뜻이었고, 동시에 류반만큼이나 선생님도 류반과의 만남을 여기에서 끝내고 싶은 생각이 없다는 것을 의미했다. 그러니 둘은 다시 만나게 되지 않을까. 어디서 무엇이 되어 다시 만날지는 모를지언정.

에필로그 · 회상

「쉽게 씌어진 시」, 윤동주 / 「낙화」, 이형기

에필로그 · 회상

"어? 어쩐 일이세요?"

갑작스럽게 방문한 서문커피 마스터가 턱짓으로 손에 든 상자를 가리켰다.

"안녕, 완승 씨. 일단 이것부터 좀 들어 봐."

급하게 상자를 받아 들었다.

"하, 명선 씨한테 일이 좀 생겨서 사나흘 정도 자리를 비울 것 같아. 일단 가까운 곳은 내가 직접 배송하고 있어. 여기가 오늘 마지막 배송지야."

나는 자타 공인 서문커피 최다 방문 단골손님인지라 서문커피 소속 배송 기사인 명선 씨와도 친분이 있다. 서문커피가 질 좋은 원두를 저렴하게 판매한다는 입소문이 나서 주문이 몰리는 중인 데다가 가까이에 전국적으로 유명한 카페 거리가 만들어지면서 손님이 많아졌기 때문에라도 명선 씨는 서문커피에 꼭 필요한 직원이다.

"무슨 큰일은 아니고요?"

"아니, 그런 건 아니고 최근에 이사한다고 신경을 좀 썼나 봐. 영 기운 없어 하길래 좀 쉬다 오라고 휴가 줬지. 나 쿨한 사장이거든."

마스터가 두 손을 허리에 올리며 거들먹거렸다. 과장된 몸짓이 몹시 우스꽝스러웠다. 하여간 이 사람이랑 있으면 웃을 일이 많다.

"그런데 뭘 그렇게 보세요?"

실은 문을 열었을 때부터 사무소 안쪽을 힐끔거리는 이유가 궁금했던 터였다.

"응? 아닌데?"

모르려야 모를 수가 없을 정도로 노골적이었으면서 시치미를 뗀다. 사무소 실내가 궁금한 건가?

"안 바쁘시면 잠깐 들어오실래요?"

마스터가 손사래를 치더니 바빠서 가 봐야겠다며 돌아섰다.

"아쉽네요. 선생님 안 계셔서 적적하던 참이었는데."

그 말에 마스터가 다시 내 쪽으로 몸을 돌렸다.

"뭐, 설 탐정 없어?"

"네, 출장 가셨어요. 최근에 난해한 사건 하나를 맡으셔서요. 며칠 걸릴 거 같아요."

마스터가 낯가리는 성향은 아닌데 유독 선생님과 마주치는 건 피하는 느낌이다. 선생님이 그렇게 부담스럽나? 하긴, 이해는 된다. 싹싹하길 하나, 붙임성이 있길 하나, 표정도 무뚝뚝하고 매사 냉소적인 태도 하며……. 뒷담화는 여기까지.

"앗, 갑자기 목이 마르네. 그럼 완승 씨, 물 한 잔만 마시고 갈게."

"네, 여기서 잠시만 기다리세요. 물 가져올게요."

"아니, 아니."

다시 사무소로 들어가려는데 마스터가 내 팔을 잽싸게 잡았다.

"겸사겸사 커피 한 잔 마실까? 시 탐정 사무소 바리스타가 그렇게 커피를 잘 내린다며?"

능청스럽게 말하더니 사무소 안으로 스윽 들어왔다. 뭐야, 바쁘다더니.

안으로 들어온 마스터가 뒷짐을 진 채 사무소 여기저기를 둘러보았다. 고개를 주억거리기도 하고 작은 소리로 "오~!"라며 탄성을 지르기도 하면서. 혼자 중얼거리는 말이 들리기도 했다.

"……도 안 변……, ……긴."

"네?"

"아, 소리가 너무 컸나?"

마스터가 꿈에서 깬 듯한 목소리로 말했다.

"아뇨, 여기가 워낙 조용해서."

"하나도 안 변했다고, 여긴."

이번엔 또렷하게 들리도록 큰 소리로 다시 말했다. 사무소 안에 들어온 건 처음 아닌가?

"여기 처음 오신 거 아니에요?"

마스터가 고개를 저으며 말했다.

"아닌데? 완승 씨가 여기 오기 전에 왔었지."

그러고는 주방을 가리켰다. 원두를 볶기도 하고 커피를 추출하기도 하는 내게는 일종의 작업실 같은 공간이다.

"저기서 커피를 내렸어."

엥? 그럼……?

"제가 오기 전에 여기 계셨던 분이 마스터였어요? 왜 지금껏 말씀 안 하셨어요."

"완승 씨가 안 물어봤잖아."

세상에, 전혀 몰랐네. 어쩐지 커피도 못 내리는 선생님이 커피숍 못지않은 주방을 갖춘 사무소를 설계했다는 것 자체가 이상하다 싶었는데. 어떻게 한 번도 물어볼 생각을 못 했을까? 그나저나 정말 안 물어봐서 말 안 한 것뿐이라는 저 천진난만한 표정의 마스터는 또 뭐냐고. 휴, 일단 자리에 앉히고 나서 천천히 이야기를 들어 보자.

"음, 역시 소문대로군. 커피 맛도 모르는 사람이 바리스타 하나는 참 잘 뽑는단 말이야."

내가 내온 커피를 한 모금 마신 후 마스터가 말했다.

"자, 그러니까, 제가 오기 전에 여기서 선생님과 같이 일을 하셨단 말씀이죠?"

"응."

"근데 왜 선생님이랑 데면데면하세요?"

내 물음에 마스터가 또다시 손사래를 쳤다.

"무슨 데면데면. 그런 거 아니야."

들어오래도 그렇게 사양하더니, 선생님 안 계신다니까 불쑥 들어와 놓고서는 뭐가 아니라는 거야. 생각해 보면 이렇게나 가까이에 있는데 마스터와 선생님이 마주치는 장면을 목격했던 건, 생각나지 않는다. 마스터가 일부러 둘이 만나는 상황을 피하는 거라면……, 혹은 선생님이? 아니면 둘 다일 수도. 아무튼 분명 둘 사이에 무언가가 있다.

"저, 들을 준비 됐습니다."

"뭘?"

"제가 여기 들어오기 전에 두 분 사이에 어떤 일이 있었는지요."

"별일 없었는데."

"그러지 마시고요."

마스터가 깍지 낀 두 손 위로 턱을 괴었다.

"재미없는 얘긴데, 괜찮겠어?"

나는 얼마든지 들을 준비가 되어 있다는 의미를 담아 크게 고개를 끄덕였다.

마스터는 상념에 잠긴 듯한 표정으로 서문커피 간판이 보이는 창밖을 바라보았다.

"젊을 때였지. 다 안다고 생각하지만 실제론 아무것도 모르는 풋내기 시절."

그러고는 커피 한 모금을 조용히 마신 후 말을 이었다.

"완승 씨처럼 대단한 계기가 있었던 건 아니고, 설 탐정이 낸 바리스타 공고를 보고 지원한 거야."

마스터의 아련한 눈빛은 과거의 한 시점으로 향하고 있었다.

"흥미로운 지원서였습니다."

손에 들고 있던 지원서를 테이블에 놓으면서 설록이 말했다. 학력도, 경력도 전혀 적혀 있지 않은 이력서에는 「쉽게 씌어진 시」 한 편만이 반듯한 손 글씨로 쓰여 있었다.

쉽게 씌어진 시

윤동주

창밖에 밤비가 속살거려
육첩방(六疊房)은 남의 나라,

시인이란 슬픈 천명(天命)인 줄 알면서도
한 줄 시를 적어 볼까,

땀내와 사랑내 포근히 품긴
보내 주신 학비 봉투를 받아

대학 노-트를 끼고
늙은 교수의 강의 들으러 간다.

생각해 보면 어린 때 동무를
하나, 둘, 죄다 잃어버리고

나는 무얼 바라
나는 다만, 홀로 침전(沈澱)하는 것일까?

인생은 살기 어렵다는데
시가 이렇게 쉽게 씌어지는 것은
부끄러운 일이다.

육첩방은 남의 나라,
창밖에 밤비가 속살거리는데,

등불을 밝혀 어둠을 조금 내몰고,
시대처럼 올 아침을 기다리는 최후의 나,

나는 나에게 작은 손을 내밀어
눈물과 위안으로 잡는 최초의 악수.

“잠깐만요, 지원서에 달랑 시 한 편만 적어서 냈다는 거예요?”

내 물음에 마스터가 관자놀이를 긁었다.

“설록 당신이 시 탐정이라면 이런 지원서도 한번 읽어 봐라, 뭐 이런 마음 아니었을까? 패기 넘치지 않아?”

“패기랑 무모함은 깻잎 한 장 차이죠.”

“뭐야, 그 모호한 반응은? 완승 씨도 설 탐정을 닮아 가는 거야?”

마스터가 눈을 흘겼다.

“뭐, 막상 말하고 보니 너무 성의 없는 지원서였나 싶긴 하네. 그래도 나름대로 한 획 한 획 정성스레 쓴 거라고.”

“…….”

“아, 아무튼. 그래서, 계속해?”

나는 다시 천천히 고개를 주억였다.

설록이 몸을 앞으로 세웠다.

“‘창밖에 밤비가 속살거려/ 육첩방은 남의 나라’ 일본 유학 경험이 있으시군요. 육첩방은 다다미 여섯 장이 들어가는 정도의 방이죠. 그리 크다고 할 수는 없지만 혼자 지내기에는 괜찮았을 수도 있고. 뭐, 생각하기에 따라 다르겠지요. 어찌 되었든, 지원자께서는 본인의 가정환경을 잘 보여 주고 있군요. '땀내와 사랑내 포근히 품긴/ 보내 주신 학비 봉투를 받아'를 통해서 말이지요. '인자하신 아버지와 자상하신 어머니의 사랑을 받으며…….' 같은 식상한 표현보다 훨씬 낫다고 생각합니다."

지연이 피식 웃었다.

"'생각해 보면 어린 때 동무를/ 하나, 둘, 죄다 잃어버리고'. 지인들과 연락이 끊긴 채 일본에서 생활했던 것을 '홀로 침전'한 거였다고 인식하고 있군요. 일본에서 바리스타 교육을 받으셨는데, 그 과정이 순탄치는 않았나 봅니다. 아닌가요?"

"생각보다 기간이 길어졌으니 순탄치 않았다는 게 맞겠죠. 기왕 간 거 제대로 배우고 싶다는 욕심이 생겨서요. 유학 생활 자체가 힘들었던 건 아니고, 고민이 좀 생겼달까."

"그 고민이란 아마도."

설록이 고개를 들어 지연을 바라보았다.

"미래에 대한 불안이 아닐까 합니다."

지연이 말없이 설록을 바라보았다.

"그걸 어떻게 알 수 있냐는 눈빛이군요. 간단한 일입니다. 바로 이 시어 덕분이죠."

설록의 검지가 '어둠'을 가리키고 있었다.

"'등불을 밝혀 어둠을 조금 내'몬다는 건 어둠을 극복하겠다는 의지를 보인 것이라고 해독할 수 있습니다. 그렇다는 건 현재 지원자분은 본인이 마주한 현실을 어둠처럼 부정적으로 인식하고 있다는 것을 의미하죠. 이전에도 그것을 극복하려고 노력했나 보군요. 이 시어를 보면 말이죠."

이번에는 2연의 '한 줄 시를 적어 볼까'를 짚었다.

"어둠을 극복할 방편으로 지원자분이 선택한 수단은 시였을 겁니다. 하지만 효용이 그리 크지 않다고 생각하셨군요. '시인이란 슬픈 천명인 줄 알면서도'라는 표현을 통해서 시 쓰기가 본인의 어둠을 극복하는 데 그닥 도움이 되지 않는다는 사실을 인지했음을 말하고 있습니다. 그래서 다른 길을 찾기로 마음먹은 거지요."

설록이 두 팔을 들어 올리며 말했다.

"그래서 여기 오신 거 아닙니까? 이 일이 '등불을 밝혀 어둠을 조금 내'모는 일이 될 수 있을 거라는 기대를 품고."

"세상에!"

지연은 "세상에!"라는 감탄사를 몇 번 더 빠르게 반복해서 내뱉은 후에야 다음 말을 이었다.

"제 마음속에 들어갔다 오셨어요? 바리스타 교육을 받은 건 또 어떻게 아셨고요? 전 말한 적 없는 것 같은데."

설록의 왼쪽 입꼬리가 살짝 올라갔다.

"지원자분, 지금 우리 사무소 바리스타로 지원하신 걸 잊으신 건 아니겠지요?"

"아……, 하하."

지연이 쑥스러워하며 웃었다. 설록이 지원서를 들고 소파에 등을 기대며 지원서와 지연의 얼굴을 번갈아 바라보더니 혼잣말처럼 중얼거렸다.

"좀 덤벙대는 스타일 같지만 꾸밈이 있어 보이진 않고."

그렇지만 그 혼잣말이 지연이 듣지 못할 만큼 작지는 않았다.

"지금 그거 칭찬인 거죠?"

그런데 지연의 말에 별다른 대꾸 없이 다시 혼잣말을 중얼거리며 턱을 문질렀다.

"눈치는 없으나 귀는 밝은 편, 일본에서 오랜 기간 바리스타 교육을 받았으니 커피 내리는 일이야 어렵지 않을 테고, 시를 입사 지원서로 활용할 정도면 시에 대한 이해도가 높을 것 같단 말이지."

그러고는 지연 쪽으로 손을 내밀어 악수를 청했다.

"좋습니다. 우리 사무소에서 일하시죠."

지연은 안도의 미소를 지은 채 굵은 마디가 도드라진 설록의 큰 손을 잡았다.

"그렇게 일하게 된 거라고요?"

마스터가 고개를 끄덕였다.

"커피 맛도 안 보고요? 명색이 바리스타 채용인데?"

그녀가 두 손을 올리고 어깨를 으쓱이며 말했다.

"설 탐정 그 사람 커피 맛 모르잖아, 그때는 몰랐지만. 완승 씨 여기 들어올 때 커피 내리는 테스트 봤어?"

음, 생각해 보니…… 그런 적 없네. 역시 시 탐정 사무소 바리스타에게 커피 맛이란 일종의 사족 같은 건가?

"그럼 여기서 언제까지 일하셨던 거예요?"

마스터가 기억을 더듬으며 관자놀이를 매만졌다.

"정확히는 모르겠는데, 완승 씨가 여기에 오기 한두 해 전인가? 아무튼 그쯤."

"그사이에는 바리스타가 없었던 거네요?"

"글쎄, 내가 알기론 그래. 근데 생각해 보면 설 탐정한테 바리스타 따위 굳이 필요 없는 건 아닐까?"

지금까지 생각해 본 적 없는 질문이다. 그러고 보니 마스터 말마따나 커피 맛도 모르는 양반이 굳이 바리스타를 고용할 필요가 있을까.

“완승 씨가 마음에 든 거야.”

마스터가 턱으로 주방을 가리키며 말했다.

“내가 나갈 때 설 탐정 취향대로 카페인 제대로 진하게 뽑아낼 수 있는 커피 추출기를 사 놨거든. 뭐, 마지막 선물이랄까. 그러니까 더더욱 필요 없지 않겠어, 바리스타는? 그런데도 굳이 완승 씨한테 일자리를 제안한 건 커피 때문이 아닐 거야. 그러니까 실은 설 탐정, 완승 씨랑 같이 일하고 싶었던 게 아닌가 하는 합리적 의심을 하는 거지.”

내가 군대를 전역하고 얼마 되지 않은 시점, 우연히 들른 이 사무소에 내 주변 사건을 의뢰한 것이 선생님과의 첫 만남이었다. 물론 내가 의뢰한 사건 역시도 선생님은 여느 때와 같이 어렵지 않게 해결했고, 이후 다시 만난 자리에서 내가 바리스타로 일한 지 얼마 안 되었다는 사실을 알아낸 선생님이 먼저 이곳의 바리스타 자리를 제안한 것이다.

“이걸 여쭤봐도 될는지 잘 모르겠는데.”

“고민이면 묻지 않는 게 더 좋을지도 몰라.”

마스터의 말투에는 장난기 어려 있었다. 물어볼 용기가 생겼다.

“왜 그만두신 거예요?”

“어허, 묻지 않는 게 더 좋대도.”

그렇게 말하면서도 마스터는 다음 말을 어떻게 꺼낼지 고민하고 있었다. 묻지 않아서 말하지 않았다고 한 게 진심이었던 걸까.

"날 속였어."

"네?"

선생님이 누굴 속이거나 하는 사람이 아닌데. 지나치게 솔직한 게 탈이라면 탈일까.

"뭘 속였어요?"

"나이."

나는 "나이라고요?" 하며 되물었다. 의외의 대답이라 좀 놀랐다. 세상에, 나이를 속이다니.

"설 탐정 그 사람 나이, 나하고 별 차이 안 나는 거 알아? 어휴, 난 그만두기 직전까지 나보다 한참 위인 줄 알았지 뭐야. 그때랑 지금이랑 얼굴이 똑같아요. 그러니 속을 수밖에. 겉늙었다고 해야 하나 미리 나이가 들었다고 해야 하나. 아무튼 그때 '탐정님, 탐정님.' 하면서 꼬박꼬박 존대했던 거 생각하면, 와, 지금 생각해도 억울하네."

"선생님이 나이를 속였다고요?"

"엄밀히 말하면 속인 건 아니고."

마스터가 실없는 웃음을 지으며 말을 이었다.

"내가 안 물어봐서 말을 안 한 거래. 완승 씨, 그게 말이 돼?"

본인도 내게 그랬다는 걸 벌써 잊었나 보다. 둘이 다른 듯 비슷하단 말이지. 마스터 본인은 인정하지 않겠지만.

"농담하지 마시고요. 아무리 그래도 여길 그만둘 정도로 억울해할 일은 아니잖아요."

마스터가 이번엔 피식, 하고 실소를 터뜨렸다.

"맞아, 농담이야. 실은…… 아, 뭐라고 해야 하지?"

그러고는 잠시 생각하더니 짝, 하고 손을 맞부딪히고는 말했다.

"완승 씨, 혹시 「낙화」 알아?"

"조지훈? 이형기?"

"'가야 할 때가 언제인가를/ 분명히 알고 가는 이의/ 뒷모습은 얼마나 아름다운가' 그거."

"이형기네요."

"응, 맞아. 완승 씨, 그 작품 외울 수 있어?"

"작품 암송 같은 건 선생님 같은 천재들이나 가능한 거지만……, 「낙화」 정도는 외우고 있지요."

내가 팔짱을 끼며 우쭐한 자세를 취했다. 물론 장난으로.

"역시 설록 탐정의 수제자인 건가?"

"하하, 그런 건 아니고. 서당 개 삼 년이면 풍월을 읊는다잖아요. 게다가 워낙 유명한 작품이기도 하고."

"그럼 한 번 낭송해 줘. 저번에 들었을 때 너무 좋더라."

낙화

이형기

가야 할 때가 언제인가를
분명히 알고 가는 이의
뒷모습은 얼마나 아름다운가.

봄 한철
격정을 인내한
나의 사랑은 지고 있다.

분분한 낙화……
결별이 이룩하는 축복에 싸여
지금은 가야 할 때,

무성한 녹음과 그리고
머지않아 열매 맺는
가을을 향하여

나의 청춘은 꽃답게 죽는다.

헤어지자
섬세한 손길을 흔들며
하롱하롱 꽃잎이 지는 어느 날

나의 사랑, 나의 결별,
샘터에 물 고이듯 성숙하는
내 영혼의 슬픈 눈.

"역시, 좋네. 설 탐정이 반할 만해."

황홀한 표정을 짓고 있는 마스터를 보니 쑥스럽기도 했지만, 한편으로는 마스터도 정말 시를 사랑하는 사람이구나 싶었다. 그렇다면 여긴 최적의 직장이 아닌가. 대체 왜 여길 떠난 거지? 이 시점에서 「낙화」를 암송해 달라고 했다는 건 마스터가 여길 떠난 이유가 이 시와 관련 있다는 거겠지.

"하지 말아야 할 걸 해 버렸지 뭐야. 실은 나도 모르는 사이에 그렇게 되어 버린 거지만."

하지 말아야 할 것이라……. 어디 보자.

음, 역시…… 그런 거였나.

"그러다 보니 '가야 할 때'라고 판단을 하신 거고요?"

"역시, 시만 알려 줘도 대충 알아듣는구나. 그 스승의 그 제자라니까."

마스터가 두 손을 맞잡고 포개어 턱을 기대고는 창밖으로 시선을 돌렸다. 그녀의 시선을 따라 나도 고개를 돌렸다.

한껏 흐드러지게 피었던 이팝나무 꽃이 하나둘 떨어진다. 우리는 커피 한 모금으로 목을 축이며 여름이 왔음을 알리는 자연의 부지런한 움직임을 가만 지켜본다. 새하얀 꽃들이 아름다웠던 순간들을 뒤로하고 조용히 그리고 겸허하게 땅으로 돌아간다. 언젠가 내게도 분명히 찾아올 순간일 것이다. 그때가 오면 나는, 저들처럼 '가야 할 때가 언제인가를 분명히 알' 수 있을까. 그때 나는 '결별'을 '축복'으로 기꺼이 받아들일 수 있을까.

"여기 있었던 거, 후회하세요?"

"아니, 전혀."

내 질문에 마스터는 고개를 절레절레 흔들었다.

"청춘이었잖아. 내 생애 가장 아름다웠던 날들."

"……."

"그리고 그 시절이 있었기 때문에 저게 있을 수 있는 거야."

마스터가 턱을 괸 채 고갯짓으로 서문커피를 가리켰다.

"내 '성숙'의 결실이자 '열매'!"

그렇게 말하는 마스터의 얼굴에 미소가 떠올랐다. 상대를 기분 좋게 만드는 미소다.

"정말 그러네요."

나라는 나무에 맺힐 열매가 뭔지, 아직 알 수 없다. 낙화해야 할 때가 아직 오지 않았다는 뜻이리라. 당연하지, 나는 '격정' 가득한 청춘의 봄을 지나는 중이니까. 그러므로 당분간은 이곳, 시 탐정 사무소에서 선생님과 함께하는 삶은 계속될 것이다. 그러는 동안 내게 열릴 열매의 윤곽이 드러나게 될 테지.

그것이 되도록 서서히 드러나길 바라는 마음으로 나는 커피잔에 남은 쓴 커피 한 모금을 달게 마셨다.

이 책에 실린 시의 출처

「북어」, 최승호, 『대설주의보』, 민음사, 1983
「성탄제」, 김종길, 『성탄제』, 삼애사, 1969
「성탄제」, 오장환, 『나 사는 곳』, 헌문사, 1947
「꽃을 위한 서시」, 김춘수, 『꽃을 위한 서시』, 미래사, 1991
「길」, 윤동주, 『하늘과 바람과 별과 시』, 정음사, 1948
「해바라기의 비명」, 함형수, 『시인 부락』, 시인부락사, 1936
「모란이 피기까지는」, 김영랑, 『영랑 시집』, 시문학사, 1935
「납작납작-박수근 화법을 위하여」, 김혜순, 『또 다른 별에서』, 문학과지성사, 1981
「저녁에」, 김광섭, 『겨울날』, 창작과비평사, 1975
「쉽게 씌어진 시」, 윤동주, 『하늘과 바람과 별과 시』, 정음사, 1948
「낙화」, 이형기, 『적막강산』, 모음출판사, 1963

시 탐정 사무소 ② 울음은 금이 될 것이다

1판 1쇄 인쇄 2024년 11월 10일
1판 1쇄 발행 2024년 11월 25일

글 이락
편집 전연휘, 황명숙 **디자인** 퍼플페이퍼 **마케팅** 양경희, 노혜이
펴낸이 전연휘 **펴낸곳** 안녕로빈 **출판등록** 2018년 3월 20일(제 2018-000022호)

주소 서울시 광진구 아차산로 69길 29
전화 02-458-7307 **팩스** 02-6442-7347 **전자우편** robinbooks@naver.com
홈페이지 hellorobin.co.kr **인스타그램** @hellorobin_books

ISBN 979-11-91942-43-9 44810
ISBN 979-11-91942-26-2 (세트)